初心者キャンパーの異世界転生

スキル[キャンプ]でなんとか生きていきます。

the newbie camper's reincarnation in another world

奈輝 [イラスト]TAPI岡

TOブックス

プロローグという名の物語。

新しい人生を。

目覚めの産声はこっそりと。

学園入学まであと1年。

書き下ろし番外編

戻れぬあの日々の思い出

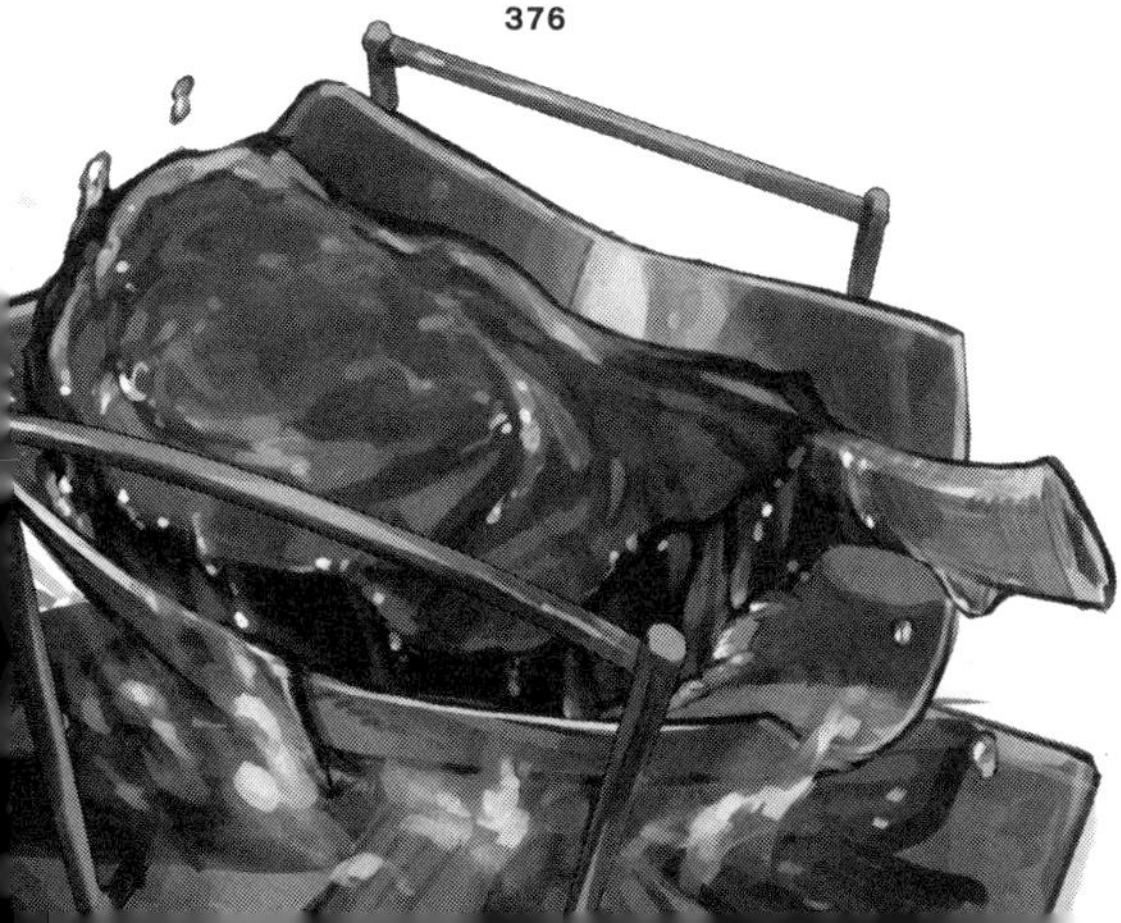

イラスト:TAPI岡　デザイン:木村デザイン・ラボ

プロローグという名の物語。

the newbie camper's
reincarnation in
another world

とある日の森の中で。

パチパチ、パチパチ。

夜の闇に包まれた森の中。

木の枝にはランタンがぶら下がっており、円錐形のテントがランタンの優しい光で照らされていた。

そしてテントの入り口の先では焚き火が燃えている。

木々の影が火の光に揺らめき、その暖かさが身体を包む。燃え盛る炎の音と共に、虫たちの鳴き声が聞こえる。

「ふぅ、あったけぇ……」

一人つぶやきながら、少年は焚き火に小枝を投げ入れる。

パチパチ、パチパチ……。

『あるじ～、お腹すいたよ～。肉だ、肉～』

『同じく。私もお腹すいた。お肉を希望』

「仕方ないなぁ～。それじゃあご飯にしよっか。なんの肉が食べたい？」

『『ワイルドボア!!』』

声を揃えて答える魔導書と魔法書。

「りょ～かい」

収納魔法から以前仕留めた魔物であるワイルドボアの肉を取り出す。

『やった！』

『肉だ♪　肉だ♪』

「味付けはどうする？　塩と胡椒？」

『『アウトドアスパイスで!!』』

すっかりアウトドアスパイスの魅力に取りつかれてしまっている二冊。

「はいはい。わかったよ」

そんなやりとりをしながら、焚き火の周りを囲む一人と二冊。

収納からスキレットを取り出すと、油を敷いて焚き火の上にセット。

そしてワイルドボアの肉を投入していく。

ジュウーーーッ!!

いい音が鳴り響き食欲を刺激する。

しばらくすると肉汁が出てき始める。

『おいしそー♪』

『まだ？』

「もうちょっと待って。それじゃあ最後の仕上げにっと」

アウトドアスパイスを手に取って、両面がこんがりといい色に焼けたワイルドボアの肉に振りかけていく。

ぶわっと広がっていくスパイスの香りが、さらに食欲を刺激してくる。

「よし、完成！」

『やったー！』

『いただきます！』

「いただきます」

待ちきれないとばかりにワイルドボアの肉を食べ始めた二冊。

はぐっ！

『ん～♪　美味しい！』

『このスパイスは至高』

「喜んでくれてよかったよ。それじゃあ僕も食べるかな」

パクッ。モグモグ。

口の中に広がる肉の脂、そしてアウトドアスパイスの旨味。

シンプルだけど、だからこそ素材のうまみが引き出されている。

「うん、美味しい！」

『おかわり！』

『私にも。次は違うスパイスで』

『俺も違う味がいい！』

「はいはい、今焼くからね。あんまり近寄ると燃えちゃうぞ？」

結局一冊につき二枚のワイルドボアのステーキを食べたあと、満腹になって眠ってしまった魔導書と魔法書。その二冊を見守る少年。

パチパチパチ、パチパチパチ……。

夜の静寂に包まれながら、焚き火の音だけが響いている。

パチパチパチ……パチ……。

少年は夜空を見上げる。

「まさか、異世界に転生してキャンプを楽しむ日が来るなんて……あの時は考えてもいなかったよ」

少年は一人小さな声でつぶやくと、焚き火の火を消して眠りにつくのだった。

最初は嫌だったんだよ。

「やっとだ。やっと念願のソロキャンプ！」

俺は社会人一年目の十八歳。名前は春日井《かすがい》翔弥《しょうや》。

最近始めた趣味はキャンプ。

もっとも小さい頃から親に連れられてよくキャンプをしていたけど、実は内心イヤイヤだった。

何故イヤイヤだったかって？

だって当然じゃないか。

やりたいゲームも出来ない。テレビも見られない。夏は暑くて虫がいる、冬は寒すぎて苦行。なんで自分からこんなに苦しい思いをしなきゃいけないんだと何度も思ったが、一度も父親には言えなかった。

だってあんなに楽しそうにしてる父親のハートを折ることなんて俺には出来なかったから。

俺はちゃんと空気を読める子供だったんだよ。

父親は仕事上出張だらけで、普段は一緒に居られないから、その分濃密になるのは仕方ない。

しかしまぁ、キャンプで唯一好きなことがあった。

それは……。

焚き火で作るご飯。

飯盒《はんごう》で炊くご飯って雰囲気もプラスされて、めちゃくちゃ美味しく感じるから。

こんな感じで小さい頃は父親とキャンプにはよく行っていた。

でもまぁ……。

小学校卒業と共にキャンプに行かなくなったけどね。

部活で忙しくなったのと、やっぱり……思春期になって親と二人で行くのが恥ずかしくなったから。何故こんなにもイヤイヤだったハズのキャンプがあらためて好きになったのか。

きっかけはとある動画サイトでみたキャンプ動画だった。

ある芸人さんのキャンプ動画で焚き火をしているのを見ていたら少し気になってしまった。

そしてその芸人さんが動画内で言った一言がきっかけだった。

「キャンプって自由なんだよ。何したっていいんだ。やりたくなければ、やらなければいいし。やりたいことやればいいんだよ」

あぁ。こんな緩い感じでいいんだ。あれやらなきゃ、これやらなきゃなんて必要ないんだ。やりたいことだけやればいいのか。そして気がついたらどっぷりとキャンプ動画にハマってしまった高校三年生。

就職先もね……。

これだけハマってしまったら影響されてしまうのも仕方ないよね？

元々は物を作るのが好きだったので大手の建築関係の会社に就職を目指していた。

何度か会社見学で伺った会社も数社。

うちの会社の面接で待ってるよと言われたのも一度ではない。

それなのに気がついたらね……。

キャンプ道具の製造メーカーやら販売店やらに履歴書を片っ端から送りつけていた。

担任には何度も説得されたけど……。

もう無理なんだよ。

キャンプに関わる仕事がしたくて仕方ないんだ。

母親には大激怒され、めちゃくちゃ怒られたけど。

「キャンプブームなんていつかは下火になる。その時に会社の経営は大丈夫なの？　大手の建築関まぁ怒られたからと言って就活先を変更するとか、俺も全く考えてないけどね。
「就職できたらね。成績アップに貢献よろしく！」
この人、スゴいな。あれだけ言われても、怒られても全くブレない。
「もしも就職出来たら焚き火台とかの道具。格安で頼むわ」
しかし、我が家の女帝二人が立ち去った後に父が言った一言。
もの凄くね……心にグサッときた。
中学三年生の妹に罵倒される男二人。
「揃いも揃って状況にすぐに流される、情けない男達ね」
母が立ち去った後、妹がゆっくり俺と父の二人のそばにきて言った一言。
更に、冷め切った眼で母の後ろから見てくる妹。
二人して仲良く正座で怒られた。
その言葉を聞いた母にとっては燃料を投下したようなものだったらしい。
やりたいことをやればいいよと後押ししてくれた。
でも、父は笑って許してくれた。
まぁ気持ちはわからないでもない。
連企業の方が安定しているじゃない！」

就職活動。

キャンプ動画に影響されてからの就活。

熱意だけはもの凄かったね。

六社中、四社から面接に来ないかとありがたく返事を貰って浮かれた自分。

改めて、各社の特色を調べたりして準備は万端。

そこから面接でどれだけ働きたいか。御社の何が好きか。もしも入社したら何がしたいか。それはもう熱意も熱意で話をし過ぎてしまった。

結果……全戦全敗。

ちょっとやり過ぎてしまったようだ。

父からは「まだ時間は有るんだからゆっくり考えればいいよ」とのありがたいお言葉。

母はもう就活に関してはなにも言わなくなった。でも普段の生活においてだいぶ当たりが強くなっている気がするけど。

妹からはもうね……。

就活失敗の寄生虫やるくらいなら野山で暮らせば？　などというありがたいお言葉。

挫けずに次の就活先を探していると、以前面接を受けた四社のうちの一社の面接官の方から連絡が来た。

「君のキャンプ用品に対する熱意は本物だったよ。本当ならうちで働いてもらいたいんだけど。でも君の能力はウチみたいな製造メーカーじゃなくて販売店の方が確実に生かせると思う。もしよければウチの取引先の会社の面接を受けてみないか？　話は通してあるから考えてみてくれ」

なんて嬉しい提案なんだろう。

それはもう……すぐに飛びついたよ。

そして面接。

熱くなるな。クールだ。クールに行こうぜ。

ずっと自己暗示しながら面接を受けていたが……だんだんと熱が入ってきてしまい……。

結果、面接官とのトークでヒートアップしてる自分。

なんでこうなった⁉

「君ってあれだね。製造メーカーには全く向いてないよ。製造メーカーだとやっぱり得意、不得意っていうのが多々あるからね。君にとっては足枷になるだろうし」

「すみません。熱くなり過ぎてしまいました」

どうやらまたやり過ぎてしまったようだ。

どうするかなぁ。

また一から就職先を探すのをやり直しかぁ……。

「ん？　大丈夫だよ。君の熱意は本気だって伝わったから。これだけいろんな製品を熱く語れるならウチみたいな販売店の方が絶対向いてるよ。いろんなメーカーの製品に触れられるしね。来年からよろしく、翔弥君」

えっ……。

面接で落ちたと思っていたので固まってしまった自分。

「まさか落ちたと思った？　元々は取引先から紹介されたから、とりあえずって感じだったんだけどね。でも君のことは気に入ったよ。合格。社長の俺が言うんだから間違いないよ」

「へっ？　社長？　ホームページで拝見した名前と違うのですが……」

「あぁ。この机の名前か。これは本来の面接担当の名前だけど今回は借りてみたんだ。そりゃそうでしょ。まさかウチで雇ってもらえないか？　なんてメーカーから直接連絡くるのはほとんど聞いたこと無いし。それで気になったから面接担当やってみたんだけどね。気に入ったよ。これからよろしくね」

「あっ……ありがとうございます！　精一杯頑張ります！」

やったぁ!!

就職先決まったーーーー！

ソロキャンプデビューに向けて。

就活も無事に終わり、その後無事に高校も卒業。そして社会人デビュー。

俺が就職した会社は元々スポーツ用品の総合販売会社。

その中の一部としてキャンプ用品を販売していたけど、ここ数年のキャンプブームによってキャンプ用品専門店として新しく開店する店舗に配属された。

それはもう素晴らしいの一言。

憧れのキャンプギアから庶民の懐に優しい価格帯の商品まで選り取り見取り。

それに社内教育の環境も素晴らしい。本当に就職出来てよかった。

「そういえば翔弥君ってこれだけキャンプギアに詳しいけどよくキャンプ行くの？」

翔弥の前に現れた女性。

この人は日比野彩華《ひびのあやか》先輩。

身長は自称１５０㎝との事だったが、絶対にそれよりも低いであろう小柄な女性。

正直なところ、中学生と言われても信じてしまいそうなほどの童顔の持ち主。

俺よりも三歳年上の現在二十二歳。

「実は小学校卒業時に父と二人で行ったのが最後なんですよねぇ……」

「そうなの？　これだけ詳しいから、よく行くのかと思ってたよ」

「中学生にもなって父と二人でキャンプってのに抵抗が出来てしまいまして」

「あぁ……あれか。思春期ってやつだねぇ。確かにその年頃って親と出掛けるのが恥ずかしくなるよね～」

思春期ってどうしてあんなにも親と出掛けるのが嫌になるんだろ。

別に親が嫌いって訳じゃないんだけど。

「とりあえず、頑張って働いてお金貯めようと思ってます。そして自分の欲しいキャンプギアを揃えたらソロキャンプデビューしようかなぁって」

あの人気芸人さんのキャンプ動画を見て憧れを抱いたソロキャンプ。

もしも初めてソロキャンプに行く事になったら富士山が見えるキャンプ場がいい。

有名なキャンプ場は昨今のキャンプブームによって人がたくさんいるので、穴場的なキャンプ場をチェック済み。

「それじゃあ、なんでそんなにキャンプギアに詳しくなったの？　知識だけは豊富でソロキャンプ未経験の翔弥君」

「なんか言い方にトゲがありますね……道具に興味を持ったきっかけはキャンプ動画ですよ」

「キャンプ動画ってもしかしてあの有名な芸人さんの？」

「そうですよ。あの人の動画を見てキャンプに対する意識がガラッと変わりました」

「あの人の動画いいよね～。キャンプに行けなくても動画で癒されるし。そうかぁ。翔弥君もかぁ」

キャンプを始めるきっかけは人それぞれだと思う。

でもあの人の動画をみてキャンプに興味が出始めたのは、かなりの人数に及ぶと思う。

それくらい影響力が凄かった。

まさかその芸人さんが使用しているキャンプギアが絶大な人気になって、こんなにも手に入りにくくなるなんて思ってもいなかった。

「最近は100均でもキャンプギアが出てるからねぇ。しかもそれがなかなかの曲者《くせもの》で……うちの値段を見て高すぎるって文句言ってくるお客さんもチラホラいるからねぇ。翔弥君は熱くならないように気を付けてね！」

「わかっていますよ。自分も会社帰りに定期的に100均のお店を覗いては新製品チェックしたり、購入したりしてますから。いいところも悪いところも把握済みです」

「さっすがぁ。『知識だけは』豊富だもんねぇ」

「あと半年我慢して秋くらいにはソロキャンプデビューする予定ですから！　それまで優しく教えてくださいね！　どうせ半年後も彼氏いないですよね？　セ　ン　パ　イ！」

「彼氏いないんじゃなくて、つくらないだけですー！　その気になれば、すぐにでも彼氏くらいつくれますー！」

こんな感じでとても働きやすい仕事場だった。

そんなこんなで半年後。

給料の大半をつぎ込みキャンプギアを一通り揃えることが出来た。

そしていよいよソロキャンプデビューに向けて準備は完了したのだった。


いよいよソロキャンプデビュー。


スマホの充電よし。モバイルバッテリーの充電も完了。

荷物もさっき確認して抜けは無し。食料は途中にある道の駅とスーパーで買う予定として……。

一応いつもの天気予報でも見ておくか。

「今日の天気は晴れ。降水確率は0パーセント。風も強くないので今日は紅葉もゆっくり見られて観光には最適の日になるでしょう♪　でも今日は残念ですけど平日ですね。それじゃあ皆さんお仕事頑張ってくださいね！　行ってらっしゃい！」

心の中で『行ってきます』と返事をしている男達は多々居るだろうな。まぁ俺もその中の一人なんだけど。

「母さん！　父さん！　それじゃあ行ってくるよー」

「怪我にだけは気を付けなさいよ！」

「熊だけには気を付けろよ～！　あれには勝てないからなぁ～」

幾つになっても母親には心配されるけど……。

父さん……キャンプ場で薪割り中に熊とばったり出会った瞬間に、手斧で熊に襲いかかったあんたには言われたくないわ。

何が先手必勝だよ。ワンパンで返り討ちにされたじゃないか。

あんた……唐辛子成分入りの催涙スプレーを俺が持ってなかったら、今頃熊のお腹の中だったじゃないか。

まぁいいか。助かったし。

「行ってきま～す」


わくわくしながら車を走らせて到着したのは、最近オープンしたばかりの道の駅。

この道の駅ではジビエ肉の販売もしているとテレビで紹介されていたので、楽しみにしていた場所だった。

地元の農家さんが作った野菜なども多数の種類にわたって販売していたので、普段使わないような珍しい野菜を中心に購入していった。

そして、次はいよいよ楽しみにしていた肉コーナー。

「こんなのも売っているのかよ。まじか……」

手にもっているのは、まさかの熊肉。これはもう買うしかないな！

でも……熊肉の隣に並んでいたアレだけは無理だ。

その名も熊の手。

ご丁寧に毛もついたまま。
見た目そのままの熊の手。
あんなのどう頑張っても調理できる気がしないわ！
結局道の駅で買った物は、
地元の採れたて野菜
熊肉
猪肉
鹿肉
ジビエが多い？
だって気になるじゃん。
普段は牛・豚・鶏・頑張ってラム。
他の肉を食べる経験なんて滅多に味わえないし。
初めてのソロキャンプで初めて食べるお肉達。
うん。大丈夫。大丈夫だよね？
まぁ駄目だとしてもそれはそれで思い出にはなるし。ポジティブにいこう。
そしてキャンプ場近くにあるスーパーにも寄って、道の駅では揃えきれなかった品々を購入。
いよいよキャンプ場だ。

受付を済ませると、テントの設営の場所を探しにふらふらと見て回る。

キャンプ場の敷地内には小川が流れていて、場所によっては川を眺めながら木々の隙間から富士山が見える。

ふらふらしていると、なんかここで設営しなきゃって思えるような場所に辿り着いた。

目の前には緩やかに流れる小川。

不自然にぽっかりと石が退けられてる地面。

きっと誰かが以前設営したときに整地したんだろうな。地面が均《なら》されてるし。

テントの設営は簡単に出来そうだ。

とりあえず、荷物を地面に置いて椅子を組み立てて座ってみる。

あぁ……ここは良いところだ。

椅子に座った時に、この場所の真価が判る。

木々の隙間から見えるのは富士山。

立ってるときには木々に阻まれて見えないけど、椅子に座った時の視界だと富士山が見える。

こんなベストポジションだから、これに気がついた人が整地したんだろうな。

ありがとう。整地してくれた人。

初めてのソロキャンプは素晴らしいスタートになりそうだ。

「あっ、急いで準備しないと」

思わずボーッとしながら椅子に座り込んでしまっていたが、何時までも椅子に座りながら富士山と小川を眺めている訳にはいかない。

とりあえず荷解きをせねば。

まずはあれだな。テント設営。

駐車場から今いるテントサイトは比較的距離が近いので、今回のテントはソロ用じゃなくて二人～三人用のドームテントを用意した。

穴場のキャンプ場で場所はゆったりと使えるので迷惑にはならないはず。

実は……若干の閉所恐怖症ってことが数ヶ月前に発覚した。

あれは会社に届いた新商品のテストの時。

新商品の一つとしてソロテントがあったので敷地内でみんな仲良く設営。

そして順番にテントの中でゴロゴロと使用感のチェック。

その時に初めてソロ用テントに入ったんだけど、圧迫感を急に感じて動悸と息切れが……。

数分間テントの中に入っていただけで汗ビッショリになってしまった。

そして俺の次にテントの使用感をテストするのは、いつもの先輩。

ソロ用テントの中に入って一言。

「私……今、翔弥君のフェロモンに包まれてるわ」

そして急にテントを出るなりテント内に消臭スプレーを吹きかける先輩。

いや……汗をかいたのは確かに悪いと思うよ？

でも流石に目の前で消臭スプレーは傷つくと思うんだ……。

まぁそんな感じで閉所恐怖症が発覚してソロ用テントだけはどうしてもダメだった。

家の庭や駐車場、河川敷とかでドームテントの設営の練習をしていたお陰で、特に苦労すること も無く無事に設営完了。

ペグ打ちも完璧。多少の風なら大丈夫。

椅子の準備は終わってる。キッチンの代わりのテーブルも設置。

さて。いよいよ。キャンプの醍醐味。

焚き火の準備。

ここのキャンプ場は直火禁止なので、焚き火台も持ってきてるから大丈夫。

焚き火シートを敷いて下の芝生を保護。

その上に焚き火台で準備は完了。

初心者キャンパーなのでマナーだけには人一倍気を付けなきゃね。

キャンプ場のルールを守ることは本当に大事。

マナー悪化のせいで直火禁止のキャンプ場も増えているらしい。

みんな、必ずマナーを守って利用しよう。

そしていよいよ焚き火のスタート。

現在の時刻は午後二時。やっぱり初めてのソロキャンプだったので、設営に思ったよりも時間がかかったな。

それじゃあ、少し遅いけど今からお昼ご飯。

とりあえずは肉！　道の駅で買ったあのジビエ達。

翔弥は保冷バッグからお肉達を取り出す。

三種類のお肉をじっと観察する。

よし！　一番初めは君に決めた！

いでよ、鹿肉！

鹿のお肉を手に取って改めて観察する。鹿肉って牛よりも赤が濃い色してるんだ。

臭いを嗅いでみるけど、思っていたよりも特に気にならない。

鉄板にオリーブオイルを敷いて焚き火台にセット。

鹿肉はステーキにして頂くことにしよう。

味付けは無難に塩と胡椒で。

ジューーッと肉の焼ける音。

そして肉が焼ける匂いが食欲をそそる。

スーパーで買っておいたフランスパンに真ん中から切れ目を入れて全体を軽く火で炙る。

その後は切れ目に焼いた鹿肉を挟んで、いざ実食。

「これは思っていたよりも牛に近い味なのかな？」

噛むと肉汁が口の中に広がりめちゃくちゃ美味い！

この景色とキャンプでの初調理っていうスパイスも上乗せされてもの凄く幸せな気分。

パンじゃなくてお米でも良かったかな？

でもお米を炊くのってなかなか時間がかかるんだよね。

ご飯一合炊飯する手順として、まずはお米をとぐ。

その後、飯盒または最近は100均でも売られているメスティンを用意。

俺の好みはメスティン。

メスティンにといだお米一合と200ccの水を入れて三十分から一時間程度お米に水を吸わせる。

ポケットストーブに二十分ほど燃焼してくれる固形燃料をセット。

メスティンを載せて固形燃料に火をつけたら、後は固形燃料が燃え尽きるまでほったらかし。

外で炊飯する場合、風が強いと火が弱まったりしてしまうので風防で守ってあげるのも忘れずに。

固形燃料が燃え尽きたらメスティンをタオルなどで包んで上下をひっくり返して、蒸らすこと約十五分。

ここまで来てやっと炊き立てのご飯が食べられるって訳。

食べたいと思ってもすぐに食べられる訳じゃない。そして炊飯する際に気を付ける事。

最後のメスティンをひっくり返す際に、蓋をきちんと押さえていないと……。

地面へとぶちまけて絶望に襲われることだろう。

正直に言うと、俺は何回かやらかしている。

家の庭で炊飯していたけど、地面に盛大にぶちまけた時は本当に心の底から泣きたくなった。

とりあえずお昼ご飯にと、フランスパン+鹿肉をペロッと食べた後は……。

どうしようかな?

ボーッと景色を眺める。

……。

先輩が言っていたことはこれか。

『設営完了。焚き火完了。お腹も満たした。さぁ君はこれから何をする？　山と川。それを見てるだけで時間を潰せるかな？』

とても為になる助言を聞いておいて良かった。

とりあえずタブレットをテーブルに設置。

そして周りの迷惑にならないようにイヤホンを接続。

事前に動画ストリーミングサービスと契約しておいたので、見たい映画を何本かダウンロードしていた。

えっ？

せっかくのキャンプなのに何してるのかって？

逆に聞くよ。キャンプなんだから好きに過ごしたっていいじゃないか。

まぁ、マナーは必ず守ることが前提だけどね。

あたりは暗くなる。

タブレットで映画を二本見終わる頃にはあたりは真っ暗に。

ここで登場するのがガスランタンとLEDランタン。

キャンプなんだから普通のランタンじゃないのかだって？

みんながよく想像するオイルランタンも良いんだけどね。

あれは慣れるまで大変なんだ。

慣れていないとすぐに火が消えちゃうし。

あとは燃焼時に独特の臭いがするからその辺は人の好みによるかも。

俺はちょっと苦手な臭いだった。

見た目は本当にカッコいいんだけどね。

オイルランタンの臭いが苦手な人にお薦めするのは、ガスランタンとLEDランタン。

ガスランタンはオイルランタンよりも光量が大きい。まぁガス缶なので寒さには弱いんだけど。

秋くらいの季節ならまだ大丈夫。ガスランタンの欠点は何といっても燃料のガスのコストがかかるってことかな。

ガスランタンをテーブルに設置して着火。

ＬＥＤランタンはテント内に吊り下げて使用。

ちなみにテント内で燃料系のランタンって危ないよ？

テント内など室内だとうまく換気出来ないし、火を使ってるってことは一酸化炭素中毒の危険性が一気に高まるから。

本当に気を付けないと、最悪意識を失って死に至る事もあるんだから。

自分は絶対に大丈夫って過信しないこと。

なので安全の為にもテント内で使うのはＬＥＤランタン。

しかもこのＬＥＤランタン。

進化が凄いの。

機種によってはスマホやタブレットの充電も出来るし、緊急時はモバイルバッテリーの代用品としても使用出来るからね。

更にはソーラー充電が可能な機種も。

アウトドア以外にも万が一の災害に備えて準備するのもいいと思う。

ランタンと焚き火で明るさを確保したので晩御飯の準備に取り掛かる。

晩御飯のお肉は……。

猪肉に決定！　だって……熊肉を食べる勇気が俺には出なかったよ。

ご飯はただお米を炊飯するなんてつまらない！　ってことで吸水したお米＋ひよこでおなじみのチキン味のラーメンを細かく砕いて一緒に炊飯。

チキンなラーメンご飯の完成です。

メスティンの蓋を開けると、あのチキン味のラーメンの香りと炊き立てのお米の匂いが一気に襲い掛かって来る。

ジャンクフード感が半端ない！　これがなかなかいけるんですよ、皆さん。

そしてジャンクフードと一緒に食べるのが猪肉！

猪肉を初実食。

ん？　豚肉に比べて脂の旨みが強いかも。

ただし、食べるのが少し大変。スジがなかなかの歯ごたえで噛み切るのにちょっと時間かかる感じ。

肉の味に関しては豚肉に結構近い。

これは好き嫌いが分かれるかなぁ。

俺は脂の旨みが濃いから好きだけど。

肉を口に放り込んですぐにチキン味なラーメンご飯を一口。

……これは有りだな。ネットでレシピを見つけておいて良かった。

ちょっとチャーハン的な感じでガツガツいける。

「ふぅ……食ったぁ。むしろ食べ過ぎて動けねぇ」

焚き火を見ながら一休みした後、焚き火でお湯を沸かしてのんびりコーヒーでも。

って本当は出来たらかっこいいんだけどね。そこは残念味覚な訳ですよ。

苦味に旨みを見つけられない人間なんです。

『翔弥君のお子様味覚～。いろんな深い意味でもお子様だね～！』

『お子様体形、お子様身長。一人でお酒を買うときに両親のお使いだとお酒は買えないの。って店員さんに注意される先輩には言われたくないですよ』

『てめぇ、その喧嘩買った！』

その後二人で仲良く店長に怒られたのはいい思い出。

そんなことを考えているとブルブルと震えているスマホに気が付いた。

着信の名前を見て切ろうかと思ったけど、仕方ないからでてあげるか。

「はろぉー、翔弥君。夜は暗くて怖くない？　大丈夫かな？　お姉さんの声で安心できたかな？」

よし切ろう。ポチッとな。

すぐに再び着信。

「照れ屋さんめ。恥ずかしがることなん……」

ポチッとな。再び着信。

「お前、先輩なめてるのか⁉　そうなのか⁉」

仕方ない。相手をしてあげるとするか。

「とても感謝してますよ。わざわざ心配して電話してくれるんですから。本当に感謝で胸がいっぱいになってます」

「感謝したまえ。お姉さんは優しさを持って君を包んであげよう」

「はいはい、ありがとうございます。んで急に電話とかどうしたんですか？」

「あからさまに話をぶったぎったな。いやね、初めてのソロキャンプだから一応連絡してみようかと」

これはあれですか？　好意って奴でしょうか？

「今のところは順調ですよ。そんなことでわざわざ連絡くれたんですか？　もしかして俺のこと好きですす？」

ふっ。言ってやったぜ。

「冗談は顔と性格と存在だけにしたまえよ、君。順調ならいいんだよ。順調ならね」

「相変わらずの全否定の斬り込みですね。照れ隠しなんて可愛いですよ、先輩！」

「まぁ順調ならなんでもないよ。ちょーーっとだけ胸騒ぎがしただけだからさ。大丈夫ならいいんだよ」

全スルーとはやるな。

「わざわざ連絡ありがとうございます。先輩の胸騒ぎって結構当たるから気を付けますよ。○無いのに……」

「まだ成長期が来てないだけだから！　サプリメントで頑張ってるとこだから！」

本当にこの先輩は絡んでて楽なんだよな。

「それじゃあそろそろ電話切るね～。初めてのソロキャンプ楽しむんだよ！　おやすみ～」

「ありがとうございます。先輩もおやすみなさい」

なんだかんだ結構長々と電話しちゃったな。

さて。そろそろ寝る準備でもするかぁ。

歯磨きとトイレを済ませて焚き火の火も消火確認。
焚き火の火をつけたまま寝るなんて事は絶対にしちゃ駄目。
いい雰囲気だからとか言ってつけたまま寝る輩がいるらしいけど。
火事になったらどうするんだろう？
仮に人が亡くなったら責任とれるのか？　って俺は思うけどね。
雰囲気よりもマナーだよ。
「ちょっと汗臭いなぁ」
自分の身体の臭いが気になる。
汗と煙で燻された燻製状態。
このキャンプ場の欠点はシャワーとかが無いことなんだよなぁ。
近くの温泉までも車で三十分だし。
仕方ないのでぬるま湯でタオルを濡らしてテント内で身体を拭く。
そして頭にはドライシャンプーを。
水なしで使えるので本当に便利。
明日はどうしようかなぁ。
とりあえず……ラストお肉の熊肉チャレンジかなぁ。
味に対しては不安しかないけど。
予定としては、日の出前に起きる。そして朝は寒いから軽く焚き火。

日の出を見ながら紅茶でティータイム。その後は熊肉チャレンジの朝食に。
昼前には撤収完了で帰宅だな。
それじゃあアラームセットして寝るかぁ。おやすみなさい。

？？？

『あの方は本当に怒りっぽいから困る。少しくらい遊んだっていいじゃないか。どうせほっといてもすぐにあいつ等は増えるんだから。もうやるなって言われてもねぇ。もう仕込んじゃった分については仕方ないよねぇ～？　それじゃあ大人しく見て楽しんでいくとするかぁ。楽しみだなぁ！』

スマホのアラームで目が覚めた。
現在の時刻は五時十五分。あと三十分もしないで日の出か。
とりあえず、着火剤を使って簡単に火起こし。
はぁーっと息を吐くと白い。
「流石にこの季節の朝は寒いなぁ。焚き火で暖をとらないとキツい」
火起こしが完了したらお湯を沸かす。
目覚めの一杯はレモンティーにしよう。
椅子に座り富士山が見えるであろう方向を見ながらティータイム。

「あったけぇ。温かい紅茶が身体にしみるわ」

そろそろ日の出の時間。うっすらと富士山の背景が明るくなってきた。日の出まであと少し。

そんな時だった。

ゴロゴロゴロ――。

ん？　なんか雷の音が聞こえるな。

上を見ても薄暗くてよく見えないけど、雲は無いと思う。

「気のせいだったか」

もう少し。あとちょっと。

徐々に富士山が照らされていく。

そして富士山の裏から太陽が出てきた。

「日の出だぁ！」

この景色は感動する。

動画にでも録画しておけば良かったかも。

そんなことを考えていた直後……。

ドーーーン

凄まじい音と共に身体に何かが落ちた感触。
雲は無かったハズなのに……。
そんなバカな。雷が急に落ちてくるなんて……。
俺はそんなことを思いながら意識が暗転していったのだった。

？？？

◇

『よっしゃぁぁ！　当たったぁぁぁ！　どうよ、これ！　日の出と共に雷撃プレゼント。わざわざ力を使って人間があの場所に来るように誘《おび》き出して。日の出を見たくなるように暗示をかける。そして日の出が見えた瞬間に雷撃プレゼントで絶望のまま葬り去る。あぁ……ゾクゾクするぜ。この瞬間がたまらないな！』

『何がたまらないんだ？』

『それはもう。わざわざノコノコと罠に引っかかって命を落とす間抜けさがたまらない！　……えっ？』

その存在は、驚いて後ろを振り返った。

『あれだけこのようなことに力を使うなときつく注意したというのに全く聞かなかったな』

『違う！　違います！　あれは注意される前に使った力です！　注意されてからは使ってません！』

『人間に危害を加える前に消すことも出来ただろう。やはりおぬしでは駄目なようだな……』

『違います！　創造神《そうぞうしん》様に注意されて以降は心を入れ替えました！　あれは消すのを忘れていただけです！』

『そのような戯言などもう良い。お主には心底ガッカリした。無駄に力を得たばっかりに増長しよって……そのような神などいらぬ！』

『たかが虫けらを処分しただけじゃないか！　それの何がいけないんだ創造神！』

創造神と呼ばれた者は目の前にいる者に対して手をかざす。

『さらばだ。消えよ』

『そんなバカな。こんな所で終わっていい俺ではない……』

そう喚き散らしながら身体が崩壊していく様を創造神と呼ばれた者は冷めた眼で見つめているのであった。

『最近はこのような輩が増えてばかりだ……』

そう落胆しながら、先ほどくだらない悪戯により命が奪われた青年の魂を回収したのだった。

終わりと出会い。

う……ん……？

ここは何処だろう……？

辺り一面真っ白。

確かキャンプ場でティータイムをしながら日の出を見ていて……えっと……。

もしかしなくてもあの時の落雷で死んだ……？

周りを改めて見渡そうとするも視線が動かない。

あれ？　そう言えば身体の感覚が無い……えっ……やっぱり死んだってこと？

『気がついたかね？』

突然声が聞こえた。そして目の前が急に眩しくなったような気がする。

『あぁ。すまない。これでどうじゃろうか？』

眩しさは収まったようだ。

光が徐々に収まっていき、目の前にはダンディーなおじいさんが姿を現した。

『見た目に関しては君にあわせて見えるようにしておるだけじゃから気にしなくてもよい』

ってことはもしかしなくても神様ってことでしょうか？

あぁ……やっぱり俺はあの時死んでしまったんですね。

『私は君達人々から創造神と呼ばれている存在じゃ。この度、君には本当に申し訳ない事をしてしまった』

急にどうしたのでしょう？

そのような方が頭を下げないでください。こちらこそなんかすみません。頭を下げたいのですが身体の感覚が無くて……。

『君は今、自分がどうなっているか把握しているのかのぅ？』

たぶんタイミング的には落雷に見事ヒットして死んでしまったかと……。

『正しくは落雷ではない。新たに神となった新神《しんじん》が悪意ある悪戯により君の命を奪ってしまった。

間に合わなくて本当に申し訳ない』

えっ……そうか。

だから雲がないはずの空からゴロゴロという音が……そして雷が落ちて来たんですね……。

『このようなことを為出かした新神は、申し訳ないが此方で処置させてもらった』

えっと……わかりましたので、顔を上げていただけると……それで、これから俺はどうなるんでしょうか？　帰ることなんて……。

『君の肉体は残念ながらすでに失われておる。しかし此方の不手際により失った訳だから元の世界は無理じゃが……他の世界で良いのならば転生させる事が出来る。君はどうしたい？』

申し訳ありませんが……もしも断った場合はどうなるのでしょうか？

『その場合は輪廻の流れに戻ってもらうことになるだろう』

その流れに戻った場合は……？

『そしたら次の転生まで輪廻を廻って待ってもらうかのぅ。まぁその場合は次に何に転生するかは分からんのじゃけど』

つまりは人間ではなく動物とか昆虫の可能性も？

『まぁ、その可能性もあるのぅ。あとは君達で言う微生物？　と呼ばれている存在になる可能性もある。何になるかは完全にランダムなのじゃ。輪廻に関してはいくら儂でも手を出すことが出来ぬ』

流石に微生物になる可能性があるのは……。

御手数をおかけしますが他の世界へと転生でお願いしたいと思います。

『今回はこちらの不手際だからのぅ。転生先の世界の希望はあるか？』

どのような世界があるのでしょうか？

『しばし待て。君の思考を読ませてもらう……ふむ。なるほど。とりあえずは君達の言葉で言うとこんな感じかのぅ』
1　まだ新しい何もない世界。
2　近未来的なSFと呼ばれる世界。
3　元居た世界に限りなく近い世界。
4　剣と魔法の世界。
『大雑把に言うとこんな感じじゃのぅ』

せっかくなら元居たような世界以外がいい。

何もない世界も、なんか嫌だなぁ……。

近未来的な世界かぁ。憧れるけど戦争で滅ぶ未来しか予想出来ない。

『まぁそうなる事も多いじゃろう。現在進行形で異星の者と衝突が起こりそうな状態じゃからなぁ。争いが無いという点では4しかない』

しかし新しい世界ってことは本当に何もないんですよね？

『これから管理を任せる神を決めて、そこから先どうなるかはその神次第ってことになる』

ってことは剣と魔法の世界が一番ですね。

『まぁここも争いが無いというわけではない。魔物という存在と魔王と呼ばれる存在がおる。その勢力と人間が争った事もあるからのぅ』

魔王が居るなら勇者も……？

『そのような存在がいるときもあるようだが、今は居ないのぅ。どちらにせよ完全に安全と呼べる世界ではないな』

何もない世界は却下。普通に生きることすら大変そうだし。

近未来的なSFと呼ばれる世界なんて……技術差がありすぎると理解することすら大変そうだし、SF映画って主人公が大体碌な目に遭わないから却下。

元居た世界に限りなく近い世界は……行きたいと思うことが出来ない。死ぬ前の生活の事を思い出しそうだし、思い出したとしても似て非なる世界って辛い気がする。

そうすると……この中だと一択な気がするな。

剣と魔法の世界。ゲームとかアニメでもそんな世界は多かった。

スキルとか能力、それに魔法とかも使えるなら一番楽しそう。

それに冒険者みたいな職業が存在するならば、野営の時にキャンプとしても楽しめそう！

魔法が使えれば簡単に火起こしも出来そうだし。

もしかしたらアニメとかマンガで出てきていたマンガ肉と出会えるかもしれない。

よし、決めました。

剣と魔法の世界でお願いしたいと思います。

新たなる旅立ちへ。

『あい、わかった。それでは新しい人生は君の望む世界への転生とするのじゃ』

一つ質問よろしいでしょうか？

『何かね？』

転生ということは新たに生まれ変わるということでしょうか？

『うむ。そうなる。如何《いかん》せん元の世界には既にお主の肉体が存在せぬからのぅ。すまんが、死んだものを復活させるのはいろいろと厳しいのじゃ』

わかりました。では、一つだけお願いがあるのですが……。

『願いか。叶えられるかどうかは内容にもよるのじゃが……』

無理なら大丈夫です。自分が死んだ後どうなったか知ることは可能でしょうか？

『うーむ……まぁ仕方ない。今回だけは特例で許可しよう。時間軸の関係上死んだあとの映像だけだ。未来については私が見せてしまうと、そうなることが確定して道が出来てしまうので、それだけは出来来ぬ』

大丈夫です。亡くなったあと数日だけで大丈夫です。

『まぁ、それくらいなら構わぬ。しかし今現在どのくらい時間が経っているかなどについては一切教えることが出来ぬ。世界の秩序が崩壊してしまうのでのぅ』
わかりました。その条件でよろしくお願いします。
『うむ。それじゃあ今からそちらの意識に映像を送る』
そう言うと創造神様は俺に向かって手をかざした。そして頭の中に飛び飛びで映像が流れてきた。

「おい！　なんか凄い音したぞ！」

「なんでこんな雲一つ無い状態で落雷なんかあるんだよ！」

「とりあえず近くに落ちたように見えたから見に行くぞ！」

もの凄い音に気が付いた人達が複数のテントから出てきて、翔弥がいた場所に向かうところの映像だった。

「誰か椅子に座ってるぞ！」

「さっきの音は落雷か？　大丈夫かー？」

「おーい、大丈夫かー？」

あの時座って焚き火してたからなぁ。

「そこで座ってる人大丈夫ー？」

いくら声を掛けても反応が無いことに異変を感じる人々。

「あれ……変じゃないか？　聞こえてるはずだよな？」

「なんか変だ。急ぐぞ」

数人が走って俺の所に来てくれていた。

「あんた落雷大丈夫だったか？」

そう言いながら俺の肩を叩く男性。

そのまま倒れ込む俺。

「おっ……おい！　大丈夫か!?」

「まじかよ！　眼を開けたままだぞ！」

「やばい！　呼吸が無い！　脈も感じない！　救急車と管理人に急いで連絡だ！」


次の映像に切り替わる。

「うっ……バカ兄……っ……」

「バカ息子がっ……親より先に逝きやがって……」

「翔弥ぁぁ……」

これはキツい……俺が亡くなった後の家族達の映像だった。

家族の後ろにいるのは医者か……。

「死因が不自然過ぎる。心臓だけピンポイントで焼け焦げてる。落雷なら通常皮膚などにもダメージが有るはずだ」

「確かにそうですよね。身体は綺麗なままでしたし」

「後は警察の判断に任せるか」

現代科学では解決出来ないでしょうよ……まぁ……まだ、まる焦げの死体じゃないだけ良かったとするか。

あれ？　病室の外でも泣き声が聞こえる。

「っ……翔弥君……」

「大丈夫か？　彩華君」

「社長……っ……すみません……私が止めていたら……」

「君が気にする必要なんて無い……コレばかりはどうにもならん……雲一つない天気で落雷が直撃するなんて、誰も考えられないだろう」

「せめてっ……一緒に付いて行っていたら……うぅっ……」

先輩……先輩は何も気にしなくていいよ……。

『仕方ないのぅ……特別じゃからな……』

創造神様が再び俺に向かって手をかざした。

先輩……。

「!!　今翔弥君の声がっ……」

彩華先輩、俺の為に泣いてくれてありがとう。

そして、何時もバカ騒ぎの相手してくれてありがとう。

直接会っていえなかったけど……実は俺、先輩のこと好きでした！

絶対に幸せになってください！

「翔弥君！　私もっ……私も君のことが好き……だったよぉ……こんなお別れなんて……」

「まさか！　こんなことが……」

社長……短い間でしたが大変お世話になりました。仕事。本当に楽しかったです。本当に申し訳ないですが、彩華先輩の事、お願いします。

「あぁ……任せてくれ。君がびっくりするくらい更に会社を大きくして、キャンプ業界でトップにまで上りつめてみせるから私がそっちに行くまで楽しみにしていてくれ！」

楽しみにしてます！　それじゃあ彩華先輩。今までありがとうございました。

「翔弥君……君が後悔するくらい幸せになってみせるからっ……」

そこで、映像はぷつんと途切れた。


『ふぅ……こんなもんかのぅ。すまんが家族と話す時間までつくるのは厳しい。少しばかり現世に干渉し過ぎてしまったからのぅ』

ありがとうございます。彩華先輩と最後の別れが出来ただけでも奇跡ですから。

でも……大丈夫ですか？

『まぁこのくらいはな。後で上級神あたりには小言を言われるかもしれんがのぅ』

なんかすみません。でもおかげで次に進めそうです。

『それなら良かったわい。それじゃあ……そろそろ行くとするかのう』

わかりました。よろしくお願いします。

『それで君が新たに行く世界だが、スキルと呼ばれるものがある。すまぬが好きに選択することは出来ぬのじゃ』

どういう基準でスキルが決まるのでしょうか？

『詳しくは言えぬが……その人の魂の情報、願望に左右される。後は努力次第だな……』

それだけ聞ければ大丈夫です。欲しいスキルが見つかったら頑張ってみようと思います。

『うむ。それじゃあ改めて。今回は本当にすまなかったのぅ。それじゃあ次の君の人生に幸せあれ！』

はい、頑張ります！

創造神様の両手が俺の方に向けられて光り輝いた。

『スキルは少しオマケしておいたからのぅ。おっほほほ』

えっ……！

最後のサプライズに驚きながらも、光に包まれて意識が途絶えたのだった。

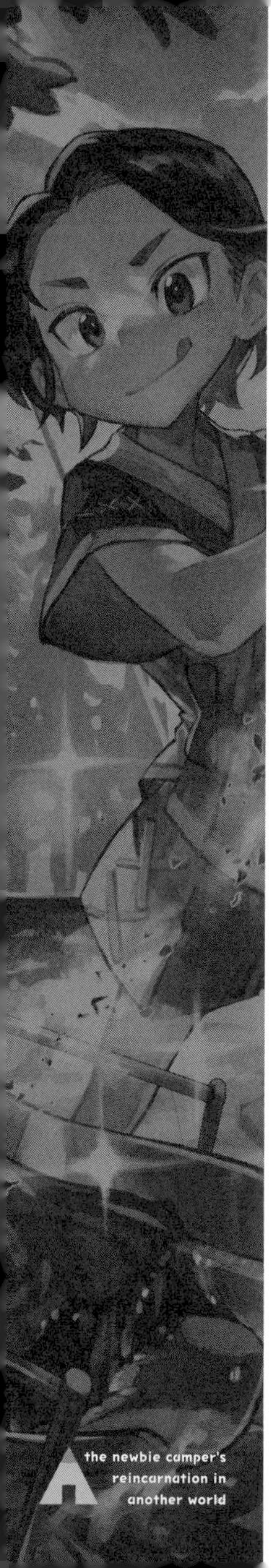
the newbie camper's
reincarnation in
another world

新しい人生を。

新たなる命。

「あなた、ごめんなさい」

「お前が気にすることはない……」

「でも……赤ちゃんダメだった……せめて産婆様が村に居てくれたら……」

ここはとある地域の辺境にある村。今日、この村に住む夫婦の出産があった。

予定では同じ村に住む産婆様が立ち会ってくれる予定になっていた。

「もうそろそろ産まれてくる子が居るのじゃ！　せめて数日だけでも！」

「煩い！　領主様の御命令だ！　逆らうならばその命無いと思え！」

そう言い争いながら、領主の部下によって産婆様が連れて行かれてしまった。夫婦はその光景を
呆然と見ながら立ち尽くしていた。その日の夜に陣痛が始まった。

「急げ！　せめて子供を産んだことがある女を手伝いに！」

村の中の女性達が慌ただしく動き始めた。

「あのくそ領主が！　また好き勝手しやがって！」

村に住む男達は領主の好き勝手に苛立ち声を荒らげていた。

「男達！　騒ぐんじゃないよ！　すぐに湯を沸かしな！　はやく動く！」

女性達にまくし立てられて男達も急いで行動を開始した。

そして……村人達の努力虚しく新たなる命は生を育むことなく天へと旅立っていってしまった……。

「本当に……ごめんね……元気な子として産んであげられなくて……」

夫婦二人。

産まれたばかりの我が子の亡骸を自分達の手で村の墓地へと納めた。

悲しみに包まれている夫婦を囲む村人達。

「すまねぇ……俺達がもっと早く気がついていれば産婆様が連れて行かれる前に抵抗出来たのに……」

「いや……気持ちだけで嬉しい。今回は残念だったが……こいつの命が繋がっただけ神様に感謝だ……みんな。世話になった。ありがとう」

「私からも。みんな、ありがとう」

二人は悲しみに沈みながらも精一杯手助けをしてくれた仲間に感謝を伝えた。

そして。村人達は悲しみを胸にそれぞれの家へ。

「うっ……私の赤ちゃんっ……」

深い悲しみを抱えて泣きじゃくる女性。涙を流しながら妻を抱きしめ続ける夫。

どれぐらい時間が経っただろうか。お互いに泣き疲れて倒れ込むように寝ようとした時だった。

ガタガタガタガタ……。

突然、家の扉がガタガタと揺れ始めた。

寝ようとした夫婦はその光景に驚き、警戒するように見つめていたが、すぐに扉の揺れは収まった。

「なんだったんだ……？」

「わからないわ……」

……っ……っ……。

「……ん？　何か声がきこえないか？」

「確かに何か……」

そう言うと男は松明を持って明かりで足元を照らしながら、恐る恐る扉に向かった。

「誰か居るのか？」

何も音がしない。

慎重にゆっくりと扉を開けていく。

目の前には何もない。足元に目を向ける。

「嘘だろう!?　何でこんな所に!?」

夫の驚いた声にビクッとする妻。

「どうしたの!?」

驚く妻だったが……次の旦那の言葉に愕然とする。

「家の前に……赤子が……」

「えっ……？」

赤子？　夫は何を言っているんだろう？

妻は夫の傍まで向かうと扉の先をのぞき込む。

「⁉」

そこには……。布に包まれた黒目黒髪の赤子が月明かりに照らされながら、地面に放置されていたのだった。

「何でこんな所に赤子が……」

「あなた……どうしましょう……？」

「とりあえず家に入れるしかあるまい……」

妻は優しい手付きで赤子を抱えると家の中へと招き入れた。

夫婦は今日自分達の赤子を失ったばかり。

その心はもちろん傷ついたまま。

そんな状態の中、何故か誰の子かもわからない赤子が家の前に放置されていたのだった。

「明日の朝に村長に話をしてみる」

「わかりました……でもこの子は何故うちの前に？　しかも……何でこんなにも安心した寝顔で……」

そう言いながら恐る恐る頬っぺたをツツいてみた。

するとどうだろうか。小さい、小さい手が頬っぺたをツツいていた指を掴んだのだった。

急に指を掴まれてびっくりしたが、指を掴んだままの寝顔を確認すると、先ほどよりも少し笑顔になっている寝顔だった。

「可愛い……」

そんな妻の光景をみて考え込む夫がいた。

さて。この赤子は一体誰の子なのだろうか……。

何故、よりによって我が子を失ったばかりの私たち夫婦の家の前に置かれていたのか。

誰の仕業なのだろうか？

いくら考えても分からなかった。


これが赤子との出会い。この赤子を中心に、世界を大きく揺るがすことになる運命の始まりであった。

出逢い。

自分達の子供の死と突然現れた謎の赤子。

夫婦はゆっくりと寝ていることなど出来なかった。そして日が昇り、朝を迎える。

「なぁ……今更ながら、この子って産まれたばかりじゃないか……？」

夫にそう言われた妻は改めて赤子をじーっと見つめる。

流石に出産したばかりだったので、妻は精神的にも肉体的にも疲れ切っていた。

「確かに……」

産まれたばかり……産まれたばかり……？

「大変!!　産まれたばかりなのに何もお世話してないわよ！」

「ご飯！　ご飯ってどうしたら！　パンって食べられるのか⁉」

朝を迎えて夫婦は重大な事実に気がついた。

それまでいろいろと疲れ切っていた夫婦はただボーッと赤子を見つめていたので気が付くまでにかなり時間がかかってしまった。
1　赤子のお世話をしてないこと。
2　どう見ても産まれたばかりなのに泣き声一つあげてないこと。
3　そもそも男の子か女の子かすら確認してないこと。
「とりあえず……息はあるわね。次は男の子か女の子かを確認しましょう」

「そうだな。とりあえず……」

「あなたは壁を向いていてください。確認は私がしますから」

「しかし赤子だぞ⁉」

「あなた、万が一やんごとなきお方の子供だった場合を考えて」

「わかりました……」

そんな夫婦のやり取りを見ていた、一人の男がいた。それは――。

どうやら異世界でも女性が強いみたいです。

どうも。無事に異世界転生しました、翔弥です。

異世界転生って聞いていたのでどなたかの母親から産まれてくると思っていたのですが……。

目が覚めたらまさかの捨て子スタートって難易度高くないですか？

一応、考えがあってこの家族の家の前に置いてくれたんだと思いますが……。

正直なところ、これからどうなるのか不安でいっぱいです。

大丈夫ですよね？　この後、ポイッとどこかに捨てられたりしませんよね？

あと……言葉が理解できるのは助かりました。これはスキルなのでしょうか？　その点には感謝します。あと、赤子なので目がよく見えないし耳もぼやっとしか聞こえないのですが……。

どうやら俺を裸にして性別を確認するみたいですね……。

ただでさえ我慢していたのに急に身体が冷えたので限界です。

心の中で謝っておきますね。

ごめんなさい、綺麗な人よ。俺はもう限界みたいです。

「あら。立派な男の子ですね！」

旦那さんの方を見て笑う奥さん。そして……。

「キャーッ！　あなた!!　布！　布！」

心の年齢十九歳。見ず知らずの奥さんに放尿してしまいました……。

本当にごめんなさい。我慢の限界だったんです……。

「元気なやつだなぁ！　あっ、ちょっと自分にも掛かってるじゃないか。大丈夫か？　ミーナ」

「ちょっとびっくりしたけど大丈夫よ。二人で軽く水浴びしてくるからこの場の掃除よろしくね」

「水は昨日汲んだやつでいいか。床を拭くだけでいいか？」

「それで構わないわ。それじゃあ行ってくるわね」

本当にごめんなさい。悪気があったわけじゃないんです。

「だぁ、あいだぶ。あぁ、ばぁだぁあぶだぶ」

「あら。初めて声を聞いたわ。やっぱり赤子の声は可愛いわね……」

やっぱり赤ちゃんの状態だと話は出来ませんよね～……。

まぁ急に赤ちゃんが流暢に喋ったら気持ち悪いしな。とりあえず、これから水浴びかぁ……これは、目がよく見えないのを喜ぶべきか喜ばないべきか……あと季節っていうのがこの世界にはあるのか分からないけど、ちょっと肌寒い気がする。風邪ひかないといいけど。

想像では外にある井戸の冷たい水で身体を拭かれるんだろうなぁって思ってましたが……。

どうやら家の中に水浴びが出来る所があるみたいです。きっと水は冷たいんだろうなぁ……。

コクン。シャァァー。何かを押した音の後に水が流れる音がし始めた。

「それじゃあきれいきれいしますよ～」

抱きしめられたまま水の音の中に。

身体に当たる水。冷たっ！　……くない？

あれ？　温かい。

抱きしめられたままシャワー？　みたいなもので湯を短時間浴びた後はすぐに身体を拭いてくれた。

てっきり俺は冷たい水で身体を拭かれるのだと思っていたんだけど……。

恥じらいを捨て去れと。

洗ってもらえたお陰で、身体はとってもさっぱりした。

「大丈夫だったか？」

「えぇ。大丈夫でしたよ。とっても大人しくしてくれたので、水浴びも簡単でした」

「ならよかった。でもこの子は全く泣いたりしないんだな」

「泣きはしないけど、水浴びの前に声は出してくれましたよ？」

「まじか。ちょっとそれは見たかったかも」

そう言うと黙り込む二人。

何だろう、この空気。なんか急に暗い雰囲気に……ちょっと話しかけてみようかな？

「だぁ……だぁぶぅー？」

ダメだ。やっぱり発音が全く上手く出来ない。

「うん？　おぉ。こんな声なのか。どうした？　声なんか出して」

「お腹すいたのかしら？　そう言えばこの子には何も食べさせてないわね……」

「飯か？　赤子の飯ってどうすればいいんだ？　パンか？」

流石にこの身体ではまだ固形物など食べられないと訴えたいが……話せないし。

「こんな歯も生えてない赤ちゃんがそんなもの食べられるわけないでしょ」

奥さん、よく言ってくれた。そうだぞ！　まだ歯も無いんだからな！

「なら何を食べさせたら……」

「そんなの決まってるじゃない……」

なんか布が擦れてる音が……生まれたばかりだからか、目がよく見えない。

全体的にぼやぁっとした風景しか見えないんだけど……。

これはあれですよね？　つまりは……。

「さぁ、どうぞ」

口に何かが当たってきた。

「でも大丈夫なのか……？」

「だって……本当にあげたかった子は……」

「すまん。思い出させた」

何だ……？　何がこの二人にあったんだ？　何で泣く声が聞こえるんだ？

全く状況が理解できない。

唯一わかってること。それは……今、口に触れている存在が何なのかって事くらい。

つまりそれってことですよね？　これはあれか……吸えって……吸えってことなのか……。

心は大人なのにこれを吸えと？　羞恥心を捨て去れと？

だがしかし……身体は正直だ……お腹が空いて仕方がない……。

そうだ。これは仕方無いことなんだ。俺は悪くない。生きていく為には仕方無いんだ。ということで覚悟を決めました。いただきます。

「おっ。元気に吸い始めたぞ」

「流石に恥ずかしいわ。あっちを向いててよ」

「おぉ。すまない。日も出てきたし、ちょっと外で薪割りでもしてるわ」

お腹空いていたからか、母乳って思っていたよりも甘くて飲みやすいな。

ゲップ。おっと……これ以上は飲み過ぎだな。御馳走様でした。

「あら。もうお腹いっぱいなのかな？」

えぇ、お腹がはちきれそうです。

「えっと……確か母乳を飲ませたら背中をトントンしてゲプッとさせるんだったかしら？」

優しく抱っこして背中をトントンしてくれた。赤ちゃんって母乳飲んだらゲップしなきゃいけないんだっけ？　うーん……もうちょっと上をトントンしてくれたら出そうだけど……。

「あれ？　全然出ないわね……もう少し強くかしら？」

うん？　あれ？　ちょっと強くない？　それにお腹圧迫されて……。

「叩く位置が違うのかしら？」

背中の叩く位置はそこだけど！　ちょっとお腹圧迫し過ぎで今ゲップなんてしたら⁉

「ゲプッ。げぇぇぇっ」

「キャァーッ」

「どうした⁉　ってあぁ。吐いちゃったのか……」

「ゲプッとさせなきゃって背中トントンしても出なくて、ちょっと焦って力入れ過ぎちゃったら……全部出て来ちゃった……」

見つめ合う二人。

「ふっ。ふふふ」

ふぅ……飲んだの全部出しちゃったよ。せっかく綺麗にしてくれたのにごめんね？　思うとおりにいかないな、この身体。

「ねぇ、あなた……」

「あぁ、わかってる。村長の所に行ってくる」

旦那さんは今から村長の所に行くのか。俺はどうなるのかなぁ。流石に捨て子スタートは予想してなかったからなぁ。

「またばっちっちぃになっちゃったから、きれいきれいにいきましょうね〜」

優しい人で本当に良かった。とりあえずお礼を言わなきゃな。

「あぁ、だぁだぁうぅばぁ、いだぶ？」

「本当に可愛いなぁ……それじゃあまた行きますよ～」

このあとまた身体中を綺麗にしてもらえました。


「じいさんいるかー？」

先ほど奥さんと別れた男が村の中で一番立派な家の扉のドアを叩いていた。何度かドアを叩いているとようやく扉が開いた。

「こんな朝っぱらからなんじゃい、グイド。ゆっくりと寝ていたかったんだが」

「もう日は出てるだろうよ。それよりも聞いてくれ！」

グイドと呼ばれた男は昨夜に起きた事情を村長に説明した。

「言いにくいことだが、それは本当か？　子供を失ったショックでおかしくなったわけじゃなく……」

「こっちだって驚きしかないんだ。子を失ったばかりの俺たちの前になんで赤子がって……」

「ちとお主の家に行くぞ。寝起きじゃから急ぎ支度する。ちょっと待っとれ」

確かに口で説明しても信じてもらえない状況だった。男は、自分でも同じ立場なら疑っていただろうと思う。やっとの思いで授かった子が産まれる直前に村で唯一の産婆を領主に連れて行かれた。その状況で産気づいてしまった。しかも難産。周りには素人のみ。結果、元気な我が子を抱くことが出来ずに終わった。そして昨日、悲しみを胸に亡くなった我が子を自分たちの手でお墓に……。

思い出すと思わず拳に力が入ってしまう。

昨夜は夫婦二人で悲しみに包まれていた。そんな時、何故か家の前に赤子が突然現れた。これはなんの嫌がらせなのか。赤子を見た瞬間、そう思ってしまった。だってそうだろう？　自分達の赤子を失った日の夜に、何故か家の前に赤子が放置されているなんて。こっちは失ったばかりなんだぞ？　何故置いていった？　うちでは手に入れることが出来なかった赤子をわざわざ放置していったあの子の両親は何を考えてる？

「じいさん。ちょっと気がついちまった」

「もうちょっとまて、後少しで着替え終わるから」

「なぁじいさん。うちの村に子供が産まれそうな家族って……うち以外にいたか？」

「ふむ……確かに考えてみたら……いないのう……」

「だよな。キースのとこが産まれたばかりであとはうちだけだったはず……」

村と呼ばれているがここは辺境の開拓村。眼前に広がるは魔物の大森林。魔物の被害を抑えるために防壁だけは領主が魔法使いたちに造らせたので無駄に立派な物が佇んでいる。村の入り口は森側と近隣の村側の二ヶ所のみ。森側の入り口は通常は閉めたまま。近隣の村側のみ朝から夕方まで開いているがそれ以降は閉じている。

うちの村への侵入は中々厳しいはず。それも赤子を抱えて誰にもバレる事無く侵入するなど……。過去にいたと言われている、空を自由に飛んでいたらしい賢者様以外不可能ではないだろうか？だとしたらあの子はいったいどこから現れた……？

「確かに不可解なことばかりだ。お主の家に行く前に門のとこに行くぞ。まだ門番の朝の交代の時間ではないはずだ」

「確か昨夜の担当はハルヒィだったはず」

「あやつなら異変を見逃すわけはないか。元はBランクの冒険者だったのだからな」

村長とグイドは謎の赤子に会う前に、門番をしているハルヒィの所へと向かって歩いて行くのだった。

見知らぬ命と決意と。

村長とグイドは門番が普段待機している休憩所に到着した。

「ハルヒィ居るかー？」

休憩所から小柄な男性が出てきた。

「なんでぇ、グイドじゃねぇか。まぁ、あれだ……今回は残念だったが気を落とすんじゃねぇぞ……」

「あぁ。心配かけてすまんな。ただな……本当なら素直に落ち込んでる予定だったんだが……」

「どうした？　なんかあったか？　そういや村長も一緒だし」

グイドと村長は昨夜起きたことをハルヒィに伝えた。

「なんじゃそりゃ。冗談じゃ……ねぇみてえだな？」

「冗談みたいなことが現実に起きてるんだ。それでなんだが……門を閉めた後、夕方から朝にかけて外から人が近寄ったりしなかったか？」

グイドにそう言われて考え込むハルヒィだったが、

「いや……門の周辺には誰も来なかったぞ」

やはり手掛かりは無し。じゃあいったいあの赤子はどこからどうやって家の前まで来たんだ……？

「そうか……昨夜、突然ドアがガタガタと揺れて、警戒しながら扉を開けたら地面に赤子が放置されていたからな……普通に考えたら意味がわからん状況だよ」

「昨夜か……うーん」

そう言うとハルヒィは少し考え込んだ。

「まぁ関係は無いと思うんだがな……」

「なんかあったのか？」

「昨夜だが一回だけ不自然に風が一瞬、強く吹いたんだよ。しかも多分上から下に向かって不可解な風が」

確かに上から下へ風が吹くなんて不可解だ。

「多少の違和感と言ったらそれくらいだな。本当に一瞬だったから。魔法かと思って警戒したんだが、異変を見つける事は出来なくってな」

その話があの赤子と繋がるとしたら。あの赤子は空から地上へと降ってきたということに……しかもわざわざ赤子を失い悲しんでいる夫婦が住む家の前に……。

「いや……現実感が無いな。赤子が空から降ってくるなんて」

「突然現れた赤子はどんくらいなんだ？　一歳くらいか？」

「いや……本当に有り得ないんだが……産まれたばかりの赤子だと思う」

産まれたばかりの子が空から降ってくる？　そんな神様の使いでも有るまいし……使いでも……

違うよな……？

「どうした？　表情をコロコロ変えて」

「いや、バカな妄想を一瞬しちまった。空から赤子が降ってくるなんて神様の使いでも有るまいしって……」

「確かにそんなこと有るわけ……無いよな……？」

「あぁ。多分大丈夫だろう……神様の使いが赤子とはいえ、小便を盛大に漏らしたり、おっぱい飲んでゲロっちまうわけないだろ？」

「確かにそれなら違うな！　神様の使いともあろう存在がそんな醜態さらすわけないわな！」

「違いねぇ。そんな人間みたいな赤子が神の使いなわけはねぇわな！」

そう話しながら笑う三人。


「くちゅん」

「あらあら。何回も湯で身体を洗ったから冷えちゃったかしらね？」

三人に笑われている当の本人は小さいくしゃみをしながら若干の寒さと格闘していた。その後、門番のハルヒィと別れた二人は赤子の元へと向かって歩いていた。

「本当にどこの誰の子なのじゃろう？」

「わからん。本当にわからないんだ。突然だったから」

そして二人は家に到着した。

「今帰ったけど開けて大丈夫か？　じいさんも一緒にいる」

中から人が動く音。そして扉が開く。

「お帰りなさい。そして村長さんもいらっしゃい」

「押し掛けてすまんな。それじゃあ失礼する」

家の中に入り赤子の許へ。

「湯で綺麗に洗って拭いていたらそのまま寝てしまったわ」

赤子を覗く村長。

「黒髪か。この辺りだと見たことが無い髪色だ」

「確かに。言われてみれば、黒髪なんて初めて見たな」

沈黙に包まれる室内。

「それで……お前達はこの子をどうするつもりじゃ？」

「それは……」

二人の目を見て村長は確信する。

「どこの誰の赤子かもわからんのだぞ？　面倒事かもしれんのだぞ？」

「それはわかっています。でもこの子をこのままには出来ませんわ……別に亡くなった赤子の代わりって訳ではないんです……この子を立派に育てなきゃって見ていて感じたんです」

「感じた、か……本当にこの赤子は神様の使いではないだろうな？　グイド、お主も良いのか？　この子を引き取るということに」

「あぁ。この子とミーナを見て決めた。俺達がこの子を育てていく」

真剣な目つきの夫婦を見て溜め息を吐く村長。

「この子は突然現れた。それはわかってるな？　今後、本当に面倒事があるかもしれんのだぞ？」

「わかっています。それも覚悟の上です」

「わかった。何とかしよう。明日の昼、村に住む住人を集めて話をする」

「ありがとうございます。村長さんの決断に感謝を」

「やめぃ」

夫婦を真剣な目で見つめ返す村長。

「この子を育てることは了承した。しかし……お主等には辛いかもしれぬが覚悟してもらうことがあるぞ」

ピリッとした空気に部屋中が包まれた。

お世話になります。

ピリッとした空気に目が覚めました。どうも翔弥です。

えっと……起きたら知らないおじいさんがいるんですが。しかも雰囲気がこぇぇ……まぁ、よく目が見えてないから声の雰囲気だけだけど。

「この子を育てることは了承した。しかし……お主等には辛いかもしれぬが覚悟してもらうことがあるぞ」

えっ……この夫婦が俺のこと育ててくれるの……？　見ず知らず、突然現れた俺なのに……？

やべぇ……嬉しすぎて涙出そう。

「おぎゃー、おぎゃー」

赤子の身体は我慢が出来ないみたいです。

「あら？　起きちゃったかしら？」

奥さんが抱っこしてくれた。やべぇ……何これ……めっちゃ安心する。

「この子もお主らに心を許しておるようだな。それじゃあ改めて。覚悟してもらうことがある」

「なんだ、じいさん？」

「この子を育てるのはいいだろう。だが領主への報告はどうするんだ？　突然現れた赤子なんて怪しまれるぞ？　面倒事になる前に……って可能性もある」

「それは……」

「そこでだ……この子はぬしらの亡くなった子に成り代わってもらう。幸いまだ出生の届け出と死去の届け出の書類は作成しておらん」

「それは……」

「それが覚悟だ。たとえ書類上だけとは言え亡くなった子のことが無かったことになる……それが覚悟出来るなら育てることを許可しよう」

考え込む夫婦。

この夫婦は産まれたばかりの子を失った直後なのか……そんな辛い状態で俺が家の前に現れたと……創造神様……この夫婦にこの仕打ちは辛すぎるよ。流石に可哀想だよ。辛いよ。どうにかしてあげたいよ。

「おぎゃー。おぎゃー」

「おー、よしよし。大丈夫、大丈夫」

おおぅ……涙が止まらないぜ……精神が身体に引っ張られているんだろうか。

「あなた……」

「あぁ、わかってる。これも何かの縁なんだろう。それに俺達以外に急に赤子を育ててくれと言われてこの子を育てる余裕が皆にあるとも思えん」

「えぇ。うちは迎え入れる準備は出来てましたから……」

「本当に良いのか？」

「明日、村のみんなの前で説明しようと思う。じいさん、よろしく頼む」

「わかった。これから声をかけてくる。明日の昼、広場に集合だ。その時にその子も連れてくるがよい」

どうやらこの夫婦が俺のことを引き取ってくれるみたいです。自分達の子を亡くして悲しいだろうに……この夫婦には心から精一杯の感謝を。

「あぁー。きゃあー。だぁだぁ」

「あらあら。笑ってるわよ」

「ふむ。やはり赤子は可愛いのぅ。しかしこの子はどうやってお主らの家の前に移動したんだろうか」

すみません。創造神様が転送しました……。

「ちゃぁ、だぁぶぅだばぁ」

「良いじゃないですか、今は。確かに自分の子を亡くしたのはとても悲しいですし、忘れることなんて出来ません。でも何の運命か、この子と出逢いました。神様が見守ってくださり、この子を授けてくれたのだと思いながら育てていこうと思います」

本当にこの夫婦には感謝しかないよ。見ず知らずの怪しい存在の俺を引き取ってくれてありがとうございます。これからよろしくお願いします。父さん、母さん。

決意表明。

村長との話し合いから一日が経過した。どうやら名前は亡くなった子につける予定だった名前になるらしい。みんなの前で発表するみたいだ。

「そろそろ時間だな。行くか」

たぶん？　村の広場とやらに到着。まぁはっきりと目が見えるほど成長してないからよくわからないけど。

「みんな、わざわざ集まってもらってすまないな。ちょっと話があって集まってもらった。グイドよ、後は自分で話せ」

「みんなすまねぇな、集まってもらって」

「気にするな！　仲間だろ！」

そんな声が聞こえた。

「まずは、改めて先日の件でお礼を言いたい。あの状況の中、みんなにはすげぇ助けてもらった。本当にありがとう」

グイドの話を聞いて、みんなの空気が暗くなる。

「力になれなくてすまなかった」

「すまねぇ」

すすり泣く声も聞こえてきた。

「みんな、ありがとう。改めて俺はみんなに愛されてるって思うわ。お前らみんなの気持ちは亡くなったあの子にも届いてる。本当に世話になった！　ありがとう！」

「俺達みんな家族だろ！」

「気にするな！　当たり前のことをしただけだ！」

「本当にお前ら最高だよ。それでみんなに、一つ話がある」

グイドは我が子と死に別れた日の夜の出来事を村の仲間に話をした。

話し始めた時はやはりショックのあまり気でもおかしくなったのではないかと疑われた。

しかし、村長が話は事実でありその子とも対面したと言うと驚きの声が上がった。この辺境にある村の総人口は今現在約百人。百人前後の村なのでみんな顔見知り。そして直近で子供が産まれる予定はグイド夫妻だけだったということはみんな知っている。

では……その赤子はどうやってこの村に来たのだろうか？

「ハルヒィ、あの日の夜は周囲に人は居なかったんだよな？」

「あぁ。周囲に人影は無かったな。上から下に流れる不自然な風が一瞬あっただけだ」

「外の風って上から下なんて吹いたっけか？」

「んなことあるわけねぇべさ」

じゃあ子供はどこから来たんだとなる。本当に子供なんているのかと。

「その時に家の前に現れた赤子がこの子だ。ミーナ！」

「この子が私たちの家の前に突如現れた赤子だったの」

ミーナが抱っこしている赤子とともにみんなの前に姿を現した。

「本当に産まれたばかりじゃないか」

「あんな赤子がどうやってグイドの家まで来たんだ？　それに、黒髪なんて見たこと無いぞ」

「今みんなが見て感じたと思う。黒髪なんて見たことない。瞳は黒目だ。そしてこの子はこの村以外から来たことは確実だと思う」

「眼まで黒目なのか。確かに初めて見たな。どうやって移動したんだろう?」

「もしかしたらこの子は面倒事を抱えている子かもしれない」

まぁ、確かに普通じゃないよな。何の前触れもなく突然家の前に現れるなんて意味がわからないもん。

「みんなが知っているように俺達夫婦は赤子を失ったばかり。そんな状況下でこの子は家の前に現れた」

「それは……」

「なんでよりによって……」

「最初はみんなが思っているような気持ちになった。でもな、まだ少しだが一緒に過ごしているうちに情もわいてきてしまった」

でも……だが……そんな声が聞こえた。みんな困惑している様子。

「赤子を失った俺達夫婦は、どうしてもこの子を見捨てることなんて出来ない。産まれたらダメな命なんてこの世にあってはならないと思うんだ」

「それはそうだが……」

「その結果、将来面倒事がやってくるかもしれん。でも俺達夫婦はこの子と出逢ってしまった。ある種の運命かもしれない」

「面倒事か……」

「確かにその可能性も無いとは言えないか……」

「俺達夫婦はこの子を育てていこうと思う。将来みんなの迷惑になるかもしれない。だからこの村を出て行く覚悟もしている」

そこまでの覚悟があることをグイド夫妻は村のみんなへと伝えた。

「とりあえず、今日みんなの前で宣言しようと思う。今この時を以て、この子の両親に、俺達夫婦はなることを宣言する！」

おぉー!! という声が聞こえた。更に、

「俺は決めた、お前達を応援する！」

「出て行く必要なんてないぞ！」

「俺達の新しい家族の誕生だ！」

広場に突如現れた新しい家族への祝福の言葉が、あちらこちらから贈られた。この村のみんな、本当にいい人ばかりだ。見ず知らずの怪しい俺をこんなにも歓迎してくれるなんて。少しだけ思うよ。創造神様、この素晴らしい家族達の許に送ってくれてありがとう。翔弥は心から感謝していた。

みんなからの祝福にグイド夫妻は涙を流していた。するとどうだろう。突然ミーナが抱っこしている赤子が光り輝いた。そして……。

『みんなありがとう』

広場にいる全員の頭に言葉が聞こえた……。

シーンと静かになる広場。

『えっなんで？』とみんなに声が伝わった事に内心焦る翔弥。驚き固まる村人達。そして……。

「すげぇぇぇ!!」

「お前も聞こえたのか!?　この赤子が話したのか？」

「いや、もしかしたら神様かもしれないぞ！　奇跡だ！　神様の奇跡だ！　この子は神様の御子だ！　神様の使いだ！」

爆発的に騒ぐ村人達。

「何でだよ。まじかよ。聞こえたのかよ。しかもなんで怖がらないんだよ！」

村の中で一人焦る赤子。そして……奇跡はこれだけではなかった……。

まさかの演出。壮大に。

神様の御子だ！　神様の使いだ！　奇跡の子だ！　使徒様だ！

村人達はお祭り騒ぎになっていた。

まさか心の中でお礼を言ったらみんなに伝わるなんて……。

皆がいい意味で騒いでいることに驚いてます。どうも、翔弥です。創造神様……声が届いたのは、たまたまなのでしょうか？　それともそのようなスキルなのでしょうか？

スキルだとしたら健全ではない考え事も皆に伝わってしまった場合……居場所が無くなるんですが……たまたまですよね？　違いますよね？　今回だけですよね？　それに……この状況、どうしたらいいんですか？

何やら神様の御子やら使いやら使徒やらいろいろヤバい雰囲気になってますよ？　ほら……こんな俺を拾ってくれた夫婦なんて固まったままですよ？　どうするんですか？　どうすりゃいいんですか？　どうにかしてくださいよ！　創造神様ーーー！！！

『仕方ないのぅ……』

えっ……今の声は……嘘、嘘ですよね？　まさかこっちに来たりなんて……来たりしたら確定しちゃいますよ？　ねぇ？　創造神様？　助けてとはいいましたけども？

突然空が暗くなる。

村人達は急に暗くなった空を見上げて固まった。

その光景を見て青白くなる赤子の顔。

目の前には見たこともないほど、真っ黒な雲が空を覆っていた。

そして……真っ黒な雲の中心だけが真っ白な雲に徐々に切り替わっていく。

真っ白な雲の空間にだけ、空から太陽の光が注がれる。

とても幻想的な空間に……。

この世の者では出来ない力の行使。

ゴクリと唾を呑み込む村の住人達。

そんな状況に、演出をやり過ぎだと赤子の小さい手で頭を抱えている翔弥だった赤子、つまりは俺。

太陽の光が注がれる空間に人形のような光がゆっくりと現れた。

村人達は自然と膝をついて祈りを捧げ、頭《こうべ》を垂れていた。

そして人形のような光から、頭の中に直接声が響いた。

『その赤子を育てたまえ』

『普通の子として、今抱えている夫婦が育てよ』

『決してその子を崇めることなかれ。特別扱いを禁ずる』

『立派に育ててみせよ。さすれば祝福が訪れるであろう』

『今日のこと。他者に語ることなかれ』

空より現れた人形の何かがそう語り終えると、村人達は目の前が急に眩しくなり思わず目をつぶってしまった。

徐々に光が収まり、恐る恐る眼をあけると普段と変わらぬ青空が広がっていた。

「今のはいったい……」

「神様だ。神様が降臨なされた」

「その子は神様に縁がある子なのか。しかし特別扱いはするなと。普通の子のようにってなんだ?拝んだらダメなのか?」

赤子を拝もうとした男性の妻が力いっぱい頭を叩いていた。

「崇めることは禁止って言っていたでしょ！　バカなのあなたは！　これはどうしたら……」

「皆の者、落ち着けい!!」

あっ、村長だ。そうだ、いったん落ち着こう。

「先程の光。きっと我々では軽々と口にしてはならぬ御方なのであろう」

あぁ、そうだ。身体が無意識に膝をついて頭を垂れてしまったしな。

「先程のメッセージ、皆憶えているな?」

「た、たぶん大丈夫だ」

「先程起きた現象。みな心の中に仕舞っておくこと! 決して他村や領主などに漏らさぬこと!

もし漏れたことが発覚次第、その者は即刻死刑とする。よいな?」

「わかってる! そんな罰当たりなこと出来るか!」

「俺、これからはきちんと礼拝に行くよ」

創造神様、そして村長さんのお陰で崇拝されることは防げたと思う。

「グイド、ミーナよ。大丈夫か?」

「あぁ、だっ、大丈夫だ」

「えぇっ、だっ、大丈夫ですよ?」

「この際だ。いろいろ諦めて吹っ切るしか無かろう。あの御方の願いじゃ。仕方あるまい」

真っ青な顔色の夫婦。まぁ判るよ? まさか創造神様が出てくるなんて思わないじゃん。

しかもあんなにも威厳たっぷりな登場されたらね。

流石にあんな登場されたら敬うしかないよね。

なんかごめんね。だいじょうぶ？

「あいだぶ。だぁだぁぶ？」

頭を上下に激しく振る夫婦。あれ？　もしかしてまた聞こえちゃった？

再びの決意と俺の名は。

その後、広場に集まっていた村人達は解散しそれぞれの自宅や仕事に戻っていった。

俺を抱えた夫婦も村長に付き添われて、帰宅。

「まさかな出来事はあったが……その子は主等に会うために現れたんだな。今は気圧されているかもしれんが……その子の両親になることをあの御方に認められたんじゃ。頑張って育てていくのだぞ。儂ら村の連中もお主等の手伝いはするからな。これから頑張っていこう」

そう言うと村長は自分の家へと戻って行った。

ねぇ、創造神様。確かに俺はどうにかしてくれと叫んでしまったよ？

でもね、まさかこんな事になるなんて思ってなかったよ。創造神様がまさかの降臨。そして村の人達にお願いをして威厳たっぷりに戻られた。

創造神、お願いってことは普通の人からしたら神託ですからね!?

御指名ありがとうございます！　なんてこの夫婦には無理ですよ？　見たり聞いたりした限り、

夫婦はどうやらプレッシャーで押しつぶされそうです。

顔色はどうやら真っ青。二人には謝ってばかりだけど……なんか本当にごめんなさい。

「だぁだぃ、いーだぁぁぶ」

俺の声に反応して恐る恐る二人の顔がこっちに向いたみたい。

奥さんが赤子を見つめた後優しく微笑み、そっと抱きしめた。

「ねぇ、あなた。この子を育てるようにと神託があったけど……その前に私達はこの子を育てるって決めたはずよね？」

その言葉に頷く旦那さん。

「あぁ、確かに。昨日この子を引き取ろうと決めたな……」

「ならいいじゃない。もう悩むのは止めましょう？　私達は昨日この子の両親になるって決めていたんだから」

奥さんからのその言葉を聞いて、旦那さんの眼と表情に力が籠もった。

「そうだな。神様に言われたから育てるんじゃない。この子を育てるって覚悟したんだから、この子は昨日から俺達の子供だったんだよ」

奥さんと旦那さんはお互いに見つめ合い、そして笑い合った。この二人を見て俺は改めて思った。やっぱりこの人達に拾われて良かったと。

前世の父親と母親にはきちんと親孝行することも出来なかった。しかも親より先に亡くなるなんて親不孝をしてしまった。

その代わりって訳じゃ決してないけど。この二人にはきちんと恩返しをしていこうと改めて決意することが出来た。

「そう言えば、みんなの前でこの子の名前を発表する予定だったけど結局出来なかったな」

名前かぁ。そうだよな。翔弥って名前は前世の名前だしな。

「それじゃあこの子に教えてあげないとね？　パパの初仕事ですよ」

「初仕事か。この子には一生に一度しかない責任重大な仕事だな」

どんな名前になるんだろ？　変な名前で無いことを祈っておこう。

「お前の名はラグナ。これからよろしく頼むよ」

「改めて私の名前はミーナ。この人の名前はグイド。よろしくお願いしますね？　私達の可愛い赤ちゃん」

俺の名前はラグナになりました。思っていたよりもカッコイイ名前だったなぁ。そうして俺はこの両親に育てられることになったのだった。

the newbie camper's
reincarnation in
another world

目覚めの産声はこっそりと。

あれから五年。

この世界に転生して五年が経過した。ちなみに、異世界でのキャンプはまだできていない。キャンプを楽しむという文化がないみたいだし、そんな中五歳児を外に放り出してはくれないよね。そもそもだけど、キャンプって言葉を忘れるくらい心にゆとりが無かった。

異世界を舐めすぎていた。

前世の日本とは違うところばかり。

毎日が驚きの連続だった。

五年間で知り得たこの世界の情報はこんな感じ。

前世と大体同じで一年は三百六十日。なんで三百六十日なのか母さんに聞いたら、昔話をしてくれた。

はるか昔、魔王と呼ばれる魔物達の王が出現して人類滅亡の危機が訪れた。

このままでは魔王によって人類は滅びると不憫に思った女神様が、異世界より勇者を召喚した。

勇者は魔王軍によって奪われた領土を取り戻すべく仲間と共に魔王軍に立ち向かった。

最初は苦戦していた勇者は困難を乗り越えて徐々に力を付けた。そして勇者は六人の仲間と共についに魔王を討伐した。

その後勇者が生き残った人類を集めて建国したのが今いる国。

この国の名は「ヒノハバラ」。

それを聞いた瞬間思ったよ。これ召喚された勇者って日本人じゃね？　って。それで勇者の名前を聞いたら「ヒノ」って呼ばれていたらしい。

召喚された勇者は女神様と共に、光る謎の棒を指の間にさした状態で人々の前に現れたって伝わってるし……ってことは光る謎の棒はペンライト。

きっとあれだよね。ハバラって部分は……秋葉原から取ったよね。たぶん聖地に通っている勇者達の一人だよね。

まぁとあるキャンプアニメにハマった時には、グッズを買う為に俺もよくお世話になったけど。どうしても地方では手に入らなかったからなぁ。ネットで買おうにもすぐに売り切れてしまって無理だったし。転売には勝てん……。

その建国した勇者がきちんとした暦が無いことを不便に思い、魔王を討伐した日を一月一日の新年と決めた。そして一週間は六日、一ヶ月は三十日。一年は十二ヶ月三百六十日って決まったみたい。

これまでは一年を通して寒冷だったこの世界に魔王を倒してから変化が訪れた。

勇者が制定した暦で言う三月～四月にかけて徐々に温度が変化していき暖かくなった。

八月には住民が体験したことのない暑さを経験した。

そして十月になる頃には暑さも弱まり、十二月には以前のような寒さに戻った。

この世界に季節というものが誕生したのだった。勇者はそれを四季と呼んだらしい。

きっとあれだな。勇者は女神様か創造神様に何かしらで会う機会があったので頼んだんだろうな。確かにずっと寒いなんてイヤだろうしなぁ。って訳で今日は九月一日。つまり俺の誕生日。母さんと父さんと出逢った記念すべき日。

「ラグナおめでとうー！」

「今日で五歳だな。おめでとう」

「「おめでとー!!」」

「父さん、母さん。それに村のみんな、ありがとう!!」

この国では子供が五歳の誕生日を迎えるまでは祝わないという風習がある。

やっぱり医療が発達してないからね。ちょっとした病気や事故で五歳を迎える前に亡くなってしまう子供が多い。

俺がこの村に転生した後、何人か子供が産まれたけど数人はすでに亡くなっている。俺に懐いていた一歳下の女の子は病に打ち勝つことが出来なくて半年ほど前に亡くなった。

あの時は本当にショックだった。たかが風邪。でも医療が発達していないこの世界では風邪ですら命取り。こんな辺境の村には薬なんて常備されてない。

医者なんて者は領主の近くにしかいない。医療魔法っていうのもあるらしいけど、莫大な費用がかかる。だから病気になると命がけ。特に小さな子供にとっては。

五歳というのはある程度言葉を理解して行動出来るようになり、病気に対しても多少打ち勝てることが出来るようになる年齢。なので五歳まで無事に成長できたお祝いは盛大に行われる。

今いる村では五歳の誕生日を迎える子供は村全体でお祝いをしている。って言っても所詮は辺境にある開拓村。

裕福っていうわけではないので、同じ月に誕生日を迎える五歳児がいる場合はその月の一日に合同で誕生日を祝う宴が行われる。

今日はそんなお祝いの記念日だった。

ご馳走と謎の声。

今日は村で今月五歳の誕生日を迎える子供達のお祝いの祭り。

転生してから五年。

百人前後だった村は百五十人ぐらいまで人が増えていた。

俺と同じ歳の子供がうちの村にはもう一人だけいる。しかも誕生日が同じ月。その子は俺が転生した後にこの村に移住してきた家族の子供。

名前はイルマ。

「ラグナ、俺達もやっと五歳だ。これで大人の仲間入りだな！」

「イルマ、五歳はまだまだ子供だよ。それに女の子なんだからもう少し言葉遣いに気をつけなきゃ。おばさんの方を見てみな？　顔は笑顔だけど眼は笑ってないよ？」

自分の母親の表情を見て若干青ざめるイルマ。

「やべぇ。帰ったらドヤされるかも。でもまぁ……今気にしても仕方ないな。とりあえずご飯だ、ご飯」

ラグナは溜め息を吐きながら、イルマと共に祝いの料理であるお肉を貰いに向かうと広場にある調理場に到着した。

そこには巨大な猪の肉の塊が火に炙られてグルグル回されていた。

この巨大な猪の肉の塊を見ると、どうしても前世の食事のレベルを思い出してしまう。

圧倒的なまでに食事レベルが低いこの世界。

スパイスって概念がないんじゃないのだろうかと思ってしまうほど。

塩または自然のままの味付けのみ。

あの世界では職人や研究者が腕を競い合うが如く次々と新しい調味料やスパイスを生み出していた。

更にあの世界を去る数年前からは、アウトドアでも使える調味料が莫大に増えていったっけ。

「やっぱり魔物ってデカいなぁ。おっちゃん、これってなんて名前?」

「おぉ、イルマか。誕生日おめでとさん、ラグナもだな」

「ありがとうございます。親父《おや》っさん、それでこの魔物って何て名前なんですか?」

「こいつか？　こいつはワイルドボアって名前の魔物だ。これでもまだ子供だぞ？　これが大人だったら俺達よりも全然デカいからな！」

目の前にいる魔物のサイズでまだ子供だと……？

これ、前世だとすでに化け物扱いされる猪のサイズだよ……？

大人サイズのワイルドボアって下手するとカバとか……もしかしたら象くらいの大きさの猪の化け物とか？　魔物ってやばいな。

親父っさんはそんな二人を観察していた。

『イルマはやっぱり年相応の子供だな。魔物を見て素直にハシャいでる。それに比べてラグナは冷静に考え込んでるな。魔物っていう存在がどれだけ危険なのか把握しようとしてる』

「とりあえずそろそろ食べられそうだな。ほれ、二人とも皿だせや。切り分けてやるよ！」

「おっちゃん、大きく頼むな！　美味い部分で！」

「おうよ！　こいつの一番美味い部分はお前達二人にプレゼントだ！」

親父っさんは俺達二人の皿に香ばしく焼けた肉の塊を切り分けてくれた。

「親父っさん、ありがとうございます。でもこれ少し多いよ？」

あまりの量に顔がひきつる俺。ふと隣を見る。

「なんだよこれっ！　まじでうめぇ！」

隣には一心不乱に肉の塊にかぶりつく女の子。

そして優しい目を向けて食べてる姿を見ている親父っさん。チラッとこっちを見たな。

このバカみたいな量の肉を食えと……？　いやムリムリ。無理だから。眼で見つめ返す俺。

お前ならいける。ほら逝けよ！　って眼で返事をする親父っさん。

行けよ！　じゃなくて、逝けよだからね？　五歳児に食わせる量じゃないだろ、これ。

それでもまだ、ほら、早く逝けよ！　って見つめてくる親父っさん。

せめて食べるなら前世で経験したかったわ！

あの時にこんな肉の塊に出会っていたらどれだけテンションが爆上げになっていたか。

上手に焼けました！　って叫ぶくらい喜んだと思うぞ？

まぁここでぼやいても仕方ないか。ここは腹を括る。前世でも食べる経験なんてなかったほど巨大な肉の塊なんだ。嬉しいことには違いないしね。

前世でいうマンガ肉と呼ばれる形状の肉を手で持ち上げると一口噛んでみる。

その瞬間——。

なんだ、これっ⁉　肉の旨みの脂が口の中いっぱいに広がる！

俺はあまりの肉の旨みに無我夢中になってかぶりついた。

これはヤバいい！　肉の脂の旨みが凄い！

あぁ……キャンプ料理で使ってたあのアウトドアスパイスがあればもっと旨みが爆発するだろう。

すると……突然脳内に声がした。

ピコン♪

『アウトドアスパイスを召喚しますか？』

「えっ⁉」

突然の出来事に固まるラグナ。

「どうよ、ラグナ。あまりの肉の旨味にビビっちまったか？」

どうやら今の声は俺にしか聞こえてないみたいだ。

「こんなにもおいしい肉なのでビックリしました！　親父っさんありがとう！」

「おうよ！　それじゃ残りは村のみんなに切り分けるから、あっちで座って食うんだな」

親父っさんは俺達二人にそう言うと、村の人達に声を掛けて肉をどんどん切り分けていく。

「ラグナあっちで座って食べようぜ！」

「あぁ、わかった。そんなに急ぐなよ！」

とりあえず座って一旦落ち着こう。

未だに頭のなかに『スパイスを召喚しますか？』ってイメージが流れたままだし。

「この肉って本当に美味いな。魔物ってみんな美味いのかな？」

「……」

「おい、聞いてるか？　ラグナ」

「ラグナ……？」

突然身体を揺すられた。

俺の顔を覗いてくるイルマ。やっぱり間近で顔を見ると可愛いんだよなぁ……顔は。

って違うか。これどうしよう。

「どうかしたのか？」

とりあえずこの場は誤魔化して、『スパイス召喚』については一人の時に検証してみるか。

「ん？　悪い、あんまりにも肉が美味くてさ。ビックリしてたとこだよ」

「なんだよ、心配したじゃん。でも本当にこの肉美味いよなぁ！」

イルマが単純で良かったわ。

しかしこの脳内のメッセージどうしようかなぁ。


いでよ、スパイス！


『アウトドアスパイスを召喚しますか？』

前世の時にキャンプ飯を自宅で作っていた時に使用していた、とあるアウトドアスパイスが有ればなぁっなんて願ったら……。

頭のなかに流れてきた謎のメッセージ。

流石に怪しすぎるだろ⁉

仮に今召喚した場合……もしも……もしもだけど本当にアウトドアスパイスが出ちゃった場合は、隣に座ってるイルマに絶対怪しまれる。最悪周りに言いふらされる危険性もあるしな。うーん……どうしたもんか。

「ラグナどうかしたか？　さっきから難しい顔をしてるよ？」

「ん？　……うーん。まぁ」

なんて説明するべきか……。

「やっぱりラグナは賢いな！　この肉が美味しいから魔物のことを考えてるんだろ？」

「ま、まぁね。これだけ大きいのにまだ子供って言ってたからさぁ。大人のサイズってどれだけ大きいんだろ？　とか思ってさ」

イルマが鈍感で助かった……。

けどこの流れは危険だから修正しなきゃ。と思っていたらイルマが口を開いて、

「大人サイズの魔物見てみたいよなぁ。どうにかして見に行けないかな？」

でた!!　イルマお得意の無茶ぶり発言。

「それは流石に無理。イルマのお願いでも絶対無理」

「えーっ。ラグナならどうにか出来ない？」

やっぱり言い始めちゃったか。

「魔物だけはどうにもならないよ。僕達はまだ子供だよ？　子供でどうにか出来るくらいならこんなにも立派な防壁が村を囲ってるわけないじゃん」

「そっかぁ。流石にラグナでも無理かぁ。無理かなぁ」

そんな可愛い顔でチラチラ見てきても無理なものは無理！

「はっきり言うよ。野生の動物でも僕達じゃ死ぬよ？　オオカミとかに襲われて大丈夫だと思う？」

イルマが深い溜め息を吐いた。

「そうだよなぁ。オオカミでも大人達が怪我したり死んじゃったりするからなぁ。もっと大きくな

るまで諦めるかぁ。はぁ……」

溜め息ばっかりだけどこればっかりは本当に無理だよ。

「おーい、イルマー!!」

「あっ！　親父！」

イルマの親父さんが来たけどどうしたんだろ？

「ラグナ、誕生日おめでとう。ちょっとうちのお転婆借りていくよ。イルマ、母さんが呼んでるけどなんかしたんか？　母さんの目つきが怖いんだが」

「何も今じゃなくたっていいじゃん！　はぁ、ちょっと怒られてくるわ～」

イルマと親父さんが離れていった。周りを見渡すと、俺達二人の誕生日のお祝いという名目でハシャいでる大人達の姿が見えるだけ。

近くに母さんが居るから一声かけてちょっとだけ家に戻ってみるか。脳内のメッセージが気になるし。

「母さん、ちょっと忘れ物しちゃったから家に取りに行ってくるね！」

「うふふ、気をつけていくのよ～」

母さんだいぶ酔ってるな……まぁいいか。とりあえず急いで戻って実験だ！

俺はそわそわしながら家へと急いだ。

誰かさんに見られてるとも知らずに……。

「家に到着っと。今は周りに誰もいないし……自分の部屋でやってみるか」

脳内にはまだメッセージが出ていた。

『アウトドアスパイスを召喚しますか？』

自分の部屋の真ん中で、俺はゆっくりと息を吐いて気持ちを落ち着かせた。そして……よし！

「アウトドアスパイス召喚！」

………ん？　何にも起こらない……？　そう思って手を見てみると……。

ずっと昔にテレビで見た手から砂を出していた人みたいに、手のひらからちょっとだけパラパラと何かが地面に垂れ流しになっていた。

「ストップ！　ストップ！」

すると手のひらから垂れ流しになっていた謎の粉が止まった。

えっと……てっきり入れ物に入って出てくると思ってたんだけど……。

下に零れた粉を恐る恐る確認してみる。

「この色ってやっぱりアウトドアスパイスだよな……？　それにこの匂い」

床に零れて少し不衛生かもしれないけど……指につけたそれを舐めてみる。

「やっぱりそうだ！　しかもこの味は『ほり◯し』だ！　まじで!?　つ、つまり、この世界でも念願のキャンプ飯が食べられる……!?」

歓喜に震えた瞬間、
ドンドン！　ドンドン！

突然、家のドアを誰かが叩いてきた。

「やばい。急いで隠さなきゃ！　どうしよう、これ」

わたわたするラグナ。

「ラグナ居るんだろー！　入るぞー！」

「ヤバい！　イルマがなんでうちに！　これどっかに収納しなきゃ」

『収納しますか？』

嘘だろ⁉　またさっきの声が……でも時間がないし。

「収納！」

小さい声でそう唱えると床に落ちていたアウトドアスパイスがぼんやりと消えていった。

そして、家のドアが開いて部屋に向かって来る足音。

「ラグナ居るんだろ〜。って部屋に居たのか」

「急にうちに来るなんてどうしたの？　イルマ」

「なんかラグナがウキウキしながら歩いていたのが見えたから、母ちゃんから逃げてきた」

見られてたのかよ。

「それにしても、なんかラグナから美味そうな匂いがするな」

そうやってクンクンと俺の体をかいでくるイルマ。

ヤバい。ちょっと匂いが残っちゃったかな？

「そう？　気のせいじゃないかな？」

「それと。なんで急に家に戻ったんだよ？」

やっぱりそう思うよなぁ。どうやって誤魔化すべきか……。

気がついたらやらかした。

なんだかよく分からない脳内メッセージに従ってみたら、アウトドアスパイスを召喚できちゃいました。自分で言ってても意味不明だけど、とりあえず嬉しい。嬉しいけど、他の人にはまだ知れない方がよさそうな予感がして、こっそりとやってたのに……なんでこのタイミングでイルマがうちまで追いかけて来るかなぁ。

「ラグナ、なんか隠してないか？　本当にラグナから美味しそうな匂いが凄いするんだけど」

さっきのアウトドアスパイスってそこまで匂いするかなぁ。イルマの嗅覚が鋭いだけか。なんとか誤魔化していかねば。

「そんな匂いするかな？　さっき食べていた肉が本当に美味しかったから、あの肉に合う食べ物うちに無いかなぁって見にきただけだよ」

「そうだったんだ！　本当にラグナは食事にうるさいよなぁ。やけにこだわるし。あの肉は美味いんだからそれでいいじゃん！」

「僕はあの味をさらに押し上げたいだけだよ。でもうちには合いそうなものが無かったからみんなの所に戻ろう！」

「そうだな！　今日の主役の二人が揃って居なくなっているのも駄目だからな！」

やっぱりイルマが単純で良かったよ。それにしても……まさか収納まで使えるなんて……収納に関しては今まで何回も願ったはずなんだけどなぁ。

いや、アウトドアスパイスもか。あまりにも食事レベルが低くて何とかしようとは思っても所詮は子供。特に何も出来なかったからなぁ。何で急にこんな事が出来るようになったんだ？

「ラグナどうした？　よく見たら顔色が良くないよ？　体調悪いのか？」

「そう？　特に悪くは……あれ？」

急にふらふらっとしてきた。なんだ、これ？　やばい、意識を保っていられない……。

「おぃ！　ラグナ！　ラグナ！　……ってなんだよ、これ！　凄い熱だ！　やべぇ！」

そんなイルマの声を聞きながら、俺は意識を失った。


うーん……頭痛いし気持ち悪い……なんだか身体中がダルい。でも喉渇いたから動こう……ゆっくりと目をあけると、

「知らない天井だ」

「気がついたのね、ラグナ!?」

あれ？　母さんだ。どうしてこんなことに？

「母さん？　どうしたの？」

声がめっちゃ掠れるな。それになんで母さんは泣いているんだ？

「どうしたってラグナは何も覚えてないの？」

覚えてないの……？　あれ？　そういえばなんで寝てたんだ？

「あっ誕生日のお祝い……お肉食べに戻らなきゃ……」

「何言ってるのラグナ……もう三日も前のことよ？」

そう言って母さんは俺のことを抱きしめた。

「本当に……本当に意識が戻って良かった……」

どうやら俺は三日間も寝込んでいたらしい。涙を流している母さんを見て、胸を締め付けられる思いだった。抱きしめ返そうと思っても身体が上手く動かない。

「ラグナが倒れたってイルマが慌てて呼びに来てくれて、本当に良かった！　呼びに来てくれなかったらどうなってたか……本当に心配かけて……」

「ごめんね、母さん。それにイルマにもお礼を言わないとな」

そうか……思い出したよ。うちにイルマが来た後に倒れたのか……。

「家に戻るってあの時言ってたし、体調悪かったならちゃんと言いなさいよ……」

本当に心配かけちゃったな……。

「本当にごめんね？　母さん」

部屋の扉が急に開いた。

「気がついたのか！」

どうやら父さんにも心配かけたみたいだ。

「父さんも心配かけてごめんなさい」

父さんは黙って頭をグシャグシャって撫でてくれた。よく見たら二人とも目の隈が酷いな……心配かけちゃった……あんまり寝てないんだろうな……。

「母さん、父さん。心配かけて本当にごめんなさい」

「本当に気がついて良かったんだから。もう心配かけさせないでよ？」

「うん。わかった」

「とりあえずお水持ってくるからゆっくり飲みなさい。ご飯は食べられそう？」

「お水だけで大丈夫。まだ身体だるくて食欲が無いよ」

「なら、お水だけ持ってくるわね。落ち着いたらご飯食べるのよ？」

「ありがとう、母さん」

それにしても倒れたのか……スパイス召喚したのが原因なのか……？

いや、スパイス召喚した時は身体に違和感なんて無かったはず。なら収納が原因？　それともスパイス召喚した時はテンションが上がって気がつかなかっただけ？

わからん。きっとどっちかが原因なんだろうけど……両親には心配掛けちゃったから、今はゆっくり身体を休めておこうかな。

あっ……せっかくアウトドアスパイスとやらを召喚出来たのに……あの肉に振りかけて食べられなかった……。

両親の想いと気楽な本人。

「ほら、水飲んで」

どうも。五歳のめでたい誕生日のお祝いの日に自宅で倒れたラグナです。

アウトドアスパイス召喚とか収納とか意味がわからん能力を発動した挙げ句、ぶっ倒れるとは思わなかったよ。

あの時にイルマが側にいなかったらどうなってたことか……今度会ったら心からお礼を伝えよう。

「体調はどう？　まだご飯は厳しい？」

「まだふらふらするから、水だけでいいよ、ありがとう」

「スープなら作ってあるから、食べられそうなら早めに言うのよ？」

「わかったよ。それじゃあちょっと横になるね」

まだ起きあがるのがしんどい。やっぱり原因はアウトドアスパイス召喚か収納か……。

まぁ、よくよく考えてみると何の代償も無しに出せるわけないよなぁ。リスク無しで永遠にアウトドアスパイス召喚出来たらお金は安泰だろうし。まぁ……誰か立場が上の人にバレた時点で監禁奴隷コースだろうけど……。

きっと永遠に作らされて人生が終わる。そんな未来しか見えない。どっちにしてもこの能力？

は絶対に隠し通していかなければ。

でもどうやって隠していけばいいか……せっかく料理が美味しくなるアウトドアスパイスが有るのに使わないのは勿体ない。だからといって堂々と使えるわけはないし。

うーん……とりあえずあれだ。寝よう。身体だるいし。おやすみなさい。


ラグナが水を飲んだ後ぐっすりと寝始めた姿を見て、両親はホッと一息つくことが出来た。

イルマが血相を変えて走ってきた時は何事かと村中が騒然とした。大声でラグナが倒れたとイルマが叫んだ時、二人は一瞬だが言葉の意味が理解できなかった。

夫婦二人共だいぶお酒を飲んでしまっていたが、急いで自宅へと戻り部屋に入るとそこには倒れているラグナの姿が。

慌てて呼吸をしているか確認したところ、一応呼吸はしていた。しかし、いくら呼びかけても返事はなく頭を触ったら発熱が凄い。今朝は病の症状など一切無かったのに。でも夫がぼそりと言った言葉に凍りつく。

「この感じ、この症状……冒険者が魔力欠乏した時によく似てる……」

この子は魔力を使うような何かをしたのだろうか？　五歳で魔力を使うことが出来るなんて、普通なら有り得ないと鼻で笑うところだけど。この子は出会いからして普通じゃない。

その後に起きた事件も……だとしたらきっとこの子は何かをしたんだろう。よくよく考えてみると忘れ物を取りに家に帰ると言った時の顔はニコニコしていたような……やっぱり何かしたんだろう。とりあえず意識が戻らないことにはどうにもならない。

先《ま》ずはこの子が無事に意識を取り戻すことを神様に祈ろう。こんな辺境の村に唯一医者の真似事も出来た産婆様は、領主に連れ去られて以来一切帰ってこない。

反抗的な態度ばかりで処罰されたという噂も聞いたことがある。こんな辺境の開拓村にはそれ以降、医術の心得がある人も治癒魔法が使える人も来なかった。

その結果、少しの病気や怪我でも亡くなってしまう子供や大人が増えてしまった。近隣の数ヶ所の村も我が村にいた産婆様に頼りきりだったので同じような事態に陥っていた。

さらに少し離れた場所にあった村では疫病が発生したらしく、領主軍によって村ごと焼き尽くされたらしい。住人諸共《もろとも》……。

こんな辺境の領地では領主が好き放題やっても国王の許にまで声が届くことはない。途中で握りつぶされる。もしくは国王に届いたとしても所詮は平民の命と鼻で笑われて終わり。

魔王を討伐して世界を平和にした勇者の末裔の国。

それが今では悪魔の如く腐敗した貴族や王族だらけ。

国の歴史だけは古く、さらに最悪なことに周辺の国よりも軍事力だけは高かったのでたちが悪い。

反乱など起こそうものなら徹底的に潰される。

さらに貴族や国王の暇つぶしで周辺の国と戦争が起きたりする。食料が無い。無いなら周りの国から奪えばいいか。でも管理が面倒だから領土はいらないとほったらかしにされるなど好き放題。

そろそろ小麦の時季か？　なら戦争ついでに相手の領土の小麦を刈り取ってしまおう。

やられる国はたまったものではない。気分一つで攻められ略奪される。国力と食料は減るばかり。仕方ないと、現在ではヒノハバラと接している領土では略奪されても構わないような作物を育てているくらい。

自分達の分はヒノハバラと離れている反対側の領土で栽培している。そんなことをしているので周囲の国は疲弊しきっていた。手を組んでヒノハバラに立ち向かう体力も無い。

そんな最悪の国にある辺境の村。この子の出自を考えると辺境で良かったのかもしれない。王都周辺でこの子が現れていたらきっと守れなかった。あの御方が降臨なされたとバレたら教会に連れて行かれて利用される運命になっていただろう。

辺境で結束力が強かったので秘密を徹底的に守ることが出来た。そのおかげで今までみんなで見守り育てることが出来たんだと思う。

「神様。どうかこの子を天に旅立たせないようお守りください」

ミーナはただただラグナが無事に意識を取り戻すように、神様に必死に祈ることしか出来なかった。

ぐるるるぅ。流石にお腹すいたなぁ。そろそろ動けそうだから起きようかな。

ゆっくりと目をあける。部屋の中は真っ暗だった。水を飲んで再び寝てから結構な時間が経過していたらしい。

普通の田舎の村であれば夜になると安価で使用できる照明が無いので、お腹がすいたまま諦めて寝るしかないけど。でもここは辺境の村。この村の外には魔物が多い。つまり、魔物を討伐すれば照明の原料である魔石が簡単に手に入る。

まぁその討伐がなかなか厳しいんだけどね。領主も魔石を安価に手に入れたいが為だけに、こんな辺境の場所に村をつくった。辺境の村には似つかわしくないほど立派な防壁は全て魔石の為。魔石は生活を快適にしてくれるエネルギー源。

部屋に設置してある照明は魔石交換タイプ。いちいち蝋燭に火をつける必要もない。照明のスイッチを押すだけで簡単に点灯する。都会やうちの村では水も魔石の力で井戸から汲み上げる。温かいシャワーも魔石。料理をするコンロも魔石。前世に比べると生活水準は落ちるかもしれないけど、魔石さえ使えるならばある程度の快適な生活環境は用意することが出来るからまだ良かった。

まぁこれが普通の村だと……元現代っ子からしたらそんな環境なんて、考えるだけで地獄でしかないけど。え？　キャンプだって似たようなものだって？　いやいや、キャンプの不便さは、たまにやるから楽しいんだ。

その点に関してはこの辺境の村で良かったんだと思う。

さて、部屋の照明でもつけてキッチンでスープでも温めるかな。

ちなみに我が家。前世で言うところの家の間取りは２ＤＫになっております。両親の寝室と俺の部屋。あとはキッチンと食事を食べるダイニング。風呂に湯船は無いけど、魔石を使った温かいシャワー完備。

トイレは汲み取り式かと思いきや……なんとトイレの底にはスライムさんが。人が出した糞尿や生ゴミなどの処理をしてくれるみたいです。

但し……間違って落ちてしまった場合は最悪そのまま処理される可能性もあるとか。特に子供は危険だからと母さんに口酸っぱく注意されたっけ。

あとはスライムのご飯は前記の通りなんだけど、長期間家をあける場合はスライムを処分しないといけない決まりになっている。

ご飯が無く飢餓状態が続くと頑張ってトイレから這い出てくる個体がたまにいるらしい。トイレを脱出した後は家の中にある吸収出来る物をどんどん吸収してしまうらしい。そして食べ物が無くなると家から出て外へ。そのまま手当たり次第村人を襲い始めるなんてことも……。

何事もノーリスクで安全にとは行かないものなんだね。ちなみにこのスライムさん。うちの村の周辺で簡単に見つかるので捕まえては行商人に卸して周辺の村で販売しているみたいです。魔物が全く居ない村も結構あるみたいだからね。

とりあえずお腹すいたな。

ラグナはキッチンの照明をつけてスープの鍋を温める。鍋が温まるにつれて茸《きのこ》のいい香りが。茸や山菜は前世の物よりも味が濃くて旨味が強い。初めて茸を食べたときにあまりの美味さに年甲斐もなくハシャいでしまうくらい美味しかった。

まぁ外見上は五歳だけど……ハシャいだ姿を見て以来、母さんが茸を使った料理を作ってくれる機会が増えた。

そろそろ温まったかな?

茸のスープをお皿にすくう。透き通るキレイなスープに茸のいい匂い。では一口。

「美味しい。美味しいんだけど……」

もう少し塩味と香辛料が欲しい。これにアウトドアスパイスを入れたら……ごくり。

何となく両親の部屋の扉を確認。部屋の電気は消えてるな……改めて唾を呑む。

いいか。いいよね……？　スープの上に手をかざす。

「アウトドアスパイス召喚」

パラパラと掌からスパイスらしき謎物質がスープの中へ。そしてかき混ぜた後、一口。

「う、美味い。程良い塩味の中に感じる醤油。それにニンニクの香り。これはヤバいでしょ……美味すぎる……」

この世界に来てからは調味料と呼べる物は塩しかなかった。他にもあるんだろうけど、辺境の村ではほとんど見かけることがなかった。胡椒のような香辛料なら、一度だけイルマの家で見たことあるんだけど。

「ふぅ、美味かった」

まさかスープをお代わりしてしまうなんて。この世界に転生してから初めての塩以外の香辛料。これはヤバいな。美味すぎるよ。絶対にバレるわけにはいかない、この能力は。

これは創造神様が言っていたスキルってやつだろうか？

アウトドアスパイスを召喚出来るスキルと収納スキルが俺のスキルってことかな。珍しそうだし、やっぱりバレたら終わるな。監禁されて、アウトドアスパイスを容器に出し続けていっぱいになると収納で保管。ある程度溜まると出荷。

うん。ラグナ工場の出来上がりだな。絶対にバレたらアウトなスキルだよ。

でも……もしもだけど……誕生日の祝いの時に食べた魔物の肉にこのスパイスをかけていたら……味を想像してしまい、思わずゴクリと唾を呑み込んでしまう。

よし。大人になったら冒険者になろう。自分が食べたい魔物を狩っては、いろいろなキャンプ飯を楽しむ日々って最高じゃないかな？　更に魔物を討伐すればお金も稼げるし一石二鳥だ。それに、バンバンお金稼いで両親に恩返しもしたいしね。それにしても……。

「うーん……倒れた原因は何だったんだろう……」

「魔力欠乏症じゃないか？」

「魔力欠乏症？　……って……父さん」

スープを食べるのに夢中になって気がつかなかった。声がした方に顔を向けると真剣な顔をした両親の姿。

「なぁ、ラグナ。誕生日の日に何があった？　何かあったんじゃないのか？」

「別に怒ってる訳じゃないのよ？　ただ本気で心配なの。何か危ないことをしてないかって」

「それは……」

「それにこの匂い。食欲をそそるこの香り。久々に香辛料の匂いを嗅いだ気がするわ」

バレないように隠さないとって覚悟したばかりなのに……どうやら早くもバレてしまい覚悟は崩壊したようです。

バレたからには仕方ない。

「ラグナ、この匂いは何かな？　お母さんに説明してくれる？」

このスキルはバレないように気をつけなきゃと思ってたのに、どうやら脇が甘々の隙だらけだったらしいです。絶対絶命のピンチな状態で更に追い込みを掛けられてます。

「この家にこんな香りの香辛料なかったよな？」

両親からの圧が凄い……顔は笑ってるけど眼力《めぢから》がお強いことで。

「こんな美味しそうな匂いの香辛料どこで見つけたの？　まさか、勝手に魔の森に入ったりしてないわよね？」

どうやら両親は、こっそりと魔の森に入って見つけたんじゃないかと勘違いしてるみたいです。

さっきの父さんの魔力欠乏症って言葉は、もしかしたら魔法を覚えたから魔の森でぶっ放してきたとでも思ったのだろうか？

「魔の森なんて怖くて近寄ってもないよ」

魔物にあっさり殺されるなんて嫌だから。

ワイルドボアの子供ですらあんなサイズだよ？　無理無理無理。俺にそんな度胸は無い。

「本当に？　危ないことなんてしてないわよね？」

無理、本当に無理だから。改めて二人の顔を見る。あぁ。二人は本当に危ないことをしていないか心配してくれてるんだ……。

本当にこの二人は最高の両親だよ。このスキルを咄嗟に隠さなきゃって思って誤魔化そうとしたけど、二人には正直に話そう。

「母さん、ちょっとお皿あるかな？」

「あるけど……もしかして本当にどこかで香辛料見つけたの？　それ毒とか入ってない？」

毒って考えが無かった訳じゃないけど……あまりにも前世で使ってたほ◯にしに似てたんだもん。

「この匂いって実はこれなんだ」

ラグナは皿の上に手をかざす。

「うん？　何も出てこないが」

「それじゃ行くよ。ふぅ……」

深呼吸して気持ちを落ち着かせる。まさかこんなにも早くバレるとは思ってなかったから。

「アウトドアスパイス召喚」

そう唱えたラグナをキョトンとした目で見る二人。

ラグナは今まできちんと見えていなかったが、手のひらが少し白く発光していた。

「この光は魔力……」

ミーナが光をみてそう呟く。そして……手をかざしているお皿にキラキラとした何かが流れ落ちていく。

二人の目の前でアウトドアスパイス召喚したことに俺は緊張していた。こんな意味不明な能力。不気味がったりしないだろうか？

だけど、あまりにも予想外な行動をした俺に驚いたのか、両親は二人して仲良く口を開けたまま停止していた。

「この匂いの正体はこれなんだ」

ちょっと多めに出したからか、少し頭がクラクラする。やっぱり何かしらの力を使っているんだろう。母さんが魔力って呟いてたし。だとしたら魔力を使って召喚したって事かな？

つまり魔力があるならば、頑張れば魔法使いも夢じゃないかもしれない。

「なぁ、ラグナ。これって言うけど……皿の上に出て来たこれはなんだ？　白っぽいのやら赤色をしたのやら黒いのまで」

「正直なところ、なんなんでしょう？」

「お前、こんなヤバい色をした物を口に入れたのか？　大丈夫なやつかこれ？」

まぁ正直なところ、初めてこんな色の香辛料を見て口に入れる勇気なんて無いよね。

たまたま知っていた商品《ほり。し》にそっくりな物が出て来たから口に入れる勇気があっただけで。流石に初見でこれだったら厳しいよね。

「ねぇラグナ。正直に話してほしいの。どうやってこれを出したの？」

どうやって……つまりは何でこんなスパイスを知ってるかってことだよね。未だに両親には転生前の記憶が有るんです！　なんて話せてないんだよな……流石に転生前の記憶が有るって話をする勇気が出ないよ。

考え込む俺を見ていた父さんがおもむろに口を開く。

「なぁラグナ。正直に答えてほしい」

はぁ……言うしかないのか。この際仕方ない。腹を括るか。父さんと見つめ合う。覚悟を決めて口を開いて「実は……」と切り出した瞬間、

「頭の中で急に声が聞こえたりしなかったか？」

「へっ？」

前世の記憶があるって話をしようと覚悟したんだけど、父さんにさえぎられてしまった。

「ラグナ、頭の中で声を聞いたりしなかったかしら？」

頭の中で声ってあれだよな。アウトドアスパイスを召喚しますか？　ってやつ。

「はい……聞こえました」

改めて驚く両親。もう少しで、もっと驚く爆弾ぶちまけそうになってたんだけど……。

「聞こえたのね。まだ五歳なのに」

あれ？　もしかしたら聞こえた方が問題だった……？　急に父さんがいつもみたいに頭をグシャグシャって撫でてきた。

「まじか、ラグナ！　流石俺達の子供だ！」

「本当にラグナって凄いんだから！」

うん？　思っていたリアクションと違う。両親二人とも笑顔で喜んでるし。

「よく判ってないみたいだな？　ラグナは五歳にしてスキルに目覚めたんだよ！」

スキル？　このアウトドアスパイス召喚ってやっぱりスキルだったの？

「十歳くらいで初めてスキルに目覚める子が世間では天才って呼ばれてるくらいなのに。ラグナったらまだ五歳よ？　五歳でスキルに目覚めるなんて、本当に凄いことよ？」

十歳で天才って呼ばれてるのか。ん？　五歳で目覚めたなんて大丈夫なのか？　恐る恐る質問するラグナ。

「母さん。五歳で使えるようになった僕って、色々と大丈夫？」

それを聞いて固まる二人。

「大丈夫……ではないわね……あまりにも早すぎるから。うちのアホ領主にバレると面倒な事になるかも」

アホ領主……不吉な言葉だよ。

「確かにな。バレると面倒なことになりそうだ。最悪ラグナだけ連れて行かれるかもしれねぇ」

たかが五歳児なのに、目先の利益に飛びついて両親と離れ離れにするようなイカれた領主か。そういえばこの二人の本当の子供はアホ領主のせいで残念な結果になったんだっけ……二人の本当の子供を失ったことを思い出してとても悲しい気持ちになった。

その姿を見て、連れて行かれるかもしれないと悲しくなってると勘違いしてくれたのか、両親は俺を二人で抱きしめた。

「大丈夫だ。俺達二人が守ってやるから！」

うん。がっつり勘違いされたみたいだ。

試食と告白と。

「大丈夫だ。俺達二人が守ってやるから！」

悲しみの意味をがっつり勘違いされて、抱きしめられたまま身動きが取れません。

どうも、両親二人からの愛を身を以て受け止めてるラグナです。

「二人とも。心配してくれてありがとう。もう大丈夫だよ」

「絶対にアホ領主からは守ってやるからな！　心配するな」

「えぇ。絶対守ってみせるわ！　私達の大事な子供ですもの」

おぉぅ。二人からの愛が凄いよ。本当に心の底から感謝でしかない。

「二人ともわかったから！　それで……このお皿にのってるのどうする？　二人は食べてみる？」

お皿にのってるアウトドアスパイスを見て固まる二人。そうだよなぁ。白、赤、黒の色とりどりの香辛料。香りはいいんだけどね。見た目の色が不安になるよね。生まれてから五年、この世界でこんなスパイス見たことないもん。仕方ない。ここは俺が毒味でも。

お皿の上のスパイスを指に付けて舐めてみせる。

「お塩の味とあとはわかんないけどちょっと辛い味？　とりあえず毒は無いと思うよ！」

お互いに見つめ合う二人。

「よし！　それじゃあ俺が試してみるか」

父さんは気合いを入れるとスパイスを指に付けた。そんなに気合い入れなくてもいいと思うのに。恐る恐る指を口に近付ける。そして一舐め。

父さんの目つきが鋭くなった。あれ？　美味しくなかった？

「……ラグナ。これは絶対に人前で出すな」

「急にどうしたの？　父さん」

「母さんも舐めてみればわかる」

母さんは指にスパイスを付けたあと匂いを確認する。

「この香りは胡椒に少し似てるわね。それじゃあ行くわ」

恐る恐る指を舐める母さん。改めて思うけど母さんって綺麗だよなぁ。

「……ねぇラグナ。このことってまだ私達以外誰も知らないわよね？」

「うん……倒れる前に初めて使ったから……」

「あの時が初めてだったのね。ラグナ、これは絶対に人前で出しちゃ駄目よ？　本当に。これは絶対に駄目だから」

もともと隠し通すつもりだったんだけど……でも何でそこまで……？

「不思議そうな顔をしてるわね。ラグナ、この香辛料はね……美味しいのよ。わかる？　美味しすぎるの」

そりゃこんな辺境の村だしね。香辛料が村に入ってくることなんてあんまり無いし。塩以外の香辛料を使った料理は、ほとんど口にしたことがない。

「あなた、ラグナに話をしてもいいわよね？」

「あの事を話すのか？　ラグナなら、もう理解できるだろうし……そろそろ良いんじゃないか？」

話？　何だろう。本当の子供じゃないってこと？

「今から話すことは村の中でも村長しか知らない話なの」

俺の出生に関することなら村長以外も知っているはずだし……本当に何のことだろう。

「実は私達二人ともこの国の出身じゃないのよ。しかも他国の貴族だったの。いろいろあって二人で駆け落ちしちゃってね」

えっ。それは全く知らなかった。元冒険者とは聞いたことがあったけど。目を見開いて驚く俺を見て苦笑いをする母さん。まあ、普通の五歳児ならばきちんと理解なんて出来ないだろうしな。他国の貴族が駆け落ちしてこの国へ。しかもこの国で何事もなく平然と暮らしていることの難しさを。でも流石はラグナ。ちゃんと今言ったことを理解してる、なんて思われてるんだろうか。

「それでね、一応とは言え私達は元貴族なの。しかもある程度の家柄のね。だから食事に関してはここの村の仲間よりも舌が肥えているのよ。この国に来てから豪勢な食事からは遠ざかってはいるけどね」

貴族かぁ。確かにふつうの村人では無いとは思っていたけど。読み書き、計算は出来るし魔法も少しだけど使えるみたいだし。

「この香辛料だけど、そんな私達からしても美味しすぎるって思うの。元とは言え貴族がそう思うのよ？　わかる？　元貴族でもそう思うのよ？」

「この味がこの国の貴族にバレたら本当に危ないかもしれん。俺達二人はもちろん全力でラグナのことを守るつもりだ。でもこの香辛料をもしこの国の貴族が食べてみろ？　これを売れば確実に莫大な富が得られる金のなる木だぞ。お前を手に入れられるなら、ある程度の出費は覚悟してバカなことをする貴族が居るかもしれん」

「この香辛料がどの程度作れるかはラグナもまだわからないと思うの。でもね、これが定期的に手に入るならある程度の出費はすぐに回収出来ちゃうわよ？　だったら無茶してもいいかと考えちゃう貴族が多いわよ。特にこの国だもの」

前世でもキャンプ飯を作るのにほ〇にしのスパイスを使って定期的に料理してたけど、確かに驚くほど美味かった。肉にも魚にも合うし。

それにしても……父さんと母さんもオレと同じ意見か。

万が一貴族になんて捕まったら、ひたすらスパイス作らされて一生が終わるバッドエンドコースだよな。

「そういえば、最初に出した香辛料はどうしたの？　本当にイルマにはバレていない？」

「バレてはいないと思う。最初に召喚したスパイス取り出すね」

えっと収納にしまったのはどうやって出すんだろう。そう思ったら言葉が浮かんできた。

あぁ、こうすれば取り出せるのかと何も考えずに行動してしまった。俺は忘れていた。何をしたときに倒れたのかを。

「スパイス取り出し！」

そう言葉を放つと皿の上にあったスパイスがいきなり増量した。

「ラグナ、今のは……」

皿の上にあったスパイスが急に増えたことに驚いた父さんは俺の方を振り向いた。その時、俺は自分でもわかるほどに顔色が真っ青になっていたようだ。しかも気を失う寸前、倒れている最中の姿で。

「ラグナ!!」

地面に倒れる寸前のところで父さんが何とか俺を抱きしめてくれたことを感じながら、また意識を失った。


目立つなんてごめんだ。


身体がダルい。力が入らない。でも喉は渇いたし、お腹も空いたな。

あぁ、また気絶しちゃったのか。という事は魔力欠乏症になったから？

もしかしたら、アウトドアスパイス召喚よりも収納のスキルの方が魔力消費？　が多いのかな。

そう思いながらゆっくりと目をあける。すると明るい光が目に入る。

「眩しいな……もう……朝？」

ゆっくりと身体を起こすラグナ。

そして窓から外を見る。

ちなみにこの世界の一般住宅の窓は前世の世界と同じ硝子《がらす》ではない。

わざとスライムを飢餓状態にして身体の中を綺麗にした状態にする。そしてそのスライムの核を破壊すると曇り硝子のような色合いのゼリー状の身体が残る。その身体を洗浄後に干して乾燥させたあと、窓の形に加工すると完成。

その名も硝子モドキ。何故そんな名前なのかと言うと、この硝子モドキは勇者が開発したと言われている。重量は軽く強度があり、叩くくらいでは壊れないけど強く叩くと壊れるくらい。

勇者は硝子が作りたかったんだろうけど製法を知らなかったらしい。そして代替品としてスライムの特性を発見したんだろう。そして現在では、硝子モドキではなく硝子も作られてはいるらしい。

領主などの一定の財力をお持ちの方々のステータスになっているとの事だった。うちではこんなに大きなサイズの硝子を使ってますよ、とか綺麗な硝子を使用してますって感じに。まぁ前世のように綺麗な透明って訳じゃなくて多少の異物が入っていたり、様々な色がまばらについていたりするけどね。

ダルい身体に鞭を打って起き上がりダイニングへ。

するとそこでは両親が座って何かを話していたみたいだ。

「ラグナ、目が覚めたのか？」

「身体は大丈夫？　どこか痛いとか気持ち悪いとかない？」

「身体は少しだるいかな。喉が渇いてお腹空いたかも」

病気で倒れたって訳じゃないことが判ったから二人とも落ち着いてる。

「また倒れちゃったんだね。心配掛けてごめんなさい」

「いや、俺達もスキルを何度も使わせてしまったからな。悪かった」

「ごめんなさいね、ラグナ」

両親が二人とも頭を下げてきた。

「いや、大丈夫だよ！　僕の方こそごめん。収納スキルを使った時に倒れたばっかりなのに……同じ失敗を繰り返しちゃった」

「ラグナ、その事なんだけどな。もしかして声が聞こえたのは一つじゃなかったのか？」

「うん。実は片付けなきゃって思ったら収納しますかって声が聞こえたんだよね。その後に使えるようになったんだよ」

父さんと母さんが物凄く気まずい顔をしていた。

「えっと……収納ってスキルって問題あるの？」

何だろこの空気感。

「収納スキルって珍しいの？」

物凄く言いにくそうな雰囲気を二人から感じる。

「……収納スキルって問題があるのかな？」

思わず三度も同じことを聞いている。ヤバいくらい不安になってきた。

「収納スキルを確実に持ってた人物は判っている限り一人だけなの」

「そうなの？　てっきり商人さんとかなら持っている人も居るだろうと思ってたんだけど」

商人が収納スキル持っていたらいろいろと便利だからね。

「確かに商人からしたら喉から手が出るほど欲しいスキルだろうよ。収納さえ出来れば仕入れ後の難易度はぐっと下がるしな」

「それで収納スキルを持っていたのは誰だったの？」

「初代勇者様」

「えっ。勇者？」

勇者ってあの勇者？

「あぁ、初代勇者様が収納スキルを持っていたらしい」

「初代勇者さまは、魔王討伐の遠征時に自らを補給所として収納スキルを活用していたらしいわ」

まぁ確かにそれが一番効率いいんだろうね。でもよりによって勇者と同じスキルか。面倒なことが起きる気しかしないな。

「勇者様と同じスキルか……大丈夫ではないよね？」

「大丈夫だとは言い切れないな。ただでさえアウトドアスパイススキルだったか？　そっちで目立つ上に収納だからな……」

目立つスキル二つも所有か……うーん……平穏に暮らしながら冒険者家業をして、空いた時間にキャンプを楽しもうとか考えていたのに……創造神様、こんなんどうしろっていうんだよ。

スキルの練習と昔話。

スパイス召喚と収納スキルが使えるようになってから早二週間。

父さんと母さんといろいろ話し合いをしながら家の中でスキルの練習をしていた。スパイス召喚スキルは大人の両手の平の上いっぱいくらいで意識が朦朧としてくる。

収納スキルはどんなに休んだ後だとしても、一度でも使用すると意識を失い倒れてしまう。まぁ倒れても最初とは違って半日くらいで目が覚めるけど。

収納スキルは身体の成長を待つしかないのかなとは思ってる。それに使用する度に倒れていたので両親から本気で怒られてしまった。

もしかしたらRPGのゲームみたいにレベルのような概念があるのかもしれないとは思ってるんだけど。

勇者に関するお話でも最初は魔物の討伐すらうまくいかなかったみたいだけど、最終的には魔王を討伐する事が出来るくらい強く成長したみたいだし。

目に見えないだけでレベルみたいなのはあるとは思ってる。

今更だけど両親の話。

話し合いの時に貴族だった時の話も聞くことが出来た。

現在、父さんは二十八歳、母さんは二十四歳。

二人とも領地を持つ貴族の子供だったらしい。

しかも領地がお隣さんで、小さいころから仲が良かった。

母さんが十五歳の時に父親と兄が王都から領地に戻る際、何者かに暗殺されてしまった。

最悪なことに、この国は男しか領地を持つことが出来ない。父と兄を殺されてしまい、残ったのは母さんとお祖母さんの二人。

そこに母さんの父親のお兄さんが現れた。領地を引き継ぐ正式な書類を持って。

しかもこいつ、母さんを嫁に貰おうとしたらしい。

四十五歳のおっさんが十五歳の女の子を。

完全に前世だとお巡りさんこいつです、案件だよ。

その危機を知った父さん（十九歳）が自分の父親に話をしたが他家の話については手を出せない、と取り合ってもらえなかった。

父さんには弟が二人居たらしく跡取りに関しては問題ないだろうと思い、いつか母さんを嫁にと部屋に隠して貯めていたお金を持って家を飛び出した。

そして母さんが居る屋敷に行くとすでに引っ越し作業が開始しており、ごたごたしていたので作業員に紛れ込み侵入。

侵入した際に母さんの屋敷のメイド長に正体がバレてしまい、すべてを打ち明けた。すると屋敷の使用人が協力して手引きをしてくれることに。

何でも元々屋敷で働いていた使用人は引っ越し完了後に全て解雇。手切れ金すら渡さないケチっぷり。どうせクビにされるなら、最後に犯人が誰かバレない嫌がらせでもしてやろうとみんなで話をしていたところに現れた父さん。

みんなの協力もあり、すんなりと母さんの部屋へ。

「ミーナ、迎えにきた！　俺と共に行こう！」

そう部屋に入って父さんは告白したが、すでに母さんの姿は無かった。

部屋には置き手紙。

「誰がお前みたいなおっさんと結婚するもんか！　お前と結婚するくらいならばオークの方がまだいいわ！」

あの優しい母さんも我慢の限界で荒れたらしい。それで焦ったのは父さん。

家出してまで迎えに来たら、すでにもぬけの殻。

ミーナはどこに⁉　屋敷の使用人の協力により屋敷から脱出。

居そうな所を捜し回っても見つけることが出来なかった。父さんは絶望に包まれながらもガムシャラに走りつづけた。そして体力の限界を迎えて倒れた。

父さんが倒れた目の前には全く手入れがされていない神像が祀られていた。

「神様、頼む。ミーナの居場所を教えてくれ。あいつの身に何かあったら俺はもう生きていけない！」

そう叫んだらしい。すると……。

『千里眼スキルを獲得しました』

そう頭の中で声が流れた。何故スキルがこんなタイミングで？　まさか本当に神様が？

「神様、本当にありがとう！　俺、神様信じる！」

父さんは心から神様に感謝を伝えた。そして……。

「千里眼スキル！」

初めて使用した時は吐き気がすごかったらしい。

頭の中に上空から見下ろした映像が流れた。その見下ろした映像の一点が光り輝いていた。

映像の場所はよく知っている場所。いつか嫁に迎えようと思っていたので、小さいころからこっそり伝えていたルート。

父さんの領地に何かあった時に領地から脱出する為の脱出路で母さんは休んでいたらしい。

父さんは体力の限界を超えて走りつづけて母さんが居ると思われる場所へ。

ふらふらになりながらも居ると思っていた場所に到着したけど、そこに母さんの姿は無かった。

限界をとうに超えていた父さんはそのまま倒れてしまった。

パチパチ。パチ。

火が燃えている音がする。柔らかい枕の上に居るようだけど俺は何をして……。

倒れてしまったことを思い出した父さんは目を見開いた。すると目の前に女の子の顔が。

「こんな所にどうしたの？　次期領主様」

あぁ、無事で良かった。

「俺はとある女の子と一緒になりたくて全て捨ててきた。決まっていた未来も立場も全部捨てて。でも女の子の屋敷に迎えに行ったときには、すでに愛しい人はそこに居なかったんだ」

「そうなんだ。残念ね。その子とはもう会えたの？」

「あぁ、会えたよ。その子は今目の前に居るんだからさ」

なんだよそれ！　甘い、甘すぎる。蜂蜜の砂糖掛けのようにこってりした甘さだよ。

若干軽い気持ちで聞いたことを後悔。

両親のイチャラブな話なんてただただ恥ずかしいだけだから。

過去の事件と告白と。

父さんと母さんの馴れ初めを聞いた後にお昼ご飯。ご飯を食べたあとは部屋で休んでいた。

ドンドン。

家の扉から音がした。

誰かが来たらしい。

部屋の扉からそっと覗くと村長さんが来たのが見えた。

村長さんは相変わらず、纏う雰囲気がどう見てもマフィアのドンって感じ。髪はつるつるの髭もじゃ。六十歳超えてるのにもかかわらず見事な筋肉。もちろん腹筋は綺麗なシックスパック。

どう見ても六十代の体つきじゃないよ。

村長って、普通はよぼよぼおじいちゃんってイメージがあったんだけど。

未だに現役で魔物狩りも行っているみたいだから、自然と鍛えられているんだろう。

村長が来たってことはいよいよか。

村長がダイニングで座ったのを確認した後に俺は部屋から出ていった。

「村長さん、こんにちは」

「おぉ、ラグナか。もう体調は大丈夫なのか？」

「もう元気です。あの時はせっかくのお祝いだったのに、ごめんなさい」

村長は俺の頭を優しく撫でる。

「そんなこと気にするでない。ラグナが元気になったならそれでいいんじゃ」

見た目は本当に怖いんだけど、子供に対しては本当に優しいおじいさん。その代わり怒った時は阿修羅の如くのオーラを纏う。そして容赦ないゲンコツの一撃。

子供達は本当に悪いことをしたと身を以て味わうことになる。前世では、虐待だなんだと騒がれるだろう。

でもここは異世界。

悪戯の内容によっては本当に命を落としかねない。

それは去年の出来事。

十一歳の男の子が引き起こした大事件。

門番がトイレに行くために門から一時的に離れた。

その子は門番が居ないことを確認しこっそりと村の門から脱出して外に遊びに行ってしまった。

そして少し時間がたった後……。

「うわぁぁぁぁ！　くるなぁぁぁぁ!!」

村の外から子供の叫び声。

大人達が慌てて駆けつけた時にはすでに遅かった。

変わり果てた姿となって子供は発見されたのだった。

その後、その事件を教訓に門番は一人から二人体制に変更になった。

そして村の子供達は広場に集められた後、今回の事件について村長から説明があった。隣で話を聞いていたイルマも珍しく怖がっていた。その子とは何度か一緒に遊んだこともあったから。

でも徐々に危険な遊びを行うようになったので、俺はイルマをその子から引き離してあまり関わらないようにしていた。

その子は木の枝を振り回して冒険者ごっこと称して、年下の子供達を追い掛け回しては虐めていた。

本人は冒険者になって金持ちに俺はなるんだ！　ってよく言ってたな。

俺達にも襲いかかってきたけど、普段魔物狩りをしている父さんに鍛えられているので何度か返り討ちにしてからは来なくなった。

まさか小さい身体で魔物と戦うときのコツがこんなところで生かされるなんて。

俺達子供がいくら注意しても、悪戯や虐めを止めてくれなかった。仕方ないのでこっそりと大人達に気が付いてもらえるように細工したり苦労したよ。

いくら怒られても止めなかった結果。

とても残念な結果に終わってしまった。

そういうことにならないために、村長さんは本気で怒ってくれる人なんだ。

さて、話を戻して。

何故村長さんが家に来たのかを。

父さんと母さんとの話し合いの結果、二人では万が一情報が漏れてラグナを貴族や裏稼業の奴らが攫いに来た場合庇いきれるか判らない。

だからといって村に住む人みんなに打ち明けると情報漏洩の可能性が上がってしまう。

なので村長さんだけに俺の能力を打ち明けることにした。

「それで話とはなんじゃ。仲間には聞かせられる内容じゃないのだな」

「あぁ、じいさん以外に誰になら話をしても大丈夫なのか俺じゃ判断出来ん」

「それほどの内容か。して話とは？」

「ラグナ」

「はい、それじゃあ行きます。『アウトドアスパイス召喚』」

「はっ⁉」

俺の手から出る香辛料を見て、村長さんは目を見開いて固まっていた。

「そ、その粉はなんじゃ……」

「一応私達は試食しましたが……香辛料です。それもとびきり上等な」

「香辛料じゃと⁉　ラグナ、お主まさかその歳で声を聞いたのか？　こんなことが出来るスキルの存在など一度も聞いたことが無いぞ⁉」

村長さんが急に立ち上がったと思ったら、へなへなと座りこんでしまった。

「村長さん、実は声を聞いたのは二回なんです」

「二回じゃと⁉　たった五歳でスキルを二つも獲得じゃと？」

村長さんは頭をかきむしって唸ってしまった。

「それでラグナや。もう一つのスキルは何じゃ。もう覚悟はできた。驚かぬから言ってみろ」

「収納です……」

村長さんは絶句して固まってしまった。

目線だけは父さんの方に向いていたが。

「じいさん、それもマジだ。確かに収納スキルが使えたのはこの目で確認した」

「はぁぁあ……」

村長さんは深い溜め息を吐いた。

「よりによって収納とは……このことはお主ら以外には？」

「誰も知らないはずだ。ラグナが倒れたのもこの収納スキルを使用したのが原因らしい。目が覚めた後も何度か収納スキルを使わせてみたが毎回意識を失っていたな」

それを聞いた村長さんの雰囲気が一変した。

「バカもんが！　こんな幼い子に何をさせておるか！　倒れるのは魔力欠乏症じゃろう。そんな危険なことをお主がやらせてどうするんじゃ！」

「村長さん、父さんは悪くないんです。父さんは止めていたんですが、どうしても実験したくて見守ってもらったんです」

「ふん！」

「「いてぇ！」」

俺と父さんに愛情タップリの拳骨が落ちてきた。

「いてて、久々のじいさんの拳骨は効くな」

俺はあまりの痛みに頭を押さえて座りこんでしまった。

「それで……どうするんじゃ？　こんな危険なスキル、バレたらラグナの身に危険しか無いぞ」

そりゃそうか。

ひとつは香辛料が出せるスキル。

もうひとつは勇者が唯一保有していた収納スキル。

「本来だったらこんな予定では無かったが……二人で話し合って決めたことがある。十歳になったら王都の魔法学園に入学させる。五歳からスキルが使えるんだ。魔力無しってことでは無いだろうしな」

「うーむ……それも已む無しか。魔法学園ならば警備も確実だのう。将来魔法が使えるようになれば自衛も出来るようになるし、職にも困らんだろうしな」

「本当なら行かせたくなんて無いんですよ。愛しい我が子と離れるなんて辛いですもの。でもこの

子の将来を考えれば仕方ないと思うしかありませんわ」

「だのう。この子の身を守るにはそれが一番か。しかし入学試験はどうするんじゃ？　このスキルは公開出来んのじゃよ？」

本来なら十歳でスキルが使えるとなれば、それがたとえどんなものであろうと確実に魔力が使えるとわかるので魔法学園に特待生扱いで入学出来る。

でも俺が持ってるスキルは二つとも公開なんてする事が出来ない。

だから自力で入学する必要がある。

「それは……」

「父さんの魔法剣を習います」

「ラグナ、本気かの？　確かに魔法剣ならば入学できるじゃろうが……しかし魔法剣か……この国ではない異国の魔法じゃぞ？」

魔法剣とは父さんが育った『剣《つるぎ》の国《くに》エーミルダ国』の軍用魔法。

剣の国エーミルダ国は勇者の仲間だった無詠唱の二刀流魔法剣使い『エミルダス』が魔王討伐後に造った国である。

元々は魔王討伐後に魔剣神と呼ばれていたエミルダスが、何時かまた復活するかもしれない魔王に備えて弟子を集めた。

己の技術を継承する為に訓練に丁度いいと、元々魔王の国の一部で魔物が跋扈する魔境に造られた道場が国の始まりと言われている。

「俺も悩んでる。魔法剣は使えれば武器にはなるが……機密も多い。国元にバレたら結局は身に危険が及ぶかもしれん」

「だから父さんには話したじゃないですか。無詠唱で使えればスキルってことに出来るかもって」

「確かにそうかもしれんが……無詠唱の魔法剣使いなんてこの世に数えられるほどしか居ないんだぞ？　自分で言うのも恥ずかしいが、昔剣の申し子と言われた俺ですらこの国に来て魔物狩りをしながらやっと数年前に使えるようになったくらいだ」

母さんからも教えられたが父さんは剣の扱いに関しては天才的だったと。

さらに次期伯爵様筆頭だったからとてもモテたのよ？　なんて話も聞いたな。

父さんも母さんも伯爵家の出身だったらしい。

「仮に使えるようになったとしよう。勉学はどうするんじゃ？」

「それは私が教えますわ。これでも一応は一通り嗜んでましたから」

母さんは武術よりも経済を学んでいたらしい。

なんでも剣だけは才能が無かったと。

エーミルダでは男女関係無く剣やその他の武術を学ぶ。

母さんに何を習ったのか聞いたけど「内緒よ」って言って教えてくれなかった。

父さんにも聞いたけどミーナは特殊だからなぁで終わってしまった。

そういえば話をしていなかった。

我が家は夫婦揃って魔物狩り。

母さんは俺の子育ての為に第一線を退いた。

たまーに近くの魔物を狩ってはお小遣い稼ぎをしながら、勘を鈍らせないようにしているらしい。

最近ではついでにと俺の為に茸狩りにも勤しんでいる。

二人して魔物狩りが出来るので正直なところ、周りの家に比べれば裕福だとは思う。

まぁイルマの家に比べたら全然だけどね。

「それにしても魔法剣か。あれは我が国の魔法体系とは違うからのぅ」

「そうなんですか？　同じ魔法なのに？」

「魔法剣とはつまり剣に魔法を纏わせる付与魔法に近い存在だ。そしてこの国の魔法は放出系。まぁ中には大規模破壊魔法なんて代物もあるな」

「大規模破壊魔法……」

中二病が再発してしまいそうだ。

頑張れば出来るんじゃないかとコップに水を入れて、葉っぱを浮かべて動けと念じた日々。

かめ〇め波の練習をした日々。

レ〇ガンと言い続けた日々。

「どうした、ラグナ？　急にニヤニヤし始めて」

いけない、本当に出来るようになるかもしれないと思い始めたら病気の前兆が……。

「なんでもないです。それよりも魔法と魔法剣はどちらが強いの？」

「まぁ戦争になったら魔法だろうなぁ。遠距離からバカスカ撃たれたら魔法剣ではどうにもならん」

確かに。魔法剣は近距離特化、魔法は近距離から遠距離までオールマイティー。

うん。魔法剣だと厳しいな。

「魔法剣か……昔戦ったのぅ」

「そうか、じいさんはあの国との戦争経験者か」

そういえば数十年前にヒノハバラとエーミルダって戦争したんだっけ。

たしか戦争した理由が……。

「懐かしいのぅ。強い剣が欲しいとか言い始めた前王がエーミルダにエミルダスの剣を寄越せと言い始めたのが始まりだったか」

そう。戦争を始めた理由はただ剣が欲しかったから。

そのためだけに戦争を始めた。

戦争が終わった理由も凄かった。

「急に戦争が終結したと思ったら理由が本当に酷かったのぅ」

剣ってやっぱり重たいし疲れるから要らないや。

その一言で戦争は終結。

本当にこの国は愚王しか現れない。

ねぇ、初代勇者様。この国の現状を見てどう思う？

せっかく世界を救ったのにね。

閑話1　イルマの家族と辺境村。

ここで、イルマ一家の説明をしようと思う。

現在は辺境村で唯一の商店を営んでいる。

数年前までは王都で代々商いを行っていた一族だったが、イルマの祖父が他の商家に騙されて大損をしてしまい店を乗っ取られてしまった。

「まさか、まさか、あ奴が儂をハメるなんて！　クソが！」

着の身着のまま僅かに残したお金と二人の部下と家族と共に買い付けに使用していた幌馬車《ほろばしゃ》に乗り、王都より脱出。

「何故じゃ、何故儂達が王都から離れなければならんのじゃ……」

代々受け継いできた老舗《しにせ》。

それを自分の代で潰してしまったという責任。

イルマの祖父は馬車の中で憔悴したまま立ち直ることが出来なかった。

そして暫くあちこちと放浪ののちに、とある村で辺境にどうやら開拓村がつくられたらしいという噂を聞いた。

その噂を聞いたイルマの父、イルガンは心機一転やり直すために辺境の村へ行くことを決意。

しかし辺境の村への旅路はとても過酷なものであった。

道中の治安が良くないため盗賊紛いの集団が日中にもかかわらず襲ってくることが度々。

幸いにも馬車で移動だったので逃げ切ることが出来た。

所詮は盗賊紛い。

こんな辺境に住む盗賊などに馬を用意する資金や維持をする金もない。

その後辺境の村まであと少しというところで、イルマの祖父は急な病に侵されてしまい打ち勝つことが出来ずに亡くなってしまった。

王都からの脱出後より店を潰してしまった責任をずっと感じており、生きる気力が失われていた。

心労が祟ってしまったのだろう。

病が悪化し、亡くなるまではあっという間であった。

この旅路の時、イルマはまだ二歳。

小さい子が長旅で無事に生き残ることが出来たのは奇跡であろう。

そんなイルマ一家は王都を脱出してから一ヶ月。

ようやく辺境の村へと辿り着くことが出来た。

「何者だ！」

辺境の村と聞いていたのだが、目の前には立派な防壁に囲まれたとても辺境とは思えない村があった。

「王都より訳あってこの村にやってきた！　出来ることなら商いをしたいと思う。この村の村長に顔繋ぎをお願いしたい」

門番からは暫しここで待つように言われた。

そして暫くすると先程の門番と、顔つきは老人だがとても老人とは思えないほどの筋肉質の男が現れた。

「わざわざ王都よりこんな辺境の村に何用じゃ」

この老人には下手な嘘や言い訳など通じない。

正直に打ち明けようとイルガンは決めて、これまでのことを全て話すことにした。

「そうか」

全てをイルガンが話した後に、村長は考え込むように目を閉じた。

そして。

「わかった。この村に入ることを許可しよう。あとは、イルガンと言ったか？　二人で話がある。残りの者はそやつに村の中を案内してもらうがよい。ついでに空き家になったとこが数カ所あったはずだ。ハルヒィ頼んだぞ」

どうやら門番の名前はハルヒィというらしい。

「仕方ねぇな。んじゃ残りの面々は俺に付いてきてくれ。とりあえず馬車が置けそうなところに案内する」

家族と離れてイルガンは村長の自宅へと向かった。

そしてこの村のことを教えてもらうことにした。

基本的には流れの商人しか来ない。

最低限必要な物資は領主より送られるが使えない物ばかり送りつけてくるらしい。

一応支援はしてますよ、という周囲へのアピールの為に。

贔屓の商人が居ないことにまずは一安心だった。

すでに贔屓の商人がいる場合、同じ村で商売するにはいろいろ手回しをしなければならないからだ。

村の現状として、税金は魔石によって支払われている。

しかしその魔石の値付けが酷かった。

王都などでの買い取り価格の二十分の一。

たとえ輸送費がかかるとしても五分の一でもかなりの利益になるはずだ。

商売をするにしてもこんな状態では税金がいくらかかるかわからない。

村長に税金の話を聞いた。

こんな辺境の村で商いをする人間など居るわけないと領主は高を括っている。

もしもやるなら今がチャンスとのことだった。

現状ではこの村で商いをやる場合は、売上の三十パーセントが税として徴収される。

内訳として十パーセントが村に。

残りの二十パーセントは領主に支払うことになっている。

通常では少なくとも売り上げの四割は税金で持っていかれる。

酷い場所では五割~六割の領地なども存在する。

王都ですら税金四割と戦時下に入ると寄付という名の徴収があったくらい。

そんな中、三割で済むならとてもありがたい。

正式に契約してしまえばこっちのもの。

後日いくら領主が税金をやっぱり吊り上げると言い出しても契約後の変更はかなり難しい。

何故ならその辺に関しては商業ギルドに加入している限りギルドが守ってくれるから。

その分、入会金と年会費はかなりの額を取られる。

しかし入会金は先祖代々の店だったので支払い済み。

商いの手形と商業ギルドの許可証を持ったまま脱出したので助かった。

乗っ取られたのは建物と店にあった商品だけ。

まぁ元々が違法スレスレの乗っ取りだったので許可証や手形までも奪われる心配はないだろう。

もしも未だにあの店で商売をしているなら違法状態になる。

王都より脱出後に王都の周辺にある町に到着した。

その町の商業ギルドで店舗販売形態から馬車による移動販売形態に切り替え手続き。

ついでに乗っ取りの相談はしたが表向きは借金による差し押さえということになっているようで取り返すのは厳しいらしい。

手形や許可証については契約した一族限定なので奪われる心配は無いだろうとのことだった。

年会費の支払い状況をギルドにて確認してもらった。

どうやら数年前にあった戦争時に過去最高額となる膨大な利益があったので祖父が二十年分の年

会費の支払いを済ませてあった。

商業ギルドはかなりの力があるので領主も無茶を言うことは出来ない。

というのも、過去に商業ギルドに対して勝手にルールを変えるなど、好き放題喧嘩を売った新米領主が居た。

その件に対してギルドは反発し、その領地にある商業ギルドと商業ギルドに加入している商人が撤収してしまった。

その後、物資の供給は不安定になってしまった。

さらに値段や品質もバラバラの大混乱であった。

商業許可証などを持ってないモグリの人間しか居なくなってしまったので当たり前。

その後領主は商業ギルドに謝罪。

しかし商業ギルドは今回のことに関して不問にする代わりに商業ギルドに対して賠償金の支払いと、一日出て行くことになった商人達には賠償金＋迷惑料の支払い、さらには減税などを確約させた。

その後、領地の経営が傾いてしまい領主は破綻の危機に。

この一連の事件について商業ギルドより王へと話が通された。

王は勿論大激怒した。

領主はお家断絶。

一族郎党みな奴隷落ちの処分となった。

そんな事件もあったので契約さえしてしまえばこっちのもの。

そう簡単にはひっくり返ることはない。

さらに村長に話を聞く限り魔物の素材は上手に活かされておらず、終いには廃棄されていることに気がついた。

そのような状況を見てイルマの父親はこの地で再び立ち上がることを決意。

そして村長に掛け合い、改めてこの村で商いを始めたいと話を通した。

その後、村長とイルガンは正式に商いの契約を完了した。

そしてイルマと奥さんを村に置いて商いを始めた。

村長からの一言により村の狩人数名を護衛として雇うことになった。

やはりここは魔の森と近いので魔物と出会う確率が高い。

もしもこの町に腰を据えて商いをするつもりがあるなら護衛を手回ししようと持ち掛けてくれた。

かなりの好条件を提示されたので即断即決で契約を行った。

その後に、それまでは廃棄されていた魔物の素材の買い取りを村で行い、需要がありそうな他の村や町で売却。そして村人達の希望の品を売却した資金で仕入れてこの村で販売した。

そのような商いを始めてから一年。

やはり馬車で大量に運べるのが良かったんだろう。

僅か一年で村に店舗を持つことが出来るまでに稼ぐことが出来た。

そして今では王都とまではいかないがとても辺境の村にある商店とは思えないほどの品揃えの店舗を構えている。

願いをこめて。あれ？　なんか出ちゃった。


村長との話し合いから三ヶ月。

季節は十二月。

現代日本とは違い断熱性能がほぼ皆無なので部屋の中とはいえ油断すると逝ってしまいそうです。

「あ～、さむっ！　ラグナ大丈夫か？　寒くないか？」

「寒い、寒すぎるよ、父さん。こんなに寒いのは初めてだよ！」

俺が住んでいる村は比較的温暖な地域。

雪ならパラパラと降るのは見たことがあったけど積もったのはこの世界に来て初めて。

前日の朝からこの世界に来て経験したことが無いほどの猛吹雪。前世でもこんな大雪なんて経験したことが無い。そういえば冬の雪中キャンプの動画とか見た事あるけど……本当に真冬のキャンプは一歩対処を間違えると命の危険があるって画面越しに伝わってきたことを思い出した。

寒さで凍死とか、ストーブを焚いていたら一酸化炭素中毒とか洒落にならないことばかり。

真冬のキャンプは初心者がやるもんじゃないって事だけはすぐに理解できた。

今現在外から薪を持ってこようと思っても、吹雪で前が見えない。しかも歩こうと思っても、すでに子供の膝くらいまで雪が積もっている。

それならば、父親が持ってくればいい？　残念ながら父さんは唯今お仕事中。

魔法剣ってあんな使い方があるんだね。

この村の各家の屋根に上って風を纏わせた剣で高速雪下ろし。

派手に雪を吹き飛ばしていた。

そして今日。

雪は止んだものの積もった量が凄い。部屋の窓から外を見ようとしたら雪で埋もれてるなんて思ってもいなかった。

父さんと母さんは雪が止むまで交代で玄関周辺の雪かきをしてくれていたので閉じこめられることは無かったけど。

そして前日に外から持ってきた薪なのだが……。雪で濡れて湿ってしまいなかなか着火しない。

そう。まさかの暖炉が使用できない状況なんです。家にある無事な薪は料理に使う分だけ。

「こっちの国に来てこんなに雪が降ったのは初めてよね」

「そうだな。あの国に居たときは冬になると雪景色は当たり前だったけど」

「そうね。しかもあの頃は自分達で雪下ろしや雪かきなんてすること無かったもの」

「だな、やってもらうのが当たり前だった。改めて自分達でやってみると、なかなかきついものがあるな」

「そっか。父さんと母さんは貴族だったんだっけ。それじゃあ仕方ないよ。それで……どうしようか、これ」

目の前には濡れて使えなくなった薪。頑張って着火しようとしたけどダメだった。

でも濡れた薪を無理矢理使っても煙は凄いし、普段とは違う臭いもするので着火しなくて良かったのかもしれない。

今はまだ日が出てるから暖炉に火が無くても耐えられるけど、夜は厳しいかもな。

となると必要なのは薪かぁ。薪よ出ろ～。

「どうした、ラグナ。両手を前に出して力を込めて」

「いや～。頑張って願えばアウトドアスパイスのスキルみたいに薪が出てこないかなぁって思って」

笑ってこっちを見ていた両親の笑顔が固まる。

「で、出ないよな？　まさか出ちゃったりしないよな？」

「流石に薪なんて出てこないよ。願って出るならお金でも出してるよ」

願って出るなら苦労しないよ。

そういえば前世では冬に庭で薪じゃなくて備長炭を使って外で暖を取りながら鍋作ってたなぁ。

薪じゃなくてもいいから炭が出ないかなぁ。この世界に来てから見たことないんだよね。炭が売られてるのって。備長炭、懐かしいなぁ。

『備長炭を召喚しますか？』

「えっ……」

俺の声に反応する両親。

「ど、どうしたの？」

「えっと……」

「……嘘だよな？」

「声……聞こえちゃった……」

「「えっ」」

「えっと……どうしようか……」

固まったまま動かない両親。

えぇい！　もうヤケクソだ！

「備長炭召喚！」

両手が光り輝いた。そして光が収まると徐々にずっしりとした重みが。ゆっくりと手の平に目を向けると二本の備長炭。

目を見開く両親。

「えっと……出ちゃった……」

「まさかそれは……炭なのか？」

「たぶん？　見たことないからわからないけど……」

手に持ってる二本の炭を叩いてみる。

カンカン。

金属音に似た音。しかもこれ白っぽい色。白炭なのかな？　金属に似た音に驚く二人。

「本当にそれは炭なのか？　金属みたいな音がしたが」

二人に炭を手渡す。

「私が知ってる炭って、もっと黒くてこんなに堅くはないわ」

「だな。色も白いし、金属のような音がするし」

だよね。完全に超一級品の備長炭だよ。前世でも使ったことないわ、こんなレベルの。

「それで……それどうする？」

「どうする？　ってお前。どうする？」

「これが炭なのかはわからないけど。火をつけてみましょうか？」

暖炉の中に置かれる備長炭。

「二本だと足りなさそうだからもう二本」

追加でもう二本出してみた。

「なぁ、ラグナ。気のせいならいいんだが……今無詠唱で召喚したよな？」

あれ？　そう言えば。

「もしかして詠唱って要らないのかな？」

ちょっとだけアウトドアスパイス召喚。すると手のひらからはサラサラと香辛料が。

「あっ。頭の中でそう思うだけで出ちゃった」

「はぁ……もういいわ。とりあえず火をつけてみるか」

母さんが料理用に保管してある薪の中から破片だけを集めて炭と共に暖炉の中へ。

そして、着火用の魔道具を使って着火。

これはまんまライターだよなぁ。これも魔石のエネルギー。薪に火がついた。

そして徐々にパキパキパキと炭特有の音もし始めた。

「今のところ、そこまで煙は出ないわね」

家族三人で暖炉の前に。

しばらくして着火した薪が燃え尽きてしまう。炭はパキパキと音が鳴ってはいるものの、まだ着火はしていない。

「もう少しで着火しそうな感じなんだけどな。あんまり薪は使いたくないし。んじゃ仕方ないか」

父さんは立ち上がると何かを取りに行った。

「どうして剣なんか……」

「まぁ見てろって。ふん！」

父さんが力を込めると剣の周りに火が纏わり付いた。

「おぉ!!」

こんな近くで見たのは初めて。一気に周囲が暖かくなった。

そして火を纏った剣を暖炉の中へ。

パキパキパキパキ。

「もう少しか？　はぁぁぁ！」

さらに剣の炎が大きくなった。

パキパキパチパチ。

炭の温度が急激に上がった為、一気に音も変化してくる。少しだけ炭が爆ぜたものの、見事に着火には成功した。

「おぉ！　父さん、炭に着火したよ！」

「はぁはぁはぁ、流石に疲れるわ」

よく見たら汗だくになっている父さんが座り込んだのだった。

お疲れ様でした。

時折、パチパチと心地よい音を立てて燃えている備長炭。

流石、備長炭って感じだった。なかなか着火しなかったよ。父さんの魔法剣が無かったら着火出来ずに終わっていただろう。

「やっぱり魔法剣って疲れるの？」

剣に炎を纏わせて着火した後、父さんはぐったりとして座り込んでいた。

「普通、魔法剣っていうのは一瞬だけ発動させて攻撃するもんだ。こうも長時間炎を出しっぱなしにするには向いてない。それならば、この国の魔法の方が向いているだろうさ」

魔法かぁ。そう言えば父さんはこの国の魔法って使えないんだろうか？

「父さんは魔法使えないの？」

「全く使えないってことはないんだが……ほら」

流石、父さん。無詠唱で炎を出した。

でも小さい……。

「何でかは知らないが、着火の魔道具くらいの炎しか出ないんだよ。ちなみにミーナもそうだ」

「ほら。小さい炎しか出ないのよ。不思議よね。同じ人間なのに」

「どういうこと？」

「この国で生まれた人間は何故か魔法の威力が高い。でもその代わりに魔法剣などの付与魔法は全く使えん。反対にうちの国の魔法使い。つまり魔法剣士は魔法剣は使えるけど、この国の魔法使いのような放出系の魔法は駄目なんだ」

「あとは、いろんな魔道具が有るでしょ？　あの魔道具は海神国シーカリオン国の人間しか作ることが出来ないの」

ん？　何でだろう。血が関係？　それとも地域特有の何か？

「海神国かぁ。一度だけ小さい頃に行ったな」

「懐かしいわねぇ。確か伯爵家合同視察という名の旅行に行ったわね」

「海神国ってことは海に関する国？」

「一応海神国って名前だからな。海に面した土地が多くある。あとはあれだなぁ」

「あれって？」

「あの国は宗教国家って面も強い。海の女神である『マリオン』様を主神として崇めているな」

海の女神かぁ。

創造神様が居るくらいだもん。きっといるんだろうなぁ、女神様……ん……？

もしかして国によって主神が違う？

その国の神様の加護によって各国の得意分野に差があったりするのか？

「父さんの国には主神っているの？」

「ん？　うちの国かぁ。うちの国はなぁ……」

「そうねぇ。神様って意味では違うのかしら。一応人間だった方だし」

人間だった？

「もしかして、魔剣神エミルダス様？」

「そうだ。うちの国はエミルダス様が主神だな」

「それじゃあこの国の主神は勇者？」

「それが違うんだよ。この国の主神は守護の女神『サイオン』様なんだ」

サイオン？　守護の女神？

「サイオン様は滅びに向かっている世界を救うために勇者ヒノを召喚した女神様って言われているな」

勇者を召喚した女神様かぁ。

「ってことはやっぱり国によって主神って違うんだね」

「言われてみればそうだなぁ。あとはこの大陸にある国と言えば救済国家ミラージュと鍛治の国ガッデスと深緑の森アルテリオンの三つだな」

「それぞれ勇者とその仲間達が造った国ってこと？」

「あぁそうだな。この大陸にある国家は六ヶ国だな」

ん？　六ヶ国？　勇者の仲間達は六人居たはず。

「ねぇ父さん。勇者と仲間達って全部で七人だよね？　でも国は六ヶ国。あと一ヶ国はどうなったの？」

「勇者の仲間の一人、カサンドラだけは魔王討伐後に行方がぱったりとわからなくなったと言われているんだよ」みんなそれぞれ国を造ったという訳じゃないのか。

カサンドラ、魔王討伐後にどうして姿を消したんだろう。

魔王討伐という偉業を成し遂げたのに。

それとやっぱりそうか。

国ごとに主神が違う。

詳しいことはわからないけど加護みたいなのがきっとあるんだろう。

その国の特色として表れているように。

「それじゃあ他国の人と結婚して出来た子供は両方の親の得意魔法でも使えるの？」

「一応何人か他国とのハーフの子供は見たことあるが……みんな両親のどちらか一方の得意魔法しか使えなかったな」

うーん、わからん。血の濃さ？　それとも生まれた国によって？

「まぁ何にせよ、大なり小なり得意不得意は有るってことよ」

そうなると俺はどうなるんだろう？

この国どころかこの世界の人間って訳じゃないし。

むしろよくよく考えたらこの身体はどうやって作られたんだ？

むしろ俺は人間なのか？

急に不安になってきた。

「どうした？　顔色が良くないぞ？」

「備長炭召喚スキルを初めて使ったからその疲れが来たのかも」

「また魔力切れになりそうなのか？　大丈夫か？」

心配掛けちゃいけないな。

「大丈夫。ちょっと疲れただけだよ」

「本当に大丈夫？　無理はしちゃ駄目よ？　ほら、こっちにおいで」

そう言うと母さんは俺を抱き寄せて膝枕をしてくれた。

「なぁラグナ。この炭って煙が少ないよな」

母さんの膝枕でまったりしている俺に父さんがそう話し掛けた。

「そうみたいだね。火持ちってどうなんだろ？　薪よりも長いのかな？」

自分でそう言っておきながらあれだけど……長いだろうなぁ。何せ備長炭だし。しかも白炭。

前世だと確か六～八時間も燃焼する白炭があったような気がする。

「もう大丈夫。母さんありがとう」

「大丈夫なの？　無理だけはしないでよ？」

「うん。それと暖炉に四本だけっていうのもあれだからもう少し出すね」

そして地面に手を置いて備長炭を召喚してみた。

とりあえず十本くらいなら大丈夫かな？　そうして召喚したのが十本の白炭。

「ラグナ、こんなに出して大丈夫なのか？」

そう言えば思ったよりもキツくない。

「顔色は少し休んで良くなってからは、変わってないわね」

「何回も倒れて魔力回路が鍛えられたか……？　普通はそう何度もぶっ倒れながら魔法を練習するやつなんて居ないからな」

なんか父さんの言い方にトゲがあるなぁ。確かに何回も倒れて迷惑かけたけど。

そう言えば倒れてから目覚めるまでの時間が徐々に短くなったのは魔力回路っていうのが鍛えられたから？　じゃあ限界までスキルを使えば魔力回路を更に鍛えられるのかな？

「ラグナ、頼むから倒れるまで練習しようとか考えるなよ？　その顔は考えてるだろ」

何故バレた。

「倒れるってことはそれだけ身体に負担がかかってるってことなのよ？　万が一があったらどうする気？　私達を悲しませたいの？」

確かに……デメリットは考えてなかったよ。

「ごめんなさい。そこまで考えて無かったよ」

「そもそもお前はまだ五歳なんだぞ？　無理する必要なんて無いんだからな」

「そうよ。まだまだ子供なんだから。お外でいっぱい遊んで、ご飯もいっぱい食べてお勉強すればいいんだからね！」

そうだった。俺ってまだ五歳だったよ。最近やっぱり肉体年齢に精神が引っ張られてるんだろうか。わくわくが止まらない。気になることには手を出したくなっちゃうし。

たぶん、いま目の前にボタンが現れて押しちゃ駄目って言われると我慢出来なくて押しちゃうかもしれない。

「でもラグナの子供らしいとこが見れて私はちょっと嬉しいわ」

ん？

「母さん、子供らしいって何？　僕は子供だよ？」

「だってラグナってお友達と遊んでるときも一歩引いてるじゃない。周りのお友達が怪我しないように見守ってるように見えるのよ？」

自分では一緒に遊んでるつもりだったから全然気がつかなかった。

「そんなことないとは思うけど……」

「怪我しないように見守ってる優しいラグナも好きよ？　でも、どうせなら一緒に元気いっぱい遊んでほしいとも思ってたのよ」

うーん……前世と今で精神年齢は合わせて二十歳以上だからなぁ。心の底からハシャいで遊ぶことが出来なかったのかもしれない。

「でもね、さっきのラグナは母さん初めて見たかもしれない。あんなにもわくわく、うずうずしてる姿なんてね。だからちょっとそこは嬉しいの」

わくわくか……そりゃわくわくしちゃうよ。だって魔法だよ？　スキルだよ？　ゲームや漫画の世界でしか出来なかったこと。

前世だったら中二病って貶されて終わることがこの世界では現実に出来るんだよ？

俺が魔法を使えるのか。それとも使えないのか。正直なところは全くわかんない。でもそのかわりにスキルが使える（しかもスパイスと備長炭というキャンプに最適なスキル）。小さい頃に大勢の子供達が通る道。

異能だよ？

魔法だよ？

心が沸き立つに決まってるじゃないか。

「だって、スキルっていうのが使えるんだよ？　もしかしたら魔法も使えるようになるかもしれない。父さんみたいに魔法剣が使えるのかもしれない。わくわくするに決まってるよ！」

ここまでハシャぐラグナを見てミーナはとても嬉しかった。

退屈で毎日がツマラナそうな目で外を見つめてることがラグナは多かった。

イルマと遊んでるときでさえも心からは楽しんでるように見えない。

それが五歳にしてスキルに目覚めた。それからラグナの雰囲気に変化が訪れた。

退屈そうな雰囲気だった日々。それが今やどうだろうか。

スキルを使いたくて毎日うずうずしている。

ひたすら自身の限界近くまで香辛料を召喚する日々。

ちなみに少量だけど容器に入れて料理に使うようになった。あの味を知ってしまうともう塩だけの食生活に戻れない。

置き場に困るほどスパイスを召喚した後は私達にラグナは声を掛けてくる。今から収納スキルを使いますと。

本当ならば母として止めるべきなんだと思う。収納スキルを使用した後は倒れてしまう。

でもこの子がこんなにも楽しんでいる姿、止められる訳ない。

小さい頃からラグナは本当に手が掛からなかった。

同じ村で子育てをしているお母さん達で集まって、グチ大会をするときがたまにあるけど……。

話を聞けば聞くほどラグナの育児って本当に手が掛からない。

何をしてもイヤイヤってする時期があるみたいだけど、ラグナにはそんなもの無かった。

気がついたらお手伝いしてくれる。そう言えばお手伝いしてって頼んだこと無いかも。

そしてグチ大会の最中にイルマの母から言われて驚いたこと。

「イルマが転んで足から血が出ちゃったのよ。そしたらラグナちゃんってば、すぐに井戸のそばに走っていって汲んである水で傷口を綺麗にしてあげてたのよ？　その後にお姫様抱っこでうちにイルマを連れてきた時はびっくりしたわよ。あのイルマが顔を真っ赤にして女の子になってたんだから」

元々面倒見がいいとは思ってたけど、そんなことまでしてたなんてね。

少し嬉しくてラグナが家に帰ってきた時にいっぱい褒めてあげたら、顔を真っ赤にして照れていたわね。

さてと。

「そろそろお部屋も暖まってきたわね。この炭のおかげかしら」

「だろうな。着火までは大変だが火持ちは良さそうだな。形が崩れたりしてないし。こんな炭は見たこと無いぞ」

「やっぱりこれもヒミツにした方が？」

「だろうなぁ。これも世間には隠さなきゃいけないだろうよ。薪に困ることが無くなるんだぞ？」

「確かにそうよね。でもお料理とかにもこの炭なら便利そうよ。薪と違って煙が少ないし」

うーんと悩む二人。

「香辛料については仕方ないが……とりあえずこの炭に関しては出来るだけ隠していこう。薪はとりあえず部屋に持ってきて暖炉のそばで乾かせば使えるはずだ」

確かきちんと乾燥してある薪って雨とか雪で濡れた程度だったら乾きが早いんだっけ？

理由は忘れちゃったけどね。

有り難い先輩のお話。

薪を部屋に運び込もうと父さんと二人で外に出た。

玄関をあけると目の前には俺の背丈よりも積もりに積もった雪。

「ねぇ、父さん。こんなに雪が積もってるけど……村の人は大丈夫かな？」

「昨日、村の屋根の雪下ろしをしているときは大丈夫だったんだがな……流石にこの積雪だ。家が潰れたり、寒さにやられてなきゃいいが」

二人で話をしながら濡れた薪をせっせと部屋に運び込む。

ちなみに……父さんは薪を両手いっぱいに持ってるけど、俺は頑張って一本。

五歳児の力なんてこんなもんだよ。

お手伝い体験みたいな感じ。

「これだけあれば、明日明後日も大丈夫だろ」

暖炉の一角は薪で埋まっていた。

暖炉で薪を乾かす際は火がついて火事にならないように気をつけなければいけない。

母さんが定期的に薪の位置をズラしながら薪の乾き具合のチェックをしていた。

乾いた薪はまだ十本程度。みんなで薪を乾かしながら今日はゆっくり過ごす予定。

体感的にそろそろ昼が過ぎたあたり。

備長炭に火をつけたのが朝一番だから四～五時間は経過したと思う。

白炭は多少形が崩れたのもあるけどまだまだ大丈夫そう。

「この炭って火持ちが良さそうだとは思っていたけど、だいぶ時間が経つのにまだまだ平気そうだよな」

「そうねぇ。まだまだ形も崩れてないし。凄いわねぇ、これ」

「普通の炭ってこんなに火持ちが良くないの？」

「まず最初に暖炉で炭を使うなんて無かったからな。普通は薪を使ってるし。でも黒いいつもの炭だったらとっくに形が崩れて役目を終えていると思うぞ？」

「そもそも炭っていうのは薪に比べたら高級品だしねぇ。なんでも作り方は秘匿されてるらしくて一部の領地でしか作られて無かったのよ」

やっぱりそうか。こっちの世界に来てから炭なんて見たこと無かったし。

薪よりも火持ちがいいからお金持ちには高値で売れるだろうから。

なんとなくだけど、ざっくりと作り方はネットで見た気がするんだよな。当然、実際には作った事なんて無いんだけど。

母さんがお昼ご飯の準備を始めた。そんな時、ドンドンと扉を叩く音がした。

「こんな雪の中誰だ？　あの積雪の中どうやって来たんだ？」

父さんが扉をあける。

するとそこには村長さんと、疲れきってぐったりしてる門番のハルヒィさんが居た。

「じいさんどうした？　こんな雪の中。ってかこの積雪の中どうやって来たんだ？」

「無事かどうかの確認じゃ。如何せん薪が使えなくなって暖を取れなくて困っていたのが何人か居たからな。通路はこやつに造らせたわい」

そう言いながらハルヒィの背中を村長は叩いていた。

「疲れるから使いたくなかったんだよ、俺のスキルは」

ハルヒィさんのスキル？

「あぁそうか。お前のスキルって『通路作製』ってユニークスキルだったか」

「今まで山に穴を掘ったり、地下に潜って隠れたことはあったんだがな。まさかこんなにも積もった雪でこのスキルが使えるとは思わなかったわ」

何その便利スキル。地下室とか欲しかったから羨ましいんだけど。

地下室があれば収納スキルで倒れる心配しないで炭とスパイスの保管が出来るのに。

「どうした、ラグナ？　そんなわくわくした顔で」

「だって通路作製スキルってカッコいいんだもん！」

「あぁそうか。子供からしたら羨ましいだろうな！　こっそりと秘密基地なんて作りたい放題だからな」

秘密基地……いいなぁ、作りたいなぁ。

「珍しくハシャいでおるのう。でもこやつは逃げてこの村にたどり着いたんじゃぞ？」

逃げる？　何から？

「あれは仕方ねぇじゃねぇか。危うく前に住んでたとこの領主に監禁されて、隷属の魔道具で奴隷にされるところだったんだからな」

隷属の魔道具？　監禁？

「ラグナはまだわかっちゃいないか。俺のスキルは通路作製。ってことは鉱山だろうと地下だろうと簡単に通路が造れちゃうんだよ。んでそのスキルに目を付けた領主が罪をでっち上げて俺を捕まえた訳よ」

やっぱりそんな領主が居るのか。

「それでどうやって逃げたの？」

「クソ領主が俺を道具のように使おうとしてるのはすぐにわかったからな。なんでも魔道具の準備に時間がかかるとかで地下牢に押し込められてよ。大人しくしているふりをしてスキルで夜遅くに二ヶ所通路を造っておいたのよ」

「どうして二ヶ所も？」

「片方は領主から逃げるための通路。もう一通は地下水源と繋いだ通路ってわけよ」

「えっ？　地下水源なんてわかるの？」

「このスキルが使えるようになったばかりの頃は土の先がどうなってるのかわかんなくて、何回かえらい目にあったんだけどな。いきなり地下水源にヒットして溺れかけたり。すぐに塞いで助かったんだけどな。そんなことばっかりしてたある日、この先がどうなっているか、なんとなくわかるようになったんだよ。通路を造ってるとこの先に何があるのかとか」

スキルがレベルアップしたってこと？

「とりあえず朝までにある程度脱出路は造って水源は牢と壁一枚。通路作製のスキルはあけるも塞ぐも自由自在だからな」

そのスキル便利すぎでしょ。あぁ、だから狙われるのか……。

「んで朝に領主が地下牢に部下を連れてぞろぞろ部屋に来たときに、俺は奴らの目の前で水源の通路をあけて大量の水をプレゼント。俺はもう一つの通路からすぐに脱出。そのまま逃げ切ったって訳よ」

「その領主はどうなったの？」

「領主はそのまま部下と一緒に溺死らしいぞ？　まぁ噂でしか知らんが。たまたま王都の役人が査察で来ていたらしく、すぐに事件を調べるという名目で領主の館に突入。何代も前からあくどいことしてた書類を捜し出してそれを証拠にお家断絶。今はその役人だった奴が領主をしているらしいな」

「ハルヒィさんは無実の罪のまま罪人になってるの？」

「どうやら俺のことは領主と部下がこっそり罪をでっち上げたもんだから正式な書類は無し。捕まえたことを知ってる人間もごく一部。んで知ってる連中は仲良くお水の中へ。あとはわかるな？」

ラグナはコクコクと頷いた。

「まぁ便利なスキルではあるんだがな。バレたら面倒だから内緒にしてる訳よ。だからラグナも内緒で頼むぞ？」

便利なスキルってやっぱり危険と隣り合わせなのか。実体験を聞くとより危険度が理解出来たよ。罪をでっち上げたりとか、隷属の魔道具とかいかにもヤバそうな名前もあるし。

備長炭の活躍と村長さんと朝ご飯と。

村長とハルヒィさんは家の入り口で雑談をしながら我が家の無事を確認した後、他の家へと巡回に戻った。

「玄関からは乾燥中の薪で見えないだろうと思ってたけど、一瞬じいさんの目線が暖炉に向いたな。もしかしたらバレたかもしれん……」

あっ。早速隠すのを忘れてた。

「どうせ村長さんには話をするんでしょ？」

「まぁ確かにそうか。最悪ハルヒィにバレたとしてもあいつは黙っててくれるだろうよ。如何せん実体験があるからな」

「それにしてもハルヒィさんってユニークスキル？　持ちだったんだね」

「まぁあいつはあいつで苦労してきたみたいだけどな。だけどな、ラグナ。お前のスキルも十分危ないからな？」

「そうねぇ……ラグナのスキルはお金を稼ぐのにぴったりなスキルだものね。本当に気をつけないと、ハルヒィみたいに捕まっちゃうわよ？」

「気をつけるよ。ハルヒィさんみたいに逃げられるスキルなんて持ってないから」

本当に気をつけなければ一人工場の出来上がりになっちゃう。実戦向きのスキルは持ってないから捕まったら終わりだよ。でもその前に五歳児でスキル三つ目とかペースがおかしいよね？

もしかすると創造神様が転生する間際に言っていたスキルのおまけってことなんだろうか？

まぁでもスキルが無いよりかはあった方がいろいろ便利になってきたから本当に感謝だよ。しかも今のところ全部キャンプにゆかりのあるものばかり。自分のキャンプに対する未練を酌んでくれたんだろうか。

いつか町の教会でお祈りでもすれば会えたりするんだろうか？　この村には守護の女神の像があるだけだし。あまり祈ってる人を見たこともない。

その後は母さんの作ったお昼ご飯を食べてまったりと薪を乾かす作業を再始動。そしてある程度薪の乾燥が終わる頃にはすでに外は夕方。

目の前には未だにギリギリ火のついている備長炭。そろそろ着火してから半日が経過する。

想像よりも長く燃え続けていたけどそろそろ限界らしい。流石に完全に形は崩壊した。

あとは消え行くのみ。

「この炭のお陰で助かったな……異常なほど火持ちが良かったのが気になるところだが」

そう苦笑いしながら父さんは乾いた薪を暖炉に放り込んでいた。しばらくするとまだ熱を持っていた備長炭の熱で薪に火がついた。

「今日はどうする？　寝室で寝るには寒すぎると思うわ」

確かに今日は暖房が無いと厳しい。ダイニングと寝室では温度の違いが凄まじかった。

寝室の窓は寒さで凍っていたくらい。

一応父さん達の部屋と俺の部屋のドアをあけてダイニングの暖かい空気を届けようとしたけど各部屋の窓からの冷気が凄くて直ぐに断念した。

「ねぇ父さん。薪だと寝てるときに火を絶やさないようにしなきゃいけないよね？　今晩だけでもこの炭を使わない？」

「うーん……仕方ねぇか。でも火事が怖いから今日は父さんと母さんで交代で火の番するわ。流石に目を離すのはちょっとな」

よく考えたらそうだよな。

キャンプの時は焚き火つけっぱなしのまま寝るなって父さん（前世）に口酸っぱく言われたっけ。エアコンとは違うんだった。

「それにしても火の番ってのは懐かしいな」

「そうねぇ。あっちこっちへと旅をしていた時以来かしら」

暖炉の火を見ながら肩を寄せ合う両親。何だろう。この甘ったるい空気は……。

これはあれだな。空気を読むべきか。

「母さん、身体がぽかぽかして眠くなってきたから僕は寝るよ」

「そう？　それじゃあ毛布をこっちに持ってくるわね」

「これだけ暖かかったらお部屋で寝れると思うから大丈夫だよ！　おやすみなさい」

俺は部屋のベッドで横になり後悔する。

一応ダイニングからの暖かい空気は部屋に入ってくるものの……。

「さ、寒い……」

凍える身体を少しでも暖めようと丸くなる。寒さと格闘していると人の気配が近付いてきた。

「もう、こんなに寒いのに無理しちゃって」

母さんが自分の部屋の毛布を持ってきて掛けてくれたのだった。

そしてそっと頬にキスをして立ち去っていった。

そのお陰でいろいろと温かくなり安心した俺はいつの間にか眠りについたのだった。


次の日の朝。

朝ご飯を母さんと準備していると家の扉からノック音。

父さんが扉をあけると村長さんが再び我が家にやってきていた。

「じいさん、今日も朝からどうしたんだ？」

「どうしたじゃと？　なんか言わなきゃいけないことがあるんじゃないか？」

あぁ、やっぱりバレてたか。

「あら村長さん、おはようございます。朝ご飯は食べましたか？」

「おはよう。まだ食べてはおらんが……これから食事じゃったか、すまんの」

「大丈夫ですよ。ついでに食べていってくださいよ。美味しいですから」

母さんは村長さんを部屋の中に招くと再び朝食の準備へ。

お皿によそったスープと保存用にと暖炉で多めに焼いたパンを俺が運び込んで準備は完了。

そう言えば転生後に驚いたこと。

異世界と言えば食事前のお祈りがあるものだとアニメやマンガで読んだことがあったので何かしらある思っていたらまさかの展開だった。

「今日の食事にも感謝を。『いただきます』」

そう。

この国の食事前のお祈りは『いただきます』。

勇者が広めたらしい。日本人確定だろうな。食後は『ごちそうさま』だしね。

あとはお箸とスプーンとフォークとレンゲがある。お箸とレンゲも勇者が発案。

完全に知識チートってやつだね。

今日の朝ご飯は俺お手製のパンと何かの肉のジャーキーと干し野菜のスープ。

村長さんがまずはスープを一口。そして目を見開く。

「この味はいったい……とても美味い。それに香りも」

そのリアクションを見てニタニタする父さん。父さんの反応を見て、村長さんは気が付いたみたい。

「まさか!!　この味はラグナが出した香辛料だとでも言うのか!?」

村長さんにこのスキルを紹介した時は香りを嗅ぐだけで味見とかはしてなかったからね。

そりゃ驚くでしょうよ。

俺まで見ていてニタニタしてきてしまっていた。これが現代日本が誇る、キャンプ飯の味付けだ。

美味しい朝食と覚悟を決めて。

朝食用にと作ったスープを一口飲んでその味に固まる村長さん。

そりゃそうだろう。

普段は具材の出汁《だし》と塩で味付けしたスープだからね。

前世ではアウトドアスパイスであるほり◯しを焼いた肉の上に振りかけたり、パスタやうどんに絡めて食べたりしたことはあったけど。意外にもスープでもいけるってことに驚いた。

あの世界ならこのスパイス使わなくても、味噌やら醤油やらめんつゆやらコンソメやら……簡単にいろんな味付けが出来たもんな。

この世界に来てからは基本塩ベース。

勇者も味噌や醤油は造れなかったのかな？　それとも辺境の村だから入ってきてないだけだろうか？

このスパイスが使えるだけでも本当に助かった。食生活が豊かになると本当に嬉しい。

村長さんはパンをスープに浸して食べるときもその味に驚いていた。

「このスープの味はパンにも合うのぅ」

最初はスパイスの味に驚いて固まっていた村長さんもニコニコしながら朝食を食べていた。

俺もスープを一口。

ちょっとスパイスでピリッとくるのが本当に美味しい。

ちなみにこの村で主に食べられるパンは黒パン。

こんな辺境の村で手に入るのは小麦じゃなくてライ麦。小麦よりもライ麦の方が過酷な環境でも育ちやすいからね。

なので現代日本のみんながよく知っている白いパンじゃなくて、外までカリッと焼き上げた黒いライ麦パン。

黒パンは硬いっていうのは聞いたことがあるけど、実際問題本当に硬い。

今は焼き立てだからまだ大丈夫だけど、数日経つと本当にカチカチになる。

カリッと焼き上げることで日持ちが良くなるんだよ。パンは基本数日分を一気に焼き上げる。

理由としては薪の節約。パンを焼くっていうのは薪を結構使う。

なので一気に数日分のパンを焼き上げないと、薪の消費量が凄まじいことになってしまう。

前世の世界である日本って食に関しては本当に恵まれていたよな。

「ごちそうさま。ミーナありがとう。本当に美味かったわぃ」

「いいえ～。美味しそうに食べてもらえると作った側としてはとても嬉しいですよ」

ふぅ。朝から結構ガッツリ食べたな。

「んでじいさん、今日はどうしたんだ？」

村長さんが珍しくハッとした顔をしていた。

「あまりにも美味い物を朝から食べたんで用件を忘れるとこじゃったわ。グイドよ、儂に話さなきゃいけないことがあるんじゃないのか？」

「やっぱりバレてたか。見えてないと思ったんだけどな。仕方ない、ラグナ出せるか？」

「うん。わかった」

とりあえず二本でいいかな？

俺の両手が光り輝く。そして光が収まると両手に現れたのは備長炭。

備長炭二本を村長さんに手渡す。

村長は恐る恐る炭を手に取るとその堅さに驚く。

「これは……炭なのか？　それにしてはあまりにも堅い。普通はもっと脆いはずじゃ」

二本の炭を叩くと金属のような音。

「音も金属みたいな音じゃな……」

「一応昨日使ってはみたさ。大変だったけどな」

「大変？　これが本当に炭なら暖炉に入れとけばいいんじゃないのか？」

「俺もそう思ってよ。少し薪を入れて燃やした暖炉に入れたけどうまく着火はしなかったんだわ」

「そんなことがあるのか？　見たことは無い炭の色をしているが……炭じゃぞ？」

確かに昨日父さん頑張って着火したよね。

「あまりにも着火しないんで魔法剣で焼き上げたんだけどよ。それでもなかなか着火しなかったわ」

「魔法まで使ったんか。そこまでしなきゃ着火しないとなると大変じゃな。それで……火持ちは？」

「火持ちはやべぇな……ギリギリ半日もたないくらい。こんなん見たこと無いわ」

それを聞いた村長さんは深い溜め息を吐いた。

「着火しにくいのは難点じゃが……これも隠さねばならんの……たぶんハルヒィのやつも違和感に気がついておったから口止めしておくか」

「なんかいろいろごめんなさい」

シュンとした俺を見た村長は頭に手を置いた。

「子供がいちいち気にするんでないわ。考えてもみぃ、お主はその歳でもう三つもスキルを覚えたんじゃぞ？　これがどれだけ凄いことか」

優しく微笑みながら撫でてくれた。

「まぁでもこれだけは守ってほしい」

目の前には真剣な表情の村長さんの姿。

「スキルはこの家の中でなら使ってもいい。でも絶対に他の者にバレてはイかん。外で使うのも駄目じゃ。もちろんイルマ達の前でも。もしもバレてしまっては、儂等で守りきれるかわからん。約束は守れるかのぅ？」

「はい。絶対に守ります。誰かにバレてハルヒィさんみたいにはなりたくないですから！　僕じゃ逃げ切れません」

「なら約束じゃ。ラグナよ。強くなるんじゃ。理不尽な権力から自分を、仲間を守れるように。襲いかかる力を撥ね返せるように。出来るか？」

「頑張ります！」

せっかく新しい人生を歩んでるんだ。

怯えて逃げ続ける人生なんて嫌だ。

全力で頑張ろう。

年末最後の訓練とあの時のやり残し。

今日は十二月三十日。

備長炭召喚事件から三週間が経過。

あの時に降り積もった雪は一週間ほど地面に残っていた。

大雪による死者はゼロ。

だけど雪の重みによる家屋の倒壊が三軒あったらしい。

倒壊した三軒は空き家だったらしく、空き家まで雪下ろしの手が回らなくなり後回しにした結果倒壊してしまったようだ。

ハルヒィさんがその事に対して愚痴ってたけど……。

「倒壊した家、俺が今住んでる家よりも立派だったたんだよ……倒壊するくらいなら本気で欲しかったわ」

なかなか過激に愚痴っていたけど村長さんといろいろやり取りがあったらしく、まだ使われていない広めの空き家にハルヒィさんは引っ越すことに決まった。

その代わりに門番の仕事が休みで手が空いてる日は、俺に稽古を付けてくれるようになった。

「グチグチ言ってよそ見してるのに全然当たらない！」

「そりゃそうだ。こちとら訳ありで冒険者やってたんだからな。そう簡単には当たらんよ」

ちなみにハルヒィさんにはスキルの件を話してある。

実際に目の前でスパイスや備長炭を召喚した後でハルヒィさんに真面目な顔をして言われたセリフが本当に忘れられない。

「ラグナ。まじでこのままだと、お前死ぬぞ？」

ハルヒィさんの顔が本気だった。その日以来ちょくちょくうちに来ては稽古を付けてくれるようになった。まぁ稽古をしてくれた日はうちで晩御飯を食べるようにもなったんだけど……。

スパイスを使った料理を母さんがハルヒィさんに振る舞った日。

「なんだ、この味は！　美味い……このピリッとした香辛料が肉にとても合う……」

涙を流しながら食べるおじさん《ハルヒィさん》。

父さんはその姿を見て爆笑していたけど。

流石に晩御飯をタダで食べるわけにはいかないとハルヒィさんは食材を律儀に持ち込んで来てくれる。

父さんが魔物を狩りに行っている間はハルヒィさん。

ハルヒィさんが門番の仕事をしている時は父さん。

二人の手が空いてないときは村長さん。

三人の師匠が俺には出来た。

今日はハルヒィさんと稽古の日。

ハルヒィさんは主に体術をメインで教えてくれる。

「相手の動きをよく見ろ。ほら、手足の動きだけに囚われるな！」

「子供相手に少しは遠慮とか無いの!?　そこだ！」

「甘い！　今の動きは罠だ」

隙があると思って踏み込んだらどうやら罠だったらしい。簡単に転がされた。まぁ元々五歳だもん。簡単に転がるさ。大の字で空を見上げる俺。

「今日はこの辺で終わりにしとくか」

時間は丁度昼前。

「ご飯を食べたら午後から？」

「いや。今日は終わりにするよ」

いつもなら午後も稽古があるんだけど。

「どうしてって顔するなよ。今日は何日だか忘れたのか？」

今日は何日？

「今日は十二月三十日。あぁ！　年末か！」

「そう、年末だからな。今日はもう終わりだ」

「今日もありがとうございました」

ハルヒィさんが手を掴んで大の字で寝ていた俺を起こしてくれた。

「今日は帰ったら掃除を終わらせなきゃな」

「ハルヒィさんまだ掃除終わって無かったの？」

「独り身だからな。どうしても家事が苦手でよ」

男の独り身かぁ。前世では一人暮らし計画もしてたけど、結局それが実行出来る前に終わっちゃったからな。

まぁきっと一人暮らししてたらキャンプ飯ばっかり作ってたんだろうなぁ。

メスティンでご飯を炊いてスキレットでベーコンと目玉焼き。

鉄板で肉を焼いたらそのうえにほり◯しを振りかけて……。

ぐぅー。

そんなことを考えていたらお腹が鳴ってしまった。

「お腹空いて来ちゃった」

「動いたからなぁ。いっぱい食っていっぱい動いて沢山寝て大きくなれよ！」

「ハルヒィさんって見た目と違って子供好きだよね！」

「見た目と違ってってなんだよ！　どう見たって優しいお兄さんだろう」

見た目は完全におじさんなんだよなぁ。

「そうだね。ごめん。優しいお兄さん《おじさん》。はやくお嫁さんが見つかるといいね！」

「うるさいわ！」

パシン。

「あいたっ！」

ハルヒィさんに頭を叩かれてしまった。

そんなこんなで家に到着。

家に到着すると既に父さんが帰宅していた。

「ただいまー！」

「じゃまするぞー」

「お帰りなさい。ハルヒィもありがとね。ご飯食べていくでしょ？」

「あぁ。今日もよろしく頼む」

「二人ともお疲れさん」

「今日はいつもより終わるの早かったな。どうだった？」

ハルヒィさんが父さんに向かって言った。確かにいつもより父さんが帰ってくるの早いな。

冬だし魔物が少ないのかな？

「今日かぁ。今日はあれだな」

父さんが苦笑いしている。

「あれって？」

「たまたまワイルドボアの群れが近くまで下りてきてて、すぐにじいさんたちと一網打尽にできたんだよ。六頭仕留めたから持って帰るのが大変だったぜ」

ワイルドボアって誕生日の時に食べたやつか！

「ワイルドボアが出るのも珍しいのに六頭も居たのか。大丈夫だったか？」

「あぁ。誰一人怪我することなく仕留められた」

「ワイルドボアのお肉ってある……？」

ラグナは誕生日の時に食べたあの肉の味を思い出していた。

スパイス召喚が出来るようになったきっかけの味。

スパイスを振りかけて食べることが叶わなかった食材。

それが今日手に入るかもしれない。

あの肉汁たっぷりのお肉。

それを備長炭で炭火焼き。

そして焼けた肉の上にアウトドアスパイスほり◯し。

まさに、最強のキャンプ飯！

あぁ。早く食べたい。

君を食すために目覚めたスキル。

目の前に置かれた肉の塊に狂喜乱舞している俺。

父さん達が狩ってきた魔物が今日は大猟だったので分配された肉の量が凄かった。

我が家の家族分＋ハルヒィさんの分。

何十キロ有るんだろうか。

前に親父っさんから出された時は量が多すぎるって思ったけど、あの味を一度知っちゃうといくらでも食べられる気がしてくる。

母さんが部位毎に肉を切り分けていく。

そして俺は暖炉に備長炭を召喚して父さんとハルヒィさんに手渡していく係。

今日のお肉は暖炉で炭火焼き。

相変わらずなかなか備長炭に着火しない。

「この炭って本当になかなか着火しないんだな」

「このまま薪を消費するのもあれだからな。いくか」

父さんは剣を両手に持ち暖炉の中に突き刺す。

「はぁぁぁぁ！」

剣から炎が発生し部屋の中が暖かくなる。

剣の炎の熱さに耐えながら備長炭の位置を微調整するハルヒィさん。

パチパチパチ。

「今回は早めについたたな。ラグナ、あと二十本くらい炭を出せるか？」

二十本か。ちょっと多いけどやってみるか。

「出来るかわからないけど。『備長炭召喚』！」

手の平にずっしりとした重み。

父さんとハルヒィさんが備長炭を持って暖炉の前に移動した。

「ふぅ、やっぱり最初に出した時よりかは疲れなかったよ」

「多少はスキルが鍛えられてるんじゃないか？」

まぁ定期的にいろいろ召喚してるからね。

母さんが切り分けたワイルドボアの肉をお皿にのせて運んできた。

「今日は年末だからまさにお祝いの量のお肉ね。食べきれなかった分は塩漬けして干し肉にしちゃうから出来るだけいっぱい食べてね！」

確か干し肉って作るの大変なんだよね。

肉を塩漬けにして水抜き。

ここで水気をきちんと抜いておかないと、腐ったりカビたりしちゃう。

水分が抜けたお肉を風通しがいい冷暗所で乾燥。

完成までに一ヶ月くらいはかかるんだよなぁ。
本当に手間がかかる。
せめて冷蔵庫があれば多少は食材の日持ちが良くなるんだけど……。
冷蔵庫は本当にお金持ちの家にしかないらしい。
ずっと冷やし続けるっていうのは魔石の消費が凄いらしく実用的では無いみたい。
とりあえず今から肉パーティーがスタートする。
「炭の準備出来たぞー。どうやって焼く?」
「炭の上に鉄の板でも載せれば良いんじゃないかしら? それか串にでも刺す?」
炭をなるべく平らに並べてその上に鉄板を載せる。
その後に鉄板に油をたらしてのばす。
そして……。
切り分けたお肉を鉄板の上に。
ジューー。
鉄板から煙が上がる。
お肉の焼ける匂いが部屋に漂う。
その肉の香りにつられて、お腹がぐぅーっと音を鳴らしていた。
片面が焼けたらひっくり返す。
ジューー。

鉄板から肉汁がこぼれ落ちる。

こぼれ落ちた肉汁が炭にかかり煙が出る。

さらに香ばしい肉の香りが漂う。

肉を焼いている、この香り、そして色の変化。この瞬間がたまらなく好きだ。

ジュワジュワと音をたてながら焼けていく肉を見ていると心躍る。

思わず顔がニヤけてしまう。

目の前で肉を焼いている父さんなんて、無邪気な子供のような笑顔で肉を見ていた。

「こんなもんで大丈夫か？」

焼けた肉を皿にのせる。

目の前には焼けたお肉。

母さんがみんなに切り分ける。

「今日の食事にも感謝を。いただきます」

「「いただきます」」

まずは焼いた肉を調味料無しで。

「やっぱりワイルドボアは美味いな！　塩無しでもいける」

今日は大量に肉を食べるので焼く度に徐々に味変をしていく。

最初はそのまま。

次は塩をまぶして。

その次は元々ほとんど使うことが無い高級品。

その名も胡椒。

これはハルヒィさんがうちに置いていった。

なんでも本当にいい肉が手に入った時に使う貴重品として大事に保管していた。

でもハルヒィさんは出会ってしまった。

アウトドアスパイスという名の調味料に。

絶対に家から出さない。一人の時にしか使用しない。門外不出を約束してハルヒィさんの家に通路作製スキルで作った小さな保管庫にスパイスを仕舞ってあるのだ。

アウトドアスパイスのお返しとして、ハルヒィさんは胡椒を提供してくれた。

早くアウトドアスパイスで食べたいけど、その前に、胡椒と塩を振りかけて三枚目の肉を焼く。

焼けた肉にかぶりつく。

「美味しい。肉汁と塩胡椒の味が口の中いっぱいに広がる……」

確かに塩も良かった。

でもそれに胡椒が加わるとピリッとしたアクセントが加わり食欲が増す。

そしていよいよ四枚目。

「ラグナ香辛料は肉を焼く前にかけるのか？　それとも後か？」

「ラグナ香辛料ってなんか嫌だよ。とりあえずお肉を焼いたら振りかけてみようよ」

父さんが鉄板の上に肉を載せて焼き始めた。

ジュー。

ただ焼けていく肉を見つめる。

ひっくり返す。

肉汁がこぼれ落ちる。

そして焼きあがる。

目の前には切り分けられたお肉。

視線を感じるので顔をあげると皆が俺を見つめていた。

「なっ、なに？」

「なんか楽しみでしかたないって顔をしてるからな。あんまりにも子供らしいから観察してた」

「だって仕方ないじゃん！　ワイルドボアのお肉を食べたのがきっかけでアウトドアスパイス召喚スキルに目覚めたんだよ？　あの日は倒れちゃって食べられなかった食材が目の前にあるんだもん」

「それならラグナが一番に食べなきゃね。どうぞ食べて」

母さんに勧められるがまま『ほり◯し』をワイルドボアステーキに振りかける。

熱々の肉に温められたスパイスの香りが部屋中に漂う。

スパイスが振りかけられた肉をフォークで刺す。

そして口の中へ。

「……………」

お肉を口の中に入れた途端に一時停止する俺。

そして肉の味をゆっくり味わうかのように咀嚼する。

口の中に広がる肉の旨味、肉汁。それをさらに上の存在へと昇華させるスパイスの風味と香り。

それが噛むたびに口の中で暴れまわり、さらなる旨味を引き出していく。

「ラグナ？」

名前を呼ばれてはっとする。

「これは美味すぎるよ……こんなにおいしい肉なんて食べたことがない」

何だろう自然と涙が込み上げてくる。

こんなに美味い肉なんて前世でも食べたことがない。

それに……この肉とアウトドアスパイスの相性が抜群にいい。

暴力的なまでの肉の旨味に、スパイスが全然負けていない。

むしろこの肉の為に存在していたんじゃないかとも思ってしまうほど相性が抜群だった。

「何泣いてるんだよ。それじゃあ俺達も食べようぜ！」

みんなもスパイスを振りかけた肉を口の中へ。

そして固まる三人。

「今までもこのスパイス使って肉を食べてたけどよ。ワイルドボアの肉にコレはヤバいな」

「こんなにも美味しくなるなんて……」

「滅茶苦茶高い金を出して買った胡椒って何だったんだ……」

無我夢中で肉を食らう。

あっという間に自分用に切り分けられた肉が胃袋の中に消えていった。
普段ならお腹いっぱいになるんだけど……。
まだ食べたい。
何か料理無いかな。
あぁ。まだこの世界に来てあれを食べたこと無いな。
作れるかな。
ちょっと母さんに手伝ってもらおう。
懐かしのあの味を。あの料理で締めようと思う。
味付け無し。
塩味。
塩胡椒。
アウトドアスパイスほり◯し。
今日は四種類の味のワイルドボアステーキを食べた。
結構お腹が苦しくなってきた。
四枚のステーキを食らった最後の締めはこれだろう。
「母さん、ちょっと作ってみたい料理を思いついたんだけど手伝ってくれる？」
「料理？　ラグナが？　まぁいいわよ。何をすればいい？」
「まだ飲んでないけどスープって作ってたよね？」

「作ったけどお肉でお腹いっぱいになるかなぁって出さなかったのよ」

「ちょっとだけスープ貰える？」

「いいわよ。それで何をすればいいの？」

先ずはカチコチに硬くなっている黒パンを細かく切り刻んでもらう。

もう中までパサパサ。

細かく切り刻んでパン粉にしていく。

切り刻んだパン粉に母さんが作ってくれたスープをほんのりパン粉が湿るくらいの量だけ振りかける。

そして次はお肉。

「父さんとハルヒィさんも手伝って。このお肉をひたすら細かく切り刻んで」

言われたとおり、二人はひたすら肉を細かく切り刻む。

「こんなん食えるのか……？」

「肉って切り刻んでるとこんなにも粘り気が出てくるのか」

大の大人二人が肉をミンチにしていくシュールな姿。

二人が切り刻んだミンチ肉をボウルなんて物が無いから代用で使っていない鍋に入れる。

そのミンチ肉の中にスパイスを振りかける。

その後にキノコとスパイスで味付けしたスープを振りかけたパン粉を鍋に入れる。

本当なら手を冷たくした方がいいんだろうけど……。

「母さん、このお鍋の中の材料を二人でコネていくよ」

ミンチ肉とパン粉をコネて混ぜ込んでいく。

徐々に粘り気が出てくる。

「なんか子供の頃の泥団子を思い出すわね」

ハンバーグの形は泥団子でもいいか。

面白そうだし。

「そしたらこのお肉を一口サイズの泥団子みたいにコロコロしていくよ」

母さんと俺でどんどん丸くした肉の固まりを量産していく。

目の前に並べられていく肉団子。

「父さんとハルヒィさんの二人は肉の団子を上から鍋の蓋でちょっと押しつぶして楕円状にしてそれを焼いていって」

ハルヒィさんが肉団子を鍋の蓋で上から押しつぶしていく。

「このくらいでいいのか？」

「うん。大丈夫。どんどんお願い」

ハルヒィさんが形を整えた肉を父さんが焼いていく。

ジュ〜〜。

「うぉっ！」

肉を焼き始めた父さんが声をあげた。

「父さん、どうしたの？」

何かあったのだろうか。

「いや、ちょっと肉汁？　の量が多くてびっくりしただけだ」

どうやらうまくいっているみたい。

流れ作業でどんどん肉団子を量産。

「肉団子十個くらいは母さんが作ってるスープに入れて煮込んでもいい？」

「この団子？　そうねぇ。どうせなら入れちゃいましょうか」

肉団子十個はスープの中で煮込んでいくことに。

そして。

「全部焼けたぞー」

「こっちもお肉に火が通ったわよ〜」

目の前にはハンバーグもどきと肉団子スープが並べられた。

「肉を刻んでるときはどうなることやらって思ってたけど、いざ焼いてみるとなかなかに美味そうだな」

「スープもお肉の味が染み込んで美味しくなってるわよ」

「それじゃあ食べてみよう！　味は保証しないよ！」

「保証しないのかよ！」

「当たり前でしょ。初めて作ったんだし」

「知ってるレシピなのかと思ってたら初めてだったのかよ」

そりゃ作ったことなんて無いからね。

ソロキャンの時に作ってみようかなぁってネットでレシピを見ただけだし。

ハンバーグもどきに箸を入れる。

箸を突き刺した所から流れる肉汁。

先ずは一口。

ステーキの時以上に口の中に溢れる肉汁。

噛めば噛むほど味が出てくる。

ハンバーグソースなんて無くても全然問題なし。

ほのかに香るキノコスープの風味もいい感じ。

それにやっぱりこのアウトドアスパイスが、肉の味をさらに引き立てている。

「ステーキ以上に肉汁が凄いな」

「キノコスープの香りも感じるわ」

「ステーキ以上に軽々と食べられちゃうな」

大人三人もどうやらハンバーグの虜《とりこ》になりつつあるみたい。

それじゃあ俺はお次に肉団子スープでも。

ずずっ。

「はぁ。温かい。お肉とキノコの出汁がスープに出てて美味しい……」

身体がぽかぽかとしてくる。

「肉団子がキノコの出汁を吸い込んでこっちはこっちで美味しいよ！」

みんなスープを飲み始める。

あれ？

今気がついたけど……。

「みんないつの間にかお酒飲んでたんだね」

「この肉には酒だろ～」

「この肉団子を潰して焼いたやつが本当酒に合うなぁ」

「ハルヒィさんはご飯食べて帰ったら掃除って言ってなかった？」

「こんな美味い物を腹一杯食べて飲んだ後に掃除なんて無理だ！　今日はもう諦めた！」

独り身な理由が少し見え隠れしてる気がするよ。

お腹いっぱい食べたから少し眠くなってきた。

本当に肉が美味しかった。

創造神様からこのスキル貰って本当に良かったなぁ。

ラグナはお酒を飲みながら騒いでいる大人達の側で丸くなりながら眠りについたのだった。

ここはどこ？　あなた誰？

う〜ん……。
目をあけるとそこは真っ白な空間だった。
お腹いっぱいご飯食べてそのまま寝て……。
起きたらこんな状態。
周りを見回しても何もないただの白い空間。
白い空間？
まてよ。
この光景見たことがあるぞ。
俺は血の気が引くのを感じた。
俺はもしかしたらまた死んだのか？
寝てる間に何かがあったのか？
いや、ちょっと前回とは違う。
手や身体がちゃんと見えてる。
身体を触るときちんと感触がある。

ならば何故？

なんでこの空間にまた居るんだ？

ふと何かの気配を後ろに感じた。

「お主は誰じゃ？　どうしてここにおる？」

女の子の声がした。

ゆっくりと振り返る。

するとと目の前には俺に向かって剣のようなものを突きつけようとしている十歳前後の薄いピンク色の髪の毛の女の子がいた。

「ちょっ。いきなり何するの！　危ないじゃないか」

いきなり剣を突きつけるとか、なんなんだよ⁉

「お主は誰じゃ？　どうやってここにきた。まさか邪神の使いではないじゃろな！」

邪神の使い？

この子は何を言ってるんだ？

「邪神の使い？　そんなこと知るか！　どうやって来たかだって？　そんなの僕が知りたいわ！　お腹いっぱいご飯食べて目が覚めたらこんなところにいたんだから、こっちだって意味わかんないんだよ！」

「どうやら邪神の使いでは無さそうじゃ。使いにしては弱そうだしのぅ。ならばどうやってここに来たのじゃ？」

弱そうとか失礼な。

五歳児に何を求めてるんだよ、この子は。

「何も求めてなどいないのじゃ」

ん？　俺は今言葉に出してないよね？

「まぁ口で声は出しておらぬのぅ」

ん？　この状況って……。

「もしかして君は創造神様の関係者？」

「創造神様を知っておるのか？　お主何者じゃ？」

また敵意を向けてくる女の子。

「何者って言われても……創造神様に転生させてもらった人間？　になるのかな」

「転生神様ではなくて創造神様自ら行ったと言うのか？」

転生神様も居るのか。

「本当に何も知らぬようじゃの。今からお主の記憶を覗く。怪しい動きはするなよ」

女の子が俺の頭に手をのせる。

やっぱり……近くでよく見るとこの子めっちゃ可愛い。

そんな子が近くにいると思うとドキドキしてきてしまった……。

「ふむふむ。記憶を覗いた限り嘘は申していないようじゃのう」

「それで、ここはどこなの？」

「うーむ……お主達でいう天界？　狭間？　のようなものじゃ」

天界？　神様達の住む領域？

「天界っていう割に真っ白で何もない空間なんだね」

「当たり前じゃ。ここは天界の入り口も入り口。奥にいかねば何もないただの空間じゃよ」

「なんでこんな所に来たんだろう。死んだって訳じゃないよね？」

「普通なら死者だろうと人間はここには来れぬわ。たぶん主は創造神様と面識があったので何かしらの拍子にこっちに意識だけ来てしまったんじゃろうて。ちょっと待て。聞いてみよう」

目の前にいる女の子が両手を組みお祈りを始めた。

すると女の子が金色に輝き始めた。

「……キレイだ」

さっきまでは可愛らしい女の子だと思ってたんだけど。

今の姿はまるでおとぎ話に出てくる女神様のようだ。

輝きが収まり女の子が顔を真っ赤にしてこっちを睨《にら》みつけていた。

「さっきから雑念ばっかり送りよって！　創造神様に笑われてしもうたではないか！」

素直にそう思っただけなんだが……。

「だからそれをやめいと言っておろうが！　恥ずかしい」

「そんなに照れることないじゃないか」

「ふぁふぁふぁ」

後ろから笑い声が聞こえてきた。

驚いて振り向くと懐かしいダンディーなおじいさんの姿がそこにはあった。創造神様だ。

「お久しぶりです」

「あぁ、久し振りじゃのぅ。お主の事はちょくちょく見させてもらっておるがな」

「特に面白いことは無いと思いますが……それで俺はどうしてここに居るんでしょうか？」

「ふむ。正直に言うとよくわからんのじゃ。何かしらの力の痕跡はあるんじゃがのぅ」

「創造神様でもなんでこやつがここに来たのがわからんので？」

「うーむ。これは外部からかのぅ。どこかの人間の国が何かしらやろうとしたのか、やったのかわからんが」

外部？　人の国？

「なに。たまーにあるのじゃよ。神々の力を自分達にと考える輩はのぅ」

「これだから人間は欲深いのじゃ」

「なんかすみません」

どこの国かはわからないけど神様達にちょっかいを出そうとしている馬鹿がいるってこと？

「ちょっかいだけならいいんじゃがなぁ。操ろうと躍起になっているのもいるのじゃ」

神様を操るとかなんて罰当たりな奴らだ。

「まぁお主も気をつけるのじゃよ？　色々と珍しいスキルに目覚めているようじゃしのぅ」

「あのスキルは創造神様がつけてくれたのですよね？」

ニヤリと笑う創造神様。

「それはどうかのぅ。まぁ二度目の人生じゃ。精一杯楽しむのじゃよ！」

はぐらかされてる気がする。

「それじゃあ元の居場所に戻すとするかのぅ。こっちに長時間いるのも人の身には良くないからな」

「わかりました。よろしくお願いします」

「それじゃあ、さよならなのじゃ」

「君もいろいろとありがとう。またね」

「またね、とな。そうじゃのう。またね」

女の子が満面の笑みでこっちを見てくれた。

きっと名前を聞いても教えてはもらえないんだろう。

俺の周囲が輝き始めた。

「お主、特別じゃ！　これを持っておれ。無くすでないぞ！」

女の子が赤く輝く石を投げてきた。

「ありがとう！　大切にするよ！」

そして俺は光に包まれた。


「う………ん」

「起きた？　よく寝てたわね」

あれ？　さっきのは……夢？

「長い夢を見ていたみたい」

起きあがると、すでに外は暗くなっていた。

「いっぱい寝ちゃったみたいだね。父さんとハルヒィさんは？」

母さんが指をさす。

その先には酔いつぶれてダウンしている二人の姿が。

「酔いつぶれちゃったんだね。母さんは大丈夫？」

「大丈夫よ～。それじゃあお片付けしてくるわね」

「僕も手伝うよ！」

立ち上がると何かが落ちた音がした。

床を見るとそこには赤い綺麗な石が落ちていた。

「夢じゃなかったのか」

俺は赤い石をポケットにしまうと母さんの手伝いに向かうのであった。

the newbie camper's
reincarnation in
another world

学園入学まであと1年。

私。お兄ちゃんになりました。

あれから四年。

この世界に転生してから九年が経過した。

「おぎゃー、おぎゃー」

「産まれたのか⁉」

そう。母さんが子供を出産した。

「元気な女の子ですよ」

未だに産婆が居ない我が村では度重なる出産ラッシュにより少しずつだけど出産の介助が出来る女性が増えてきていた。

まぁきちんと学んだ産婆では無いので難産の場合は母子共に覚悟をしなければいけないけど。

母さんは二十八歳。この世界では高齢出産の部類に入る。

「ミーナ、ありがとう。よく頑張ってくれた！」

泣いて喜ぶ父さんは三十二歳。最近白髪が増えてきたのが悩みらしい。

そして俺。

「母さん、お疲れ様。ゆっくり休んでね」

前世と同じように兄になったみたいです。

そして前世の妹は俺が死んだ後も元気にしてくれているだろうか？

急に思い出してしまいちょっと寂しい気分。

俺の笑顔に違和感を感じたのか、母さんは手を広げて呼び寄せてくれた。

「これでラグナもお兄ちゃんね。これからは妹のこともよろしくお願いね？」

そう言いながら母さんが優しく抱きしめてくれた。

心のどこかで、俺は二人の本当の子供じゃない、いつかきょうだいが出来たときに俺はどうなるんだろうか？　という不安が無かったわけじゃない。でも母さんは俺のことを受け入れてくれてるって再認識することが出来た。

嬉しい気持ちと前世の妹に対しての申し訳ない気持ちでぐちゃぐちゃになって涙が止まらなくなってしまった。

「もう。お兄ちゃんになったんだから泣かないの。あなたも大事な家族なんだからね」

「母さん、ありがとう。俺も母さんに育ててもらえて幸せだよ」

その言葉に父さんと母さんは驚いた様子を見せる。

「急にどうしたの、ラグナ？」

二人の驚いた姿に俺はやらかしたことに気がついた。

「ラグナお前……何か知ってるのか？」

これはもう誤魔化しきれないかも。

「うん。知ってるよ」

「知ってるって何を？」

仕方ない。正直に話をしよう。

「僕が二人の本当の子供じゃないこと」

俺がそのことに気がついていたことに二人は驚いている。

「……確かに産まれたのは違うかもしれない。でもラグナ、あなたは私達の大事な子供よ。本当に大切な子供なの」

「わかってるよ、母さん。実はちょっといろいろ不安だったんだ。でも本当にありがとう。こんな俺を受け入れてくれて」

父さんが涙目で頭をわしゃわしゃしてきた。

「ラグナは俺達の大事な自慢の息子だ。これからもずっとな」

母さんに抱きしめられながら父さんに頭をわしゃわしゃされ続けていると……。

「おぎゃー、おぎゃー」

妹が大号泣し始めたので母さんが慌てて抱き寄せた。

「でもラグナ。いつ知ったんだ？」

本当は産まれた時から知っていた。

でも、もしも知らなくても知るきっかけはあったんだよな。

「ダンダって覚えてる？　悪ガキの」

その名前を聞いて驚く二人。

何故ならダンダという子供は既にこの世に居ない。

何故居ないのか？

ダンダというのは以前村からこっそりと抜け出して魔物によって殺された子供。

いじめっ子の問題児だった。

「ダンダが何か言ってたのか？」

「うん。お前は両親と髪の色も眼の色も違う。捨て子なんだよ！　ってよく言われてたから」

「あのクソガキが」

「それってだいぶ昔から知ってたってことなのね」

「うん。でも気にしてなかったし」

「そっか。ありがとう、ラグナ。話をしてくれて」

「ううん。こっちこそ黙っててごめんね」

まぁ本当は転生前からの記憶があるんだけど……。

流石にそこまで話せる勇気はまだ無いんだ。

「でも妹が産まれて本当に良かった。おめでとう！　父さん、母さん！」

二人が笑顔で返事をする。

「ありがとう！」

俺は来年には学園に入学する。

寂しい思いをさせるんじゃないかと思ってたけど、これなら大丈夫だと思う。

入学まであと一年。

出来る限りのことはしていかないと。

魔法剣の訓練をしていたんだけど。

魔の森とは反対側にある森の中でラグナとグイドは魔法剣の練習をしていた。

「はぁぁぁぁ！」

俺は剣を構えると、力いっぱい魔力を剣へと流し込んでいく。

それに対してまるで剣が反発しているかのように魔力の流れを阻害してくる。

「くっ……こんのぉぉぉぉ！」

反発してくる剣に対してさらに魔力を流し込んでいき、無理矢理従わせようとする。

すると剣の周辺にぼぅっと火が点るが……火はゆらゆらと揺れており迫力に欠ける。

「そんな無理に流したって無駄だ！　もっと魔力を細く薄くしかし濃密に纏わせるんだ！」

「もっと細く薄く、濃密に……ぐぅぅ」

剣の周りを大きな松明のように纏っていた火の魔力が徐々に細く薄くなってきた。

徐々に剣に添うように火の形状が変化していく。

そして父さんが発動していた時のような状態までようやく持ってくることが出来た。

「で、出来た」

俺は無事に発動出来たことにほっとして、集中力が途切れてしまった。

「あっ、馬鹿！　気を抜くな！」

父さんが慌てて注意をしてくれたけど、時すでに遅し。

ドン！

「いってぇぇ」

剣に纏っていた火の魔力が気を抜いてしまったので盛大に暴発。

その爆発の威力で俺は剣を手放してしまい、数メートル先へと吹き飛んでいた。

「いきなり気を抜くからだ。今のは魔力の暴発だな」

「いててて。出来たと思ったら気を抜いちゃったよ」

父さんが吹き飛んだ俺を起こして身体を確認している。

「多少のすり傷はあるようだけど、大丈夫か？」

「このくらい大丈夫だよ。練習をやり始めたばっかりの頃の暴発に比べたらね……」

本当にこの程度の暴発ならまだ余裕で耐えられる。

魔法剣の練習を始めたのが七歳の頃。

最初は剣に魔力を纏わせるという感覚がわからなかった。

如何せん父さんの助言が酷かった。

「ラグナいいか？　剣に魔力をグググッとこめてそれをぶわっとしないでそーっとするとこうやって魔法剣が発動する」

そう言いながら目の前で父さんが魔法剣を発動させた。

「はい？　今のが説明？」

「簡単だろ？　まずは剣に魔力をグググッとだな」

魔力をグググって何だよ！

昔から若干脳筋だとは思ってたけどさ！

「もっとだ！　もっとグググっと！」

幸いスキルをひたすら練習していたので魔力を感じることは出来る。

俺は眼を閉じる。

「剣に魔力を。集中、集中。魔力を身体から手に。手から剣に」

手に魔力を纏わせるところまではうまくいく。

この魔力を剣に。

思ったよりも抵抗が凄いな。

剣が魔力を通すことを嫌がってるように感じる。

「ラ、ラグナ。ゆっくりだ。ゆっくりでいい。力を抜くんだ。眼はあけるなよ！　いいか！　ゆっくり力を抜くんだぞ！」

急にどうしたんだろう。

あと少しで剣に魔力が通りそうなんだけど。

「ゆっくり力を抜くってどうして？」

「あっ！」

ドカーーン‼

いきなり凄まじい爆風と共に親子はゴロゴロと転がりながら吹き飛んだ。

「いってぇ。ラグナの魔力の多さを舐めてたわ」

とっさに俺の剣を叩いてそのまま俺を抱えて爆風から跳んで離れようとした父さんだったけど、間に合わなくて結局一緒にゴロゴロと激しく地面を転がっていった。

「大丈夫か？」

俺はその時、目を回してぐったりとしていたらしい。

あの時の痛みに比べたら全然だけど……。

「全く。急に気を抜くからこうなるんだよ」

「ごめんなさい。でもやっと形になってきたのが嬉しくて」

「まぁ気持ちはわかるけどさぁ。俺も初めて出来たときは嬉しくて気を抜いて暴発させたしな」

「父さんもやらかしたんだ」

「あぁ。その後親父にボッコボコにされたけどな。庭にでっかい穴を造ったから」

「父さんは練習を始めてどれくらいで使えるようになったの？」

父さんの顔がちょっと言いにくそうな表情になった。

「半年だ」

「えっ？　半年？」

「まぁ……一応周囲の大人たちからは神童だと言われてた時もあったからな」

恥ずかしそうに頬をかく父さん。

「半年かぁ。僕なんてここまで来るのに二年かかったもんなぁ」

「まぁ正直なところ、ラグナは覚えられないんじゃないかと思ってた。ここまで出来てることの方が驚きだわ」

正直に言うと血が繋がってないから魔法剣は厳しいと思ってた。

「まぁ僕自身も驚いてるよ。僕は父さんの国の人の血でも流れてるのかな？」

「正直なところ本当にわからん。前にもラグナに話をしたように気がついたら家の前にラグナが居たからな」

「そうだよねぇ。髪の色も全然違うし。もしかしたら育てられた両親の環境によって魔法の適性がかわるのかな？」

「わからん。確か他国の人間にうちの魔法剣が使えるようになるか実験したことはあったけど、全て失敗だったはずだ。だからラグナが使えるようになってること自体が驚きなんだよ」

身体についた泥を落としてから、暴発した際に落とした剣を取りに行く。

するとそこには刀身が吹き飛んで壊れてしまった剣が落ちていた。

「こりゃもうこの剣もダメだな。また新しい剣を手に入れなきゃいけないな」

また壊しちゃったのか。

「ごめんなさい。また壊しちゃって」

「気にするな。逆に剣が折れてるってことはきちんと魔力を纏わすことが出来てるってことだからな」

俺は壊れた剣を手に取る。

「剣に火を纏わすんじゃなくて火が剣の形になればいいのに」

「そんなの魔力がバカみたいに多くないと使えないだろ。普通ならすぐに魔力切れだぞ」

「だよねぇ。でも火の剣ってかっこいいのになぁ」

剣からガストーチみたいな勢いのある炎が噴き出したらかっこいいのに。

『ガストーチスキルを使用しますか？』

「えっ……？」

「うん？　どうしたラグナ」

「久々に聞こえちゃった、声が」

その言葉にギョッとする父さん。

そして溜め息を吐く。

「はぁ……もう驚くのはやめよう。それで声はなんて？」

「ガストーチスキルって言われたけど」

「ガストーチ？　なんだ、それ？　初めて聞いたぞ」

「わかんない。折れた剣を握りながら炎が出ればいいのにって思ったら聞こえたから」

ここ数年は無かったのに。本当に突然だな。

というかガストーチって、キャンプで使うあのガストーチだよね？

父さんは周囲に人が居ないか見に行き、人影が無いことを確認してくれた。

「人は近くに居ないぞ、どうする？」

俺だけでなく、ちょっと父さんもワクワクしているように見える。

「使ってみるよ」

俺は折れた剣を手に取り構えた。

「ガストーチスキル！」

ボウッと剣の柄の先より轟音を立てながら炎が噴き出した。

「おぉ、火じゃなくて炎だな。でもこんな炎で切れるのか？」

確かにそうだ。

魔法剣は剣に火を纏わせて威力をあげている。

でもこれは炎だけ。

更に魔力を流していくと、赤い色だった炎は青白い色へと変化していく。

そしてゴウゴウとした激しい音も立て始めていた。

グイドは青白い炎に驚いていた。あの炎の色は一度だけ見かけたことがある。

神童だからと招待され、小さい頃に親に連れられて見に行ったエーミルダの騎士団長の魔法剣。

あの人だけが纏っていた、唯一の青い炎。

それを自分の息子が発動してみせたことにグイドは心から驚いていた。


「それじゃあちょっとやってみるよ」

倒れずに枯れて朽ちた木があったので俺はその木に向かって剣を振り抜いた。

ジューーッという音を立ててそのまま振り抜くことが出来た。

そしてドーーーンという音とともに木が倒れた。

「切れちゃったね……」

「あぁ。切れちゃったな……」

切断面を見てみる。

丸焦げになっているものの綺麗にスッパリと切れていた。

父さんは折れた剣先を木に突き刺した。

「ラグナ、これはどうだ?」

俺は改めてスキルを使用して折れた剣先に向けて振り抜いた。

スパン。

その光景に驚き固まる俺たち二人。

目の前には綺麗に切り落とされた剣先が落ちていた。

創造神様、だいぶ知ってるガストーチと違うんですけど……。

ガストーチソードと魔法剣。

目の前に落ちているのは溶断された剣先。

「まさか切れるとは思って無かったんだが……炎だけのように見えてその炎は硬いのか？」

「わかんない。剣みたいな炎を想像しながら出してみたんだけど。名付けてガストーチソードってとこかな？」

父さんはその場で少し考え込む。

「その炎って形とか大きさも変えられるのか？」

「ちょっとやってみるよ」

小さい炎になれと念じながらスキルを発動してみる。

ボゥ。

キャンプの時に使用するくらいの小さい炎が剣の柄から出てくるシュールな感じになった。まあでも、こっちの方がガストーチらしい。

「大きさも自分の意思次第なのか。魔力はどうだ？」

「力はまだまだ大丈夫だと思う。形も変えられるかやってみる」

うーん……形……剣の形……鎌みたいに出来るかな？

「その形は鎌なのか？　さっきよりもなんか不安定に感じるな」

「うん、僕もそう思うよ。炎が弱々しいし魔力消費が多いや」

他の形……レイピアならいけるかな？

細く長く硬くをイメージ。

剣の柄より力強い轟音が鳴り響きレイピアのような細長い炎が現れた。

「今までで一番の轟音だな。威力はどうなんだ？」

俺は溶断された剣先に炎のレイピアを突き刺した。

ジューッという音と共にそのまま貫通していった。

「なんの手応えもなく貫通しちゃったね」

父さんは更に考え込むと決意した顔になる。

「ラグナ、俺の魔法剣と打ち合ってみよう」

父さんの魔法剣と打ち合う？

大丈夫だろうか。

物凄く不安でしかないけど。

「わかった。やってみる」

俺は訓練の時に使用していた剣をイメージしながら炎を出した。

「はぁぁぁ！」

父さんも剣に魔力を込めて火を纏わせる。

「それじゃあ行くぞ！」

父さんは俺の炎の剣に自らの魔法剣を振りかざす。

カーン。

金属同士が打ち合う音が鳴り響いた。

お互いに驚く。

父さんは魔法剣が止められたことに。

俺は炎なのに金属のような音がしたことに。

「まさか魔法剣で切れないとは……」

「父さん、その前に炎なのに金属音がしたことにびっくりだよ」

「確かに。打ち合った感触は金属同士の手応えだったな。ラグナはどうだ？」

「こっちは手に痺れでもくるかと思ったけど硬いものに当たったって感触だけで痺れたりとかは無かったよ」

「うーん……まぁいいのか？　とりあえず魔法剣の練習じゃなくてこのスキルを磨いた方が良いような気がしてくるが」

確かに魔法剣を二年教わってやってきたけど。

出来るようになった事と言えば、やっと火を剣に纏わすことくらい。

正直あと一年でものに出来るかと言えば厳しいものがあるかもしれない。

よし、決めた。

「魔法剣の練習も続けるけど、このスキルを鍛えていこうと思う」

「魔法剣も続けるのか？」

「うん。せっかく二年も続けたんだもん。どうせならものにしたい」

やっと発動までは出来るようになった。

それに父さんの子供としては同じ魔法剣が使えるようになりたい。

恥ずかしいからそんなことは言えないけど。

「まぁ確かにそうだな。発動するところまでは来たんだ。使えるようになるまであと少しだろう」

「でも父さん。ひとつ問題があるよ」

「ん？　なんかあるか？」

「魔法剣用の剣とスキル用の剣の二本準備しなきゃいけないかも」

「あぁそうか。剣の柄から炎が出るからな。普通の剣だとスキルを発動させたら溶けるか」

「たぶん……」

それに俺の体格だと剣だけでも持って長時間移動は正直きつい。

さらに柄だけとは言え剣と剣の柄の両方を持つのは厳しい。

うーん……。

「魔法剣ってナイフとかでも発動出来る？」

父さんが考え込む。

「やったことは無いが……やろうと思えば出来るかもしれん」

そう言うと父さんは魔物解体用のナイフを手に持った。

そして魔力を込める。

「……出来たな。考えたことも無かった。魔法剣と言えば剣ってイメージしかなかったからな」

ナイフと剣の柄なら両方持って移動も出来るし。

「ラグナもナイフで発動させてみるか？」

「やってみるけど……壊したらごめんね？」

「解体用のナイフならそこまで高価じゃないからな。予備もあるし、かまわねぇよ」

父さんからナイフを受け取ると俺は魔力を纏わせていく。

「はぁぁ」

いつもは剣で魔法剣を発動させるけどナイフだと剣よりも簡単かもしれない。

「意外にもすんなりと発動出来てるな。ラグナの体格には剣だと大きかったってことか？」

発動したままナイフを振ってみる。

ボン！

ナイフに纏わせた魔力が暴発してしまった。

「イタタタ。纏わせるまでは上手くいったんだけど」

「ナイフを振る瞬間に意識が振るって方に向きすぎたな。魔力を纏わせる集中が切れたから暴発したんだ」

やっぱりそう簡単には発動出来ないか。

「とりあえず、あまり意識しないでも魔力を剣に纏わせられるように練習だな」

「わかったよ。でもナイフはどうしよう。これって解体用ナイフだし」

「ナイフかぁ。解体用ナイフなら予備もあるから当分はそのナイフで練習してていいぞ」

ナイフかぁ。サバイバルナイフが出ればいいのに。

そうだ、少し力を込めてサバイバルナイフが召喚出来るか試してみよう。キャンプ関連だし、いけるかも。

突然奇妙な動きをし始めた俺を見て、父さんは溜め息を吐いた。

「今度は何をやらかそうとしたんだ？」

俺の頭をとんとんと叩いてきたから動きを止めた。

「僕に丁度いいサイズのナイフでも召喚できないかなぁって、やってみただけだよ」

「そう簡単にポンポンとスキルが増えてたまるか」

結局その後もサバイバルナイフの召喚にチャレンジし続けたけど、召喚することは出来なかった。

初めての狩り。

ガストーチソードを練習するようになってから半年。

だいぶ速く発動出来るようになった。

季節は暑さの残る秋、九月。

学園入学試験まで半年を切っていた。

「ラグナ、今度の俺の休みの日に狩りに行くぞ」

「狩り？　魔物狩りってこと？」

狩りかぁ。そろそろかなぁとは思ってたけど。

「最初は魔物じゃなくてウサギや猪や鳥をメインで狩りに行こうと思う」

魔物じゃないとしたら魔の森側じゃなくて反対側って事かな？

そして父さんの狩りが休みの日。

今ではもう倒れることが無くなった収納スキルで自分のお弁当やら調理道具やら細々《こまごま》したものを仕舞う。

父さんは自分で荷物を持つから大丈夫とのこと。

「それじゃあ行ってくるぞ」

「行ってきます！」

「怪我だけには気を付けるのよ～」

「だぁーだ。ぶー」

母さんと妹のメイガに見守られて初めての狩りへ。

魔の森とは反対側にある森の中へ。

「森に入ったら僅かな物音、異変にすぐに気がつかないと狩る側から狩られる側になる。油断するなよ」

「わかった」

普段の稽古の際、目隠しをして気配を感じる訓練はこういう時の為だったのか。

ゆっくりと森の中を進む俺たち二人。

右前方から枯れ葉が擦れる音がした。

父さんは俺にハンドサインで止まるように指示。

魔法剣を発動し右前方の地面に剣を突き立てた。

「枯れ葉の音によく気がついたな。見てみろ」

目の前には剣に顔を突き刺されて絶命している小さい蛇がいた。

「蛇？」

「こいつはただの蛇じゃない。こんな小さいくせに猛毒を持ってる。この毒は魔物すら殺せる毒だから気を付けろ」

30㎝くらいのサイズの蛇なのにそんなにも猛毒を持ってるのか。

父さんは突き立てた剣に付いた毒蛇の体液を魔法剣を発動して蒸発させた。

「俺はこうやって蒸発させるけど、普通は布切れで拭き取ったりする。絶対に素手で触るなよ。本当に小さい傷口からでも毒が入ったら死ぬからな。剣に体液が付いたままも絶対にダメだ。次に振り抜くときに飛び散って危ない。それに毒が付いてる剣で仕留めた獲物を食べても死ぬ可能性が高い」

「わかったよ。気を付ける」

更に奥へと森を進む。

木の上で休む鳥を見つけた。

「父さん……」

指で鳥がいる方をさす。

父さんからゴーサインが出る。

収納スキルから子供用の弓を取り出す。

まだ鳥は気が付いてない。

矢をセットして息を殺して狙いを付ける。

「ふっ！」

ラグナは矢を射出した。

「フォロッ⁉」

矢が飛んできたことに気が付いた鳥は慌てて飛び去ろうとするものの……。

俺が放った矢が見事命中する。

しかし当たり所が悪かったのか一瞬よろめいたものの、そのまま飛び去ろうとした。その鳥目掛けて父さんが剣を振り抜く。

スパン。

父さんが剣を振り抜くと鳥の首が切断され、地面へと墜落した。

「狙いが甘かったかぁ」

「もっと動いた先を狙うべきだったな」

墜落した鳥の首からは血液がドクドクと流れ出ている。

「本当なら血抜きをしたいとこだけどな。とりあえず収納スキルで仕舞えるか？」

「血の臭いで肉食の獣が集まっちゃうからだよね？　収納するよ」

首がない鳥に手をかざして収納する。

「今の鳥ってなんて名前？」

まるまると太っていて焼いたら美味しそう。

「フォローバードだな。焼くと美味いんだよ」

「フォローバード？　変な名前」

「この鳥は威嚇するときに羽を広げてフォローって鳴く変な鳥なんだよ。弱いくせに気性が荒い。肉食獣にも普通に立ち向かっていくが、返り討ちにされてるからな」

鳥が肉食獣に立ち向かうとかいろいろ間違ってるな。

「でもそんな鳥だとすぐに絶滅しちゃいそうだけど……」

「この鳥な。めちゃめちゃ多産で卵を産む間隔も短いんだよ」

多産で間隔も短いって子育ては？

「そんなんだと子育て厳しいんじゃない？」

父さんは笑いながら教えてくれた。

「あいつらは子育てしない。産んだら産みっぱなし。勝手に育て方式だな」

えっ？　厳しくない？

「赤ちゃんとかご飯どうするんだろ？」

「こいつらは卵から孵《かえ》るまでが長くて体がある程度出来上がった状態で産まれてくるんだよ」

「卵の中で成長ってすぐに窮屈になるよね？」

「それがこいつらの卵は最初は柔らかくて、徐々に大きくなり、ある程度のサイズまで成長すると硬くなってくるんだよ」

「それじゃあ柔らかい卵だとすぐに食べられそうだね」

「それはないな。柔らかいうちの卵は激臭なんだ。臭すぎるから子育てしないいんじゃないかっていわれてるくらいだ」

「そんなに臭いんだ。殻が硬くなると臭いが収まるの？」

「徐々に臭いが収まってくるな。父さんが昔興味本位で硬くなった卵を持ち帰って見守っていたことがあったんだが……産まれて一時間もしないうちに空に飛んでいった時は唖然としたな。そんな姿を見て俺の親父は爆笑していたけど」

産まれて一時間で空を飛べるってすごいな。

確かにそれならすぐに狩られてもある程度の数は維持できるのか。

一旦森からは出て街道付近まで戻ってお昼ご飯。

父さんの昼ご飯は黒パンと乾燥して硬くなった肉。

俺はスキルで焼きたての黒パンと温かいままのスープを取り出す。

「本当にそのスキル便利だよなぁ。皆が憧れて欲しがるわけだよ」

「まぁ、その分魔力消費は多いけどね。はい、父さん。母さんから」

母さんから預かっていた父さんの分のお弁当を手渡す。

「母さんから？　俺に？」

「きっと意地になって普段と同じご飯にするだろうから持っていってって頼まれてたんだ」

母さんから見透かされてることに照れながら父さんは弁当を受け取りいつものご飯は俺が収納した。

「「いただきます」」

二人で腹ごしらえ。

温かいご飯を食べた後、午後の狩りへと向かっていった。

森の異変。

お昼ご飯を食べた後少しの休憩を挟んで再び森へ。

午前中とは森の雰囲気が違う。

「こりゃなんかあったたな。獣達が息を潜めてやがる」

「なんかピリピリしてる感じがするよ」

なんだろう。

森全体が息苦しい感じ。

「ラグナ、こりゃ駄目だ。森を出るぞ。なるべく物音を立てるなよ」

周囲を警戒しながらゆっくりと来た道を戻る。

プギャャャャー！

遠くの方で雄叫びが聞こえた。

「この声はワイルドボアだな。なんでこっちの森に現れたんだ……？」

ワイルドボアってあの美味しいお肉か。

「流石にラグナには早過ぎる。とっとと森を出るとするか」

先ほどとは違い急ぎ足で森を出る。

そして街道へ。

「ここまで来れば大丈夫だろ」

「こっちの森にも魔物が来るなんてね」

「こんなことめったに無いんだが……」

しばらく歩いていると後ろから走ってくる集団がいた。

「逃げろ！　殺される！　魔物だぁ!!」

元々は高価であったであろう防具がボロボロになっている、必死に逃げ惑う若者達の姿があった。

そして後ろからドッドッドッと何かが走って追いかけてきている。

「クソが！　あのボンボン共が魔の森でワイルドボアを怒らせやがったんだ！　だから普段はいな

いはずの魔物があの森の近くまで来て、森の雰囲気が一変したんだ！　ラグナ急げ！　走るぞ！」

遙か後ろの方から複数の足音がする。

必死に逃げる俺と父さん。

でもまだ九歳児の俺には魔物から逃げるなんて酷なことだった。

すぐに逃げきれないと判断した父さんは街道を進むのを止めて森とは反対側の草原へ。

草原に身を隠す俺たち二人。

そこから見える街道を爆走しているのはワイルドボアの群れ八頭だった。

そのまま街道を走り続けて先程のボンボン共を追いかけていくことを祈っていたものの……二頭が突然走るのを止めて地面のにおいを嗅ぎ始めた。

「ヤバいな。気がつかれたかもしれねぇ」

俺たちは息を潜める。

六頭は既に走り去っている。

二頭のワイルドボアだけが徐々にこちらに近づいてくるのだ。

「ラグナ、後ろに下がれ」

二頭のワイルドボアが迫り来る中、父さんは俺に後退するよう命じた。俺は頷いて、徐々に後ろに下がっていく。

そして……。

「「プギャヤヤャー！」」

ワイルドボアたちは父さんを見つけ、恐るべき勢いで襲いかかってきた。

「はぁぁ！」

父さんは風の魔法剣を発動すると二頭のワイルドボアに向かって剣を振り抜いた。

風の刃がワイルドボアへと飛んでいくと先頭を走るワイルドボアの額に直撃し、片目を潰した。

だけど、もう一頭のワイルドボアは先に走る仲間を盾にして、ほとんど傷つけられなかった。

「くそったれ！　ラグナ、死ぬんじゃねぇぞ！」

と叫びながら、父さんは迫り来る二頭のワイルドボアに立ち向かっていった。剣を構え、決死の覚悟で戦いに臨む。

キン。

ワイルドボアの鋭い牙と魔法剣が交差する。

その隙に、二頭目のワイルドボアが父さんのわき腹を突き刺さんと突撃してくる。

「こんな所で死んでたまるか！」

交差しているワイルドボアを剣でいなすと身体を横にそらし、二頭目のワイルドボアの突撃をすんでのところで躱すことが出来た。

お返しにと横を通り過ぎていくワイルドボアの横腹に、風の魔法剣で一撃。

しかし……一頭目のワイルドボアが剣でいなされた先に、他の人間のにおいがあることに気が付いてしまう。

そしてゆっくりと後退中の俺とワイルドボアの目があってしまった。

「やべぇ！　ラグナ、気が付かれたぞ！」

慌てて父さんが一頭目のワイルドボアに剣を振るってくれるけど、走り出したワイルドボアには届かない。

「来た来た来た！　やばい！」

初めての魔物との戦闘。しかも偶発的に。覚悟なんて何も出来ていなかった。

普段は冷静でいてもこの時ばかりはパニックに陥ってしまう。

「落ち着け、ラグナ！」

パニックになっている俺を窘めようとしてくれるけど、父さんの声を聞いている暇はなかった。

だって、俺の前方には自分を殺そうと殺気をむけてくるワイルドボアが全速力で迫ってきているんだ。

怖い、死にたくない。嫌だ！　こんな終わりなんて嫌だ！

恐怖で足がすくんでしまい、逃げることが出来なかった。

俺はあまりの恐怖に無意識にネックレスを握っていた。

それは神界で出会った女の子に貰った石をネックレスに加工したもの。

「ラグナァァァァ！」

今まさに魔物の牙に突き刺されんとしている自分の息子。

父さんの絶望に打ちひしがれる声が響く中、俺の耳元に突如声が聞こえた。

『男なのに情けないのじゃ。今回だけ特別じゃぞ』

迫り来るワイルドボアの鋭い牙。

その恐怖に俺は目を閉じて、来るであろう痛みに身構えていた。

だけど……。

一向に痛みは来ない。

恐る恐る目をあけると不思議な光が目の前で展開していた。

その不思議な光に牙が刺さり、抜けずにもがくワイルドボアの姿が目の前にあった。

「えっ？　なんで……」

『なんではないのじゃ！　はやくトドメをささぬか！』

耳元で女の子の声が聞こえる。

「えっ？」

驚いてつい固まってしまう。

『えっではないのじゃ！　はようせい！』

慌てて目の前にいるワイルドボアに向けてガストーチソードをレイピア状にして発動させると、
眉間を目掛けて全力で突き刺す。

ジュワッ。

「ブヒィィィィィぃ!!」

肉が焼けた匂いと共に倒れるワイルドボア。

そして先ほどまで守ってくれた不思議な光が消えていく。

『全く、もっと早く倒してほしかったのじゃ』

この声はやっぱりそうか。

「君はあの時の女の子？　どうして僕を助けてくれたの……？」

『うぐっ』

変な呻き声が聞こえた。

『偶《たまたま》じゃ。偶地上界を見ていたらピンチなお主を見つけただけなのじゃ』

「本当にありがとう。君のおかげで生き残ることが出来たよ」

『全く世話の焼ける男の子じゃ。今後は気を付けるのじゃよ！』

「うん。わかった。もっと心も身体も強くなるよ」

『ならばよろしい。父親がお主の許に走ってきてるのぅ。それならば妾《わらわ》は戻るとするのじゃ』

「本当にありがとう。助かったよ。またね？」

『またね、なのじゃ』

なんとか彼女のおかげで死なずに済んだ事に安堵すると腰の力が抜けてしまい、その場に座り込んでしまう。

「まじで怖かった……」

俺は命を助けてくれた彼女に対して感謝をささげた。

面倒事。悪いことは連続で。


父さんはワイルドボアを一頭仕留めると俺の許へと駆けつけてきた。

そして目の前の光景に唖然としている様子。

そこには地面に座り込む俺と倒れているワイルドボア。

「ラグナ、倒したのか……？」

「う、うん。倒したみたい」

突然、父さんは俺を抱きしめてくれた。

「父さん？」

「すまん、怖い思いをさせて。お前を守りきる事が出来なかった。本当にすまなかった」

確かに、あの子が守ってくれなかったら死んでたと思う。

「父さん、大丈夫だよ」

俺は父さんを落ち着かせる為に、トントンとハグをしながら背中をさする。

「女神様が守ってくれたから大丈夫だった。怪我もしてないよ」

父さんは涙を流しながら俺の無事に安堵してくれていたけど、急に女神様と言われて戸惑っているようだった。

「め、女神様？」

「うん。女神様。僕には可愛い女神様がついてるから大丈夫」

父さんは理解できていない顔。

まぁそりゃそうか。

天界に行ったなんて誰にも言ってないし、言ったところで信じてもらえないだろう。

「怖かったけど、僕は無事だよ。運が良かったから怪我もしてないし。それよりも、こいつどうする？」

俺は自分が倒したワイルドボアを指さす。

父さんはそのワイルドボアを見て、そして異変に気が付く。

何かがおかしい。

傷が無い。

「ん？　これどうやって倒した？　切り傷は？」

「ワイルドボアの眉間にガストーチソードをレイピア状にしてぐっさりと」

「脳天直撃か。普通のレイピアじゃ折れてそんなこと出来ないんだがな」

目の前には俺が倒したワイルドボアと遠くには父さんが倒したワイルドボアの二頭の死骸が。

「とりあえず持って帰ろうとは思うが……こんなでかいのも収納出来るのか？」

「やったことは無いけど……ちょっとやってみる」

俺は手をかざす。ワイルドボアが光に包まれて消えていった。

「昔みたいに倒れたりはしないから大丈夫みたい。魔力だけは鍛えているからまだまだ余裕だよ」

「大丈夫ならいいが……」

そして父さんが倒したワイルドボアの許へと向かう。

「父さんこれは……」

まさに斬殺死体。

身体には無数の切り傷。

首半分がだらんと千切れている。

「はやくおまえの許に行かないとって思ってたから……」

それだけ慌てて急いでたってことだよね。

「と、とりあえず収納するね」

斬殺ワイルドボアも収納する。

「とりあえず村に戻って村長に相談だな」

現在地から村までは徒歩で一時間もかからない。

そして村に到着。

今日の門番はハルヒィさんだった。

「お疲れさん。成果はどうだったよ？」

「それどころじゃねぇ。それよりも変な奴らは来てないか？」

ハルヒィさんの目つきが鋭くなる。

「何かあったのか？　今日は商人以外、誰も来てないが」

「今日の門番は一人か？」

「いや。ヘルメスも居るが。どうしたんだ？」

「面倒事になるかもしれん。一緒に付き合ってくれ」

ハルヒィさんは奥で休憩していたヘルメスさんに声をかけると一緒に村長の家へと向かった。

「じいさん居るかー」

家の中から物音がする。

「なんじゃ。今日はラグナと狩りに行ったんじゃなかったのか？」

「狩りには行ったさ。ラグナが死にかけたけどな」

その言葉に驚く二人。

「とりあえず家に入れ。詳しく話を聞こうじゃないか」

村長さんの家に入る。

「ラグナに怪我は無いんじゃな？」

「怪我は無かったよ。危なかったけど」

「それで何があったんじゃ」

父さんは今日起きた出来事を村長さんとハルヒィさんに説明した。

「魔物を街道まで引っ張ってくるじゃと……不味いな。ハルヒィよ。今日来てる商人はまだ村の中に居るな？」

「ここに来る前までは村に居たと思うが」

「すぐに商人を引き止めよ！」

ハルヒィさんは急いで村長の家から飛び出して行った。

「面倒事を起こしよったボンボンどもはどうなったのじゃ？」

「わかんねぇ。ワイルドボアが二頭こっちに来てからはどうなったのかわからん」

考え込む村長さん。

そしてハルヒィさんが息を切らして戻ってくる。

「不味いことになった。商人が村から出て町へとさっき馬車で出発しちまった！」

「何じゃと！　やばいのぅ。直ぐに人を集めよ！」

村長さんは村に居る狩人とハルヒィさんを広場に集めた。

そして集まったみんなに今日の出来事を話した。

「ボンボンどもめ！　どこのどいつだ」

「バカ共が！」

普段魔物狩りをしているものからしたらお遊びでやらかしたであろうボンボン共の行いはとても許せるものではなかった。

一歩間違えていたら仲間の命が失われていた行為。

魔物の擦《なす》り付《つ》けなんて以ての外であった。

「先ほど何もしらぬ商人が村を出発してしもうた。これより救出に向かう！　よいな？」

「「おぅ！」」

村の狩人達と村長さんと父さんとハルヒィさんは村を出発していった。

俺はみんなを見送った後に母さんが待つ家へと帰った。

魔物の恐ろしさは身を以て味わったばかり。

流石に皆に付いて行けるなんて自惚れた考えは持っていなかった。

狩人達の戦い。

俺は帰宅すると母さんに事情を説明した。

「ラグナ本当に怪我は無い？」

母さんは俺に怪我が無いことに安堵すると涙を流していた。

「本当に無事で良かった」

父さんに引き続き母さんにも抱きしめられた。

「本当に今回は運が良かったんだと思う。僕はもっともっと鍛えて強くならないといけないんだ」

「だからといって危ないことはしちゃだめよ？」

今回の件に関しては完全なるイレギュラー。

普段なら魔物が居ない森の中まで魔物を引き連れ、さらに街道に解き放つおバカ集団のお陰で死にかけたんだし。

あの娘が守ってくれなかったら確実に牙に突き刺されて死んでた。

魔物と目があった時に殺されるってパニックになってしまい全然動けなかった。

この世界に来て初めてあそこまでの殺気を感じた。

もっと心と身体を鍛えなきゃ。

ワイルドボア如きにビビってどうするんだ。

この世界にはドラゴンだっているだろうし。

何より、念願のキャンプをするんだったら、野生の魔物に立ち向かえるくらいの勇気がなきゃ。

そんなことを思っていると、熊に立ち向かっていった前世の父さんのことを思いだした。

うん、俺も強くなろう。


ラグナが改めて決意していたその頃。

グイド達は狩人の仲間達と共に街道沿いを走り続けていた。

そして……。

グイドとラグナがワイルドボアと戦った付近まで移動すると、目の前には倒れた馬車と既に息絶えている馬が二頭横たわっていた。

「お前達は周囲にワイルドボアが居ないか探索しろ！　儂等は馬車を調べる！」

村長とハルヒィは共に馬車に駆け寄る。

馬車の周囲には人影がない。

馬車の中を調べる。

すると馬車の中には血まみれになり重傷であろう商人が横たわっていた。

「大丈夫か⁉」

ハルヒィが商人の許へと駆け寄る。

「きゅ、急に魔物が出てきて……ま、魔物に襲われ……ました……」

「ワイルドボアか？」

「大きな猪だったので……そうだと……思います」

商人から話を聞いていると周囲を探索しにいった狩人の仲間の一人がやってきた。

「ワイルドボアが居たぞ。五頭だ。一頭は死んでる。五頭は食事中だ。たぶんグイドに押し付けた奴らが餌だろう」

「ハルヒィはここで商人の護衛を。儂等は五頭を狩ってくる」

「わかった。気を付けろよ」

グイドと村長は仲間達の許へ。

物音を立てないように、においでバレないように風の向きに注意しながら一歩ずつワイルドボアの許へと近づく。

ムシャムシャ、クチャクチャ。

そんな生々しい音が森の中で響いていた。

ワイルドボアが食事中の場所は木々が立ち並ぶ森の入り口だった。

数名は木の上に登る。

流石の狩人達も、人間の肉体が食される、あまりにもグロテスクな光景に「うっ」と込み上げてきそうになる。

未だにワイルドボアはグイド達に気付いた様子は無い。

村長が草陰に隠れながら手を上げる。

その合図と共に木の上に登った狩人達は弓を構える。

準備は整った。

魔物狩りの始まり。

村長が手を振り下ろすと木の上に居た狩人達が一斉に矢を射出する。

五頭のうち一頭は頭蓋骨を貫通したようでその場で倒れて絶命。

三頭は身体のどこかに矢が刺さり傷を負っている。

そして身体が大きい一頭だけは引き締まった筋肉により矢がほとんど刺さっていなかった。

村長は直ぐに指示を出す。

「でかい奴はグイドに任せて残りの奴らは儂等でやるぞ！」

その声を合図に本格的な戦闘が始まった。

木の上に居た狩人達は前足に矢が刺さって動きが悪くなっているワイルドボアを弓で狙う。

「先ずはあいつを俺達でしとめるぞ。仲間に当てるなよ！」

五本の矢が機動性を失ったワイルドボアに襲いかかる。

動きが鈍ったワイルドボアなど簡単な的であった。

全身に矢が刺さり倒れ込むと動かなくなった。

まだ息はあるもののすでに虫の息。

残りは三頭。

一番大きいワイルドボアはグイドが。

一番小さく片目に矢が刺さっているワイルドボアは村長が。

最後の一頭は二人掛かりで抑え込んでいた。

この混戦の中で弓矢は誤射の危険があると判断した弓部隊のリーダーは直ぐに指示をだす。

「お前は矢で倒れたワイルドボアの息の根を確実に止めろ！　お前達二人は村長を手伝え！　あとは俺とお前で仲間達のとこに行くぞ！」

直ぐに弓矢を仕舞うと短剣を片手にそれぞれが指示された獲物の許へ。

「村長、助太刀する！」

村長の許へと急行した二人はワイルドボアの死角より強襲する。

両サイドから後ろ足の付け根へと短剣を振りかざす。

「プギャーー！」

強襲を受けたワイルドボアは痛みに声を上げる。

その隙に村長はもう片方の眼へと剣を突き立てる。

グシャ。

眼が潰れる音とともに剣を引き抜く。

急に視界を失った恐怖とあまりの痛みに暴れまわるワイルドボア。

嗅覚と聴覚しか残されていないワイルドボアなど仕留めるのが簡単な獲物だった。

村長は暴れまわるワイルドボアの前足へと狙いをつけると剣を振りかざす。

そのまま剣を振り抜くとワイルドボアの右前足は切断された。

そして倒れ込むワイルドボア。

すかさず首に剣を突き刺し息の根を止める。

村長は周囲を確認する。

するともう一グループも複数人で剣を突き刺し息の根を止めたところだった。

カンッ！

金属音が発生した方に目を向けるとグイドの魔法剣が大柄なワイルドボアの牙の一つを根元から切断した音だった。

「見てないで手伝えよ！　こいつ力がやべぇ！」

ワイルドボアが残った反対側の牙でグイドの魔法剣を振り払う。

パワー負けしたグイドはその威力にたまらず後退する。

「結構な大物じゃのう。群れの長か」

「ここまで育ってるんだ。魔の森の入り口のグループって訳ではないだろう」

一人戦うグイドを余所に村長達はワイルドボアの長を観察していた。

「のんきに観察してないで手伝えよ！」

グイドは村長達に叫ぶ。

「仕方ないのぅ。それじゃあ儂とお前さんの二人で手助けに行くとするか」

村長と弓部隊のリーダーの二人でグイドの救援に。

残りのメンバーは周囲の警戒を行った。

グイドは村長達が救援に来たことを確認すると火の魔法剣を発動。

そして突撃してきたワイルドボアを避けて、すれ違いざまに切りかかる。

火の魔法を纏った剣はワイルドボアのわき腹を切り裂く。

ジューッと肉が焼けた香ばしい匂いと共に悲鳴をあげるワイルドボア。

すかさず村長達はワイルドボアの足に剣を振りかざす。

今回は切断とまではいかなかったものの深い傷を与えることが出来た。

動きが悪くなったワイルドボアはこのままでは不利だと悟り滑稽にも逃げようとする。

流石群れのリーダー。

若い群れのワイルドボアならば最後まで立ち向かってくるものの、長年の時を生きたワイルドボアは逃げて生き残ることを選択していた。

しかし逃げようとするワイルドボアをこのまま逃すグイド達ではない。

グイドは風の魔法剣を発動させると逃げようと背を向けたワイルドボアの左後ろ足に向けて剣を

振りかざす。

振りかざした剣より風の刃がワイルドボアの許へ。

「プギャーー!!　ブモォ！」

後ろ足を負傷したことにより逃げきれないことを悟ったワイルドボアは振り向くと最後の力を振り絞って一番自分を痛めつけてきたグイドの許へと突撃する。

村長達がワイルドボアに剣を突き立てるもお構いなしにグイドの許へ。

村長達はたまらず剣から手を離す。

剣が刺さったまま走り続けるワイルドボア。

グイドはここ一番の時にだけ使用する雷の魔法剣を発動する。

そして眉間へと剣を突き立てる。

手には肉に突き刺さった感触はあったものの頭蓋骨までは貫通しなかった。

このままではワイルドボアに突き飛ばされると判断したグイドは握っていた剣を手放すと横に身体を避ける。

ワイルドボアはそのまま走りつづけ木に頭から衝突。

ガキン。

何かが壊れた音と共にワイルドボアは倒れ込む。

動かなくなったワイルドボアの姿を確認すると、ようやく息をつくことが出来た。

横たわる大きなワイルドボアは既に息絶えていた。

グイドが眉間に突き刺した剣を回収しようとワイルドボアの許へ向かうと、そこには無惨にも砕け散った剣の残骸が落ちていた。

「やっぱりラグナのようには上手くいかねぇか……」

グイドはそう呟くと剣先が砕け散った柄だけを拾い上げる。

拾い上げた剣の柄は歪んでおりガッツリ木片が食い込んでいた。

どうやらワイルドボアが木に衝突した際に眉間に突き刺さった剣と木が衝突。

ぶつかった衝撃で剣が頭蓋骨を貫通し、更に深く突き刺さった為息絶えたと思われる。

まぁ、どっちにしろ、雷を纏った剣が頭に突き刺さったので雷が多少なりとも脳にダメージを与えていたかもしれないが。

「皆、怪我は無いかのぅ？」

村長は皆の姿を確認する。

多少の切り傷はあるものの怪我らしい怪我を負っている仲間は誰もいなかった。

「儂はグイドとボンボン共の亡骸を確認する。残りはワイルドボアを燃やす穴を掘るんじゃ。流石に人を食った魔物を持ち帰るわけにもいかんじゃろう」

村長は狩人達に指示するとグイドと二人で亡骸の許へ。

「うへぇ、流石に気持ち悪いな」

目の前にはワイルドボアに食されていたと思われる亡骸の残骸が。

「何人居たか覚えているか？」

「急にすれ違っただけだからわからん。ただ先頭を走っていたのは金髪だったな。一際《ひときわ》ピカピカした鎧をつけて」

ピカピカだったと思われる鎧の持ち主は直ぐに見つかった。

「この鎧の紋章は……面倒なことになったのぅ……」

村長は紋章を確認すると、深い溜め息を吐きながら空を見つめた。

グイドも紋章を確認する。

「あぁ、まじかよ。確かに面倒なことになったな」

遺体の近くには紋章が刻印された短剣が落ちていた。

グイドはその短剣を拾い上げると憂鬱な気分に陥った。

この紋章の持ち主が本物であれば本当に面倒事になる。

二人は身分が分かりそうな遺品を出来るだけ回収した。

そして商人の居た馬車に戻ると倒れていた馬車を起こして数人で馬車のチェックをしていた。

商人は布を敷いた地面に寝ころんだままハルヒィが手当をしているところだった。

「お疲れさん。痛み止めを飲ませてさっき寝たところだ。見た目は痛々しいけど命に関わる怪我はしてなさそうだ。手足の骨も折れてなかった」

「何か話は聞けたか？」

ハルヒィは頷くと商人から聞いた話を話し始めた。

村を出た後に馬車で街道を進んでいたら、突然馬が止まって動かなくなった。

鞭を打っても動かないから何が起きているのか確認するのに立ち上がったところ、遠くの方でワイルドボアが何かを食べているのを発見。

魔物の姿に驚いて叫んでしまったらしく、ワイルドボアがそれを見つけてしまい突進してきた。

急いで馬車の中に逃げたが衝撃と共に馬車が横転。

その時に意識を失ったらしく、気がついたら積み荷に挟まれている状態だった。

切り傷はワイルドボアにやられた訳じゃなく、馬車が横転して積み荷が身体に当たり出来た傷だと思うと語っていたらしい。

「んでそっちは何かわかったのか？」

「あぁ。これを見てくれ」

グイドは遺品として拾った短剣をハルヒィに手渡した。

「まじか。よりによってクソ領主の身内ってことかよ」

この紋章の持ち主は辺境の村を治める領主の一族の紋章。

つまりあの遺体は領主の身内の誰かということになる。

「面倒事だな……」

「あぁ、確実に面倒事だ」

その後グイド達は掘った穴にワイルドボアを放り込むと枯れ木などを集めて火をつけて燃やす。

無惨にも食い散らかされた遺体は別の場所に穴を掘る。

領主の身内とその仲間だと思われるので遺体は一ヶ所に纏めないで個別に穴を掘り埋めていく。

後日、誰をどの穴に埋めたかわかるように。

商人が意識を取り戻したのでこれまでの経緯を説明する。

「あの領主の身内のせいで僕は死にかけたって訳ですか」

考え込む商人。

「なんかすまないな。こんなゴタゴタに巻き込んでしまって」

「こちらこそ助けていただきありがとうございます。そう言えば名前を名乗っていませんでした。サイと申します」

「俺はグイド。そっちにいるお前さんを手当していたのはハルヒィだ」

グイドとハルヒィはサイと握手する。

「いつもはイルガンさん《イルマの父》のお店で取り引きしてるだけですから。村の方との関わりってあんまり無いんですよね」

グイドはその話を聞くと苦笑いする。

「そりゃあな。イルガンが積極的に他の商人が店舗を持たないように警戒してるからなぁ」

「あの方の警戒心は凄いですよね。まぁどちらにも損がない取り引きをしていただけますので構わないのですが」

「まぁ昔いろいろあったからな。仕方ない部分ではあるだろう」

「まぁそうですよね。僕も父から聞かされていましたから」

「親も商人なのか？」

「えぇまぁ」

「イルガンの家の話は商人の間では有名な話なのか？」

「まぁ商人は情報が命ですからね。明日は我が身というやつですよ」

「そうか……それで怪我の方はどうだ？」

「痛みは多少ありますけど。でも手当していただいたお陰でだいぶ楽になってます」

「なら良かったが……所詮素人の真似事だからな。町に戻ったらきちんと診てもらうか治癒魔法でもかけてもらえよ？」

「わかりました。正直あのままだったら死んでいたかもしれませんし、皆さんは本当に命の恩人です。助けていただき、ありがとうございます」

「こっちこそ、本当なら村を出る前に止められたら良かったんだが……」

サイは首を振る。

「たまたまタイミングが悪くすれ違ってしまったんですから仕方ないですよ。それに今回の件に関しては魔物を街道に引っ張ってきた集団がいけないんですから」

「確かに……まぁ俺もあいつ等のせいで息子を死なすところだったからな。だが今回ばかりは責めるに責められない相手だ」

グイドは遺品である紋章入りの短剣をサイに手渡した。

「この紋章は……持ち主はこれに関係する方ってことですよね？」

グイドは苦々しい表情で頷く。

「なら良かったです」

紋章を見てもサイはケロッとした表情のままそう答えた事に村長やグイドは驚く。

「良かった？　この紋章の短剣ってことは、ここのクソ領主の身内ってことだぞ？」

「この紋章の持ち主の身内がやらかしたのであれば強気で行けますので」

グイドとハルヒィはその強気の発言に驚く。

「あの領主だぞ？」

「えぇ。ここの領主はうちの店からだいぶ借金をしていますからね。罪を認めないなら一気に借金を回収してしまえばいいんですよ」

サイの言葉に再び固まる二人。

「なぁ、領主が金を借りられるくらいサイの店はデカいのか？」

サイはにっこりと頷くと話をしてくれた。

「別に内緒にしてたって訳じゃないんですけどね……うちの店の名前は『エチゴヤ』なんです」

店名を聞いた二人は目眩が起きそうになる。

『エチゴヤ』とは……。

初代勇者と共に活動していた、伝説の商家の名前。

つまりはこの国の王とも取り引きがあるという意味でもあった……。

閑話2　エチゴヤ誕生へと至る道。

『エチゴヤ』。

初代勇者をサポートするために行動した商人の名前。

それがエチゴヤ。

商会の名前は初代勇者であるヒノが、とある孤児出身の商人に対して付けた名前が元になっている。

理由は定かでは無いが勇者の故郷でエチゴヤと呼ばれていた大きな商会が過去にあったらしい。

魔王討伐後、勇者は商人に経営を完全に委ねた。

そして自分は国造りに専念することに。

元々商人とは異世界召喚された直後からの付き合いだった。

魔王により世界が荒れ始めたある日のこと。

戦争孤児だった子供がたまたま一人の商人に拾われた。

何故拾ったのか。

自分でも判らなかった。

ただ一目見たときにこの子を引き取らなければと何故かその時に感じ取っていた。

その孤児は名前を聞いても答えない。

歳も判らない。

まぁ年齢に関しては孤児もよく判っていなかった。

拾われた孤児はとても賢く商人の仕事をみるみると吸収していった。

そして拾われてから十数年。

「名無しっ子。話がある」

拾われた孤児は名無しっ子と呼ばれていた。

「どうしましたか？」

「俺がお前を拾ってから十数年。お前は成長し俺は老いた。俺はそろそろ店仕舞いをしようと思ってる」

とうとうこの日が来たか。近いうちにこうなることは判っていた。俺はたぶん十六～十八歳くらい。

師匠は既に六十を超える身。

最近そろそろ先のことを考えねぇとなと酔った拍子によく語っていた。

「お前が継いでくれりゃあいいんだがな」

師匠は溜め息を吐いた。

本当なら継ぎたい気持ちはある。

でもそれは出来ない。

師匠は食料難の村に対しては無償で食料を提供していた。

だからあまり金が無い。

店のものを全て俺が引き継いでしまうと師匠の老後が厳しいものになってしまう。

店にある在庫を少しでも利益になるように色々な地域に向かい俺は売却して行った。

そして最後に残ったのは店舗。

「お前が頑張って捌いてくれたお陰で死ぬまでの資金はたっぷりと貯まったわ」

「あとはこの店舗だけですね」

師匠は真剣な目つきで俺をみる。

「この店だけは売らねぇ。ここの店は俺が生きた証しだ。だからお前にやる。これだけは譲れねぇ」

師匠の生きた証しか。

「わかりました。この店は俺が引き継ぎます。でも自分の中で一人前になれたと思うまではこの店舗を開けることはしません。師匠の名を汚したくはありませんから」

師匠は笑うと俺の肩を叩く。

「相変わらず真面目だなぁ。まぁいいさ。もし潰れちまっても俺の見る目が無かったってだけだからな」

「絶対に潰しませんよ。むしろ師匠なんて軽々と超えてみせますから」

「そうかよ。まぁいいさ。後は頼んだぞ」

そうして師匠と呼べる人から元孤児は独り立ちした。

元孤児の商人は行商を行いながら日に日に実力を付けていく。

そしてある日の夜。

今日の取引も無事に終えることが出来たことに安堵し、眠りについた。

気がつくと寝ていたはずなのに真っ白な何もない空間に商人は一人立っていた。

「此処は一体どこだ？　寝ていたはずだけど」

商人はキョロキョロと辺りを見回していると目の前にうっすらと女性らしい姿の光が現れた。

『突然の事、申し訳ありません』

その声を聴いた途端、商人は膝をつき頭を下げて目の前に現れた光に対してお祈りを始めた。

本能が直ぐに目の前に現れた御方の正体について感じ取っていた。

『近々勇者と呼ばれる方がこの世界に召喚されます。貴方にはその御方のお力になってほしいのです』

突然の御告げに商人は震えが止まらなくなった。

「はっ。大変有り難き名誉な事。私の力では微力かもしれませんが全身全霊を以て取り組んでいく所存です」

まだ駆け出しの商人でしかない自分が、かの御方からこのような御告げをされるなんて誰が想像出来るだろうか。

『頼みましたよ。それではこれを授けましょう』

その声と共に光がゆっくりと消えていった。

目を開けると天井が見えた。身体を起こし周囲を見回す。

「ここは泊まっていた宿屋……さっきのは夢か？」

ふと足元に何かがあるのが見えた。

それを恐る恐る手に取り月明かりに照らす。

それは不思議な雰囲気のバッグだった。

「夢じゃなかったのか……それじゃあこのバッグは……」

しばらく呆然としてしまい商人は動くことが出来なかった。

後日、バッグについて調べてわかったことがある。

このバッグは魔法のバッグだった。

恐る恐る自分の荷物を入れるとバッグの中にスッと消える。

そして脳内に何がどのくらい入っているか浮かぶ。

少しずつ行商をしながら商品を収納していき、わかったことは家一軒分の収納量があるということ。

他者には決して話すことが出来ない。

こんなものが存在するとわかったら命を狙われる。

商人はその後バッグの存在がバレないように気を付けながら商いをしていた。

いつか勇者が召喚されるその日まで。

「勇者が女神様によって召喚されたらしい」

その話を聞いたのはあの御方から御告げがあってから半年ほど経った時だった。

どうやら隣町にある大神殿で召喚されたらしい。

商人は隣町へと直ぐに向かう。

四日後、隣町へと到着した。

商人は町から運んできた品物の売買を行いながら情報収集をした。

どうやら大神殿に召喚されたのは確実だ。

勇者が召喚された日のこと。

日は落ち暗くなっていた空が突如輝き、光の柱が大神殿へと降り注いだのを町の住人の過半数が見たらしい。

情報収集をした後は宿に一泊。

次の日の朝に大神殿へと向かって歩いて行った。

そして大神殿へと到着。

「来てみたものの、どうしたものか」

たかが流れの一商人が勇者に会いたいと言っても会えるわけがない。

考え込むが何も思い浮かばない。

「せっかくここまで来たんだ。せめて拝礼だけでもしてから帰ろう」

大神殿に入り受付を済ませお布施をする。

そして神々の石像の前へ。

膝をつき頭を下げ商人は例のバッグについて感謝を伝える。

お祈りが終わった後に立ち上がり振り返ると見知らぬ男が笑顔で手を振って呼んでいた。

黒目、黒髪。肌の色もあまり見たことがない。それに顔立ちも。

「失礼ですが、どこかでお会いしましたか？」

「いんや。初めてさ。今日この時間に君がここに来るって聞いたからね」

今日ここに来ることを聞いた？

この町は初めて来たから知り合いなんて居ない。

「女神様から今日ここに来る商人に会えって言われたから」

その言葉に驚く商人。

ということは目の前にいる少年が……。

「じゃあ君があの御方が言っていた……」

「あぁ。俺の名前はヒノ。君は？」

俺の名前か。

「俺は戦争孤児になった時に名前を捨てた。商人の師匠は名無しっ子って呼んでいたからそれ以外の名前が無いのさ」

勇者はそれを聞くと笑い始めた。

「その歳になってまで名無しっ子ってヤバいだろ」

商人が少し気にしていたことを勇者は遠慮なく突っ込んできた。

「仕方ないだろう。師匠が頑なに付けてくれなかったんだから。何なら君が付けてくれるのか？」

その一言がいけなかったのだろう。

勇者が真剣に考え始めてしまった。

勇者が考え込んでいる間に神殿の神官達が集まって来てしまった。

「ヒノ様。お下がりください。どうか奥の間へ」

勇者は神官達を見て溜め息を吐くと、頷きながら言葉の爆弾を投下した。

「コイツも一緒に奥の間に連れて行くわ」

神官は急に何を言っているんだ？　という雰囲気を出していた。

「ヒノ様。流石に見ず知らずの者を神殿内に入れるわけには行きませぬ」

変な空気になりそうだったので商人も素早く立ち去ろうとする。

「ヒノ様。今日あなたに出会えたご縁に感謝します。また機会がありましたらよろしくお願いします」

そう周囲に聞こえるように話をしながら商人は神殿から退出しようとした。

ところが勇者ヒノはさらに追い打ちをかける爆弾を投下した。

「そいつ、今日女神様からの神託で会うように言われた奴だから」

神官も。

たまたま礼拝に来ていた市民も。

その一言で辺りが静まりかえる。

そして視線が商人の方へ。

「あの御方は噂の勇者様？」

「神託？　じゃあそっちにいる兄ちゃんは誰だ？」

礼拝にたまたま来ていた市民が騒ぎ始める。

神官達もこれはマズいと思ったのか商人も含め強引に神殿の中へ。

そして奥の間と呼ばれている部屋へと案内された。

部屋の中はごちゃごちゃ物があるという訳ではなくスッキリと整えられている。

ただしさりげなく隅に置かれている調度品はとても高価な物だろう。

部屋の奥では勇者が神官に叱られている。

「この度は申し訳ない」

若い神官が商人に頭を下げる。

「気にしないでください。自分にも何が何だか」

「そうそう、気にしなーい」

さっきまで叱られていた勇者が笑顔でこっちに歩いてきた。

「んで君が女神様の言っていた商人君でいいんだよね？」

「あの御方がなんと仰ったのかは判りませんが勇者様をお手伝いするようにと承ったのは私です」

「「おぉ」」

神官達が驚きの声をあげる。

「じゃあこれからいろいろよろしく頼むわ」

これが勇者と商人の出会いであった。

愚者たちの後始末。

グイド達は遺体から遺品を回収すると、商人であるサイの許可を取り馬車の中に遺品を積み込んでいく。

「粗方回収は終わったかのぅ」

村長が辺りを見回すと、すでに日も落ち暗くなり始めていた。

「とりあえず、今日はここで火を焚いて朝になるのを待つとするか」

狩人達はテキパキと枯れ葉や枝を集めると、焚き火を始める。

「飯は諦めるか。何も準備してねぇからな」

グイドがそう語ると商人のサイから驚きの提案をされる。

「もしも食べられそうでしたらで構わないのですが、私の馬車を引いていた二頭の馬をお使いください。このままここで朽ちさせるぐらいならば、食べて私達の血肉にしたいと思います」

まさかの提案に驚く。

「いいのか？　商人にとって馬っていうのは、家族みたいなものだと聞いたことがあるんだが」

「えぇ。大事なパートナーであり家族です。だからこそ、このまま此処で朽ちていくのは耐えられません。それならば皆様にも食べていただき、血肉となり生きた証しを残してほしいのです」

「わかった。有り難く頂くとしよう」

村長は狩人達に指示をする。

馬達はワイルドボアの牙により突き刺されて死んでいたが食い荒らされたりなどはされていなかった。

馬達の死体を捌く前に皆で感謝の祈りを捧げ、その後食べられるように解体していく。

「我等の血肉となる馬達に感謝を」

「お前達の事は忘れない。今まで相棒としてありがとう。お疲れ様」

食事前に再び皆で感謝を祈る。

解体した馬肉は焚き火の中に石を入れ熱した後に商人から提供してもらった油をたらし、石焼きで肉を焼いていく。

ジューッ。

肉の焼けるいい匂いと音は、食欲をそそる。

狩人達は長時間の移動に備えて塩と木皿などを各自で持参していたので、塩は焼いた肉の味付けに。

各自の用意した皿に村長が肉を切り分けていく。

そして皆に肉が行き渡った後、

「いただきます」

三度目の祈りを捧げて馬肉を頂く。

「うまいな……馬の肉を初めて食べたけどさっぱりしていて食べやすい」

「そう言っていただけるとあの子達も浮かばれます。まぁ私も馬の肉なんて初めて食べますが……美味しいと思う気持ちと、あの子達の肉だって思うと複雑な思いは有りますが……」

馬というのは本来とても高価なので食用に回すなんてことはしない。

何故ならば、軍事的にも商業的にもとても必要なものだから。

商人のサイと共に皆で腹の限界まで馬肉を味わった。なるべく自分たちの血肉となるように。

「流石に二頭分の肉は、とても多かったですね……」

「ここまで肉を食べたのも久々だったが、とても美味かった。改めて我々の為に家族たる馬たちの肉を提供してくれてありがとう」

狩人達全員でサイに向けて頭を下げる。

「気にしないでください。私はあなた達のお陰で命を救われました。そしてこの子達も朽ちて動物や魔物たちの餌となる前に私たちの血肉となることが出来ました。この子達の死も意味のあるものになったのです。こちらこそ本当にありがとうございました」

そして改めて馬達の骨に向かって祈りを捧げる。

ハルヒィがスキルで穴を掘ると、死んだ馬の死骸と食べきれなかった肉を穴に入れる。

そしてグイドが村長から剣を借りて構えると、火の魔法剣で一気に焼いていく。

そのあとは穴に土を掛けて埋葬。

それから狩人達がローテーションで火の番を行い、何事もなく無事に朝を迎える。

「魔物たちの襲撃は無かったな」

「当然じゃろ。本来なら魔物などいないはずの森だったのじゃ。馬鹿どものお陰で森の動物たちもいい迷惑だったじゃろうて」

「元に戻るまでには時間がかかりそうだな。この森の狩場も一旦見直しか」

狩人達は溜め息を吐く。

魔物が存在しなかったこの森には、それぞれ安定した狩場が存在していた。その環境が新人たちの教育にぴったりの森だったのだ。

それが魔物に荒らされたことによって動物たちが逃げてしまい、森が落ち着くまでは狩場の練習としては使えなくなってしまった。

「悔やんでも仕方あるまい。それじゃあ村に帰るぞ」

村長が狩人たちに声を掛けて撤収する準備をする。

そして積める荷物は馬車へと積み込みが完了した。

「これを引っ張って帰るのか」

馬車を引っ張って帰ることに溜め息が出る狩人達。

「皆さん、申し訳ありませんがよろしくお願いします。村に着きましたら、お礼に積み荷のお酒を皆様に振る舞いますので！」

お酒と聞いて気合が入る狩人達。

「お前ら、気合入れていくぞ！」

「「おう！」」

商人と村長を乗せた馬車を狩人達は気合を入れて引っ張り、なんとか村へと帰還したのであった。

そしてグイド達がようやく村に到着したのは昼過ぎになってからだった。

「やっとついたぁ」

村の中に倒れ込む狩人達。

行きは一時間半ほどで商人のサイの所に追い付いたが、帰り道は人力による馬車を引きながらの帰宅。

その為、行きとは比べ物にならないほど時間がかかった。

「やっぱり馬ってのはすげぇな」

ハルヒィは改めて馬の凄さに驚く。

「ハルヒィもお疲れさん。お前なら門番じゃなくても狩人でやっていけるんじゃないか？」

ハルヒィは苦笑いで首を振る。

「俺はのんびり門番するくらいが丁度いい。狩人って柄じゃねぇよ」

「お前さんならいつでも歓迎じゃ」

馬車から村長が笑いながら降りてくる。

「皆もお疲れさん。今日は一日狩りは無しじゃ。ゆっくり休んでくれ！」

商人のサイも馬車から降りた。

「皆さん、改めて本当にありがとうございました。皆さんのお陰で命を失わずにすみました」

そしてサイは積み荷に入れていた箱を開封する。

「奇跡的に割れた容器は無かったので助かりました。皆さん、お酒の箱は特に被害が無かったようなので一人一本お持ち帰りください」

「「うぉー!!」」

一人一杯くらいの酒は飲めるだろうと思っていた狩人達は喜びの雄叫びをあげた。

こんな辺境の村で酒が手に入る機会などあまりない。手に入ったとしても、とても高価。それが各自一本持ち帰れる。狩人達の喜びが爆発した。

一人一人に感謝の言葉を伝えてサイは狩人達に酒を手渡す。

酒を手にした狩人達はルンルンで各自帰宅していく。

「村長様とグイドさんとハルヒィさんはこちらをどうぞ」

手渡されたのは果実酒。ワインと呼ばれているお酒だ。

「いいのか？　高いだろう？」

「村長様には救助に向かう決断をしていただきました。それが無ければ死んでいました。さらに言うならば、グイドさんが魔物と出会って無ければ私の身が危ないということもわからなかったのです。本当に助かりました。そしてハルヒィさん。適切な治療をありがとうございます。お陰で痛みに苦しみ続けることなく戻ってくることが出来ました。これは感謝の印です」

「なんかすまねぇな。ありがたく飲むとするよ」

「立ち話もなんじゃ。とりあえず三人とも儂の家で話をしよう」

村長の家へと向かう。

「とりあえず命を失う前に間に合って良かったのぅ」

「本当に助かりました」

サイは頭を下げる。

「今回ばかりはサイも儂らもとばっちりだからのぅ。悪いのはあの領主の親族の誰かじゃ」

グイドはあの時にすれ違った若者達を改めて思い出し怒りが込み上げてきた。

「あいつらが魔物を引っ張ってきたお陰でうちのラグナは死にかけた。ラグナが奇跡的にワイルドボアを仕留めることが出来たから、生き残っただけなんだ。普通だったら死んでるからな！」

サイはその話に驚いた。

「グイドさんのお子様はワイルドボアを倒したのですか⁉」

怒りのあまり余計なことを言ってしまった事に気が付いたグイド。睨む村長とハルヒィ。

「ま、まぁな。うちの子は天才だからな。剣でグサッと。けん？　剣？　あっ、俺の剣！」

剣という言葉でグイドは思い出した。

「やべぇ！　この前、買ったばかりの剣ぶっ壊したんだった。ミーナに怒られる」

やっとの思いで買い直したばかりの新しい剣を壊してしまったことを思い出したグイドは顔色が悪くなっていた。

「この前の剣だって苦労して手に入れたんじゃなかったか？」

「イルガンが王都の商人の一人に頼んでやっと仕入れた剣だったからな……」

その話を聞いて考え込むサイ。

「グイドさん。もしよろしければ領主の町のナルタにうちの店の支店があるので剣を見に来ませんか？　親父に説明して無料で差し上げますよ！」

「流石に剣までタダで貰うってわけにはいかねぇよ。友達価格で売ってくれ！」

友達価格ってところで笑い合う。

「まぁその辺は後でいいじゃろ。今は今後についてじゃ」

「じいさんはどうする気だ？」

「とりあえず、面倒じゃが領主の所に行かないわけにはいかんじゃろう」

「領主かぁ……今の領主はマジでバカだからなぁ。出来れば会いたくはない」

「そんなもん儂らだってそうじゃ」

「それじゃあ報告に行く際は私も一緒に同行しますね」

「そうしてくれると助かる。儂らだけだとどんな言い掛かりをつけられるかわからんからのぅ」

そんな話をしていた時。

ドンドン。

「村長さん居ますかー？」

幼い子供の声が聞こえた。

「ラグナのようじゃのぅ。ラグナや！　父ならここにおるから入っておいで！」

村長の声が中からそう聞こえたのでラグナは扉を開ける。

「おじゃましまーす」

ラグナは村長宅に入ると父親たちの許へ向かうのだった。

絶対に揉めて巻き込まれる件。

父さんが村の狩人達と共に商人を救出しに向かってから、既に一日が経過していた。でも母さんは不安な顔もせずに、普段通りの生活を送りながら妹に母乳をあげていた。

「落ち着いて座ってなさいよ」

不安で落ち着く事が出来ずに、家の中を無駄にフラフラと歩いてしまっていた。

ついでに寝不足。

昨日は覚悟も出来ていないまま魔物と遭遇。

突然の遭遇に足が竦んでしまって動けなかった。本当にあの娘が助けてくれなかったら俺は死んでいた。

父さんと訓練していたとは言え、いざ実戦となった時に思うように身体が動いてくれなかった。いろいろ考え込んでしまい、なかなか寝付くことが出来なかった。そうしていたら、母さんが妹を寝かしつけた後に俺の側に来て横になりながら話を聞いてくれた。

そのお陰でやっと寝付くことが出来たんだ。

フラフラと動いていたら母さんに怒られてしまったので、なんとか気を落ち着かせようと椅子に座って外を眺めていた。

そろそろ昼ご飯の時間かな？　とそんな事を考えていたら外が騒がしくなっていることに気がついた。

「どうやら帰ってきたみたいね。母さんは動けないからラグナが見てきてくれるかしら？」

「うん、わかった！　見てくるよ」

俺は家を出た後に村の入り口に急ぐ。

既に村の入り口には父さん達の姿は無かった。

何処にいるんだろうときょろきょろしていると、ハルヒィさんの弟子で同じく門番をしているヘルメスさんが俺の姿を見つけて手を振っていた。

「ヘルメスさん、お疲れ様です。父さん達を見ませんでしたか？」

「グイドさん達はついさっき村長の家に向かったぞ。仲間達も全員無事に帰って来てる」

「わかりました。ありがとうございます」

全員無事に帰ってきていることに安堵しつつも、ヘルメスさんと別れて村長さんの家へ。

到着して、ドアをノックする。

ドンドン。

すると中から声が聞こえた。

「ラグナのようじゃのぅ。ラグナや！　父ならここにおるから入っておいで！」

村長さんの声が中から聞こえたので扉を開ける。

「おじゃましまーす」

村長さんの家に入るとそのまま父さんの許へ。

「村長さんとハルヒィさんと父さん、お疲れ様。商人さんも無事だったみたいで良かったです」

「ありがとう、君がラグナ君だね？　君も災難だったね。ワイルドボアに襲われたんでしょ？　でもその歳でワイルドボアを討伐するなんて凄いよ」

キッと父さんを睨む。

父さんめ。口を滑らしたな。

「本当にたまたまですよ！　あんな奇跡は二度と起きませんから。むしろ次に同じ目にあったら普通に死にますから！」

ただ初めての狩りに行っただけなのに。気がついたら魔物と遭遇するなんて無茶ぶり過ぎる。

そのあと父さん達から昨日の話を聞く。どうやら魔物を森まで連れてきた男達は死んだらしい。

正直なところ、あいつらのせいで死にかけた身としては自分の口から文句の一言でも浴びせてやりたかったくらいだ。

でも一番驚いたのは、商人さんがエチゴヤの一族だったたって事。

「とりあえず今日と明日休んだ後、領主の町へと向かうとするかのぅ」

「下手な言い掛かりをつけられる前に動いた方が良いでしょうね」

その後領主の町へと向かうメンバーの選定が行われた。

領主の町へ向かうメンバー。

村長さん、父さん、ハルヒィさん、商人さん、そして何故か俺。

「僕も町に行ってもいいのですか？　迷惑じゃありませんか？」

話の内容的に確実に揉める案件じゃないか。出来れば関わりたくないんだけど……。

「今年九歳になった私の妹が居るんだけど、君には出来ればうちの妹と会ってもらいたいんだ。ラグナ君と同じで来年から学園に通う予定なんだよね」

妹さんかぁ……。

こっちは辺境の村出身の一般人。商人の妹さんはあのエチゴヤの一族だよ？

話が合う合わない以前に立場が違い過ぎる。

「それに万が一発言が本当に真実か嘘かの鑑定魔法を使われた場合、ラグナのことを伏せておくことが出来ない。変に隠し通すと発言が嘘と判断されてしまう場合があるからな。本当なら連れて行きたくはないんだが……」

まるで嘘発見器みたいな魔法だな。確かにそんな魔法があるのならば俺のことを変に隠そうとして、万が一父さんたちの発言が嘘と判断されても面倒なことになるし……。

仕方ない。ゴタゴタが起きることは覚悟してついて行くしかないか。

「わかりました。僕も父さん達と一緒に領主の町までついて行こうと思います」

この世界に転生して九年。

初めて村を出ることが決まったのであった。

いざ領主の町へ。

父さん達が村に帰ってから二日。

いよいよ今日は領主の住む町である『ナルタ』に向けて俺たちは出発する。

どうやら領主の町までは徒歩で二日半。まぁ実質三日間かかるらしい。

途中どこかの村に寄るのか聞いたが、この人数だと小さい村には泊まる場所も無いだろうとのこと。つまり野宿をしながら最短ルートを進むことになると、父さんから教えてもらった。

サイさんの馬車を引っ張る馬はうちの村で飼育している馬を二頭譲ることになったらしい。この費用は町に到着後に領主と相談《OHANASHI》するらしい。領主にそこまで強気で行けることにびっくりした。

馬車に必要物資や遺品の積み込みの確認をしたあとはいよいよ出発。

父さんとハルヒィさんは徒歩。俺と村長さんは商人のサイさんの馬車に乗ることに。

領主の町までは二日半ってことは徒歩で一日約30～40㎞くらいは歩けるはずだから、ここから多めに見ても１００㎞くらいの移動ってことか。

ちなみに帰りは温かいご飯が食べたいので、俺の収納の中に五日間四人分の食事を収納してある。

帰りは俺と村長さんも徒歩で帰るので食料は多めに見積もって収納してある。

「それじゃあ出発するかのぅ」

「皆、気をつけてね！」

母さんもお見送りに来てくれたのか。

父さん達が帰ってきた日の夜。

父さんは俺のことも連れて行かなきゃいけないことを母さんに伝えた。そうしたら一気に母さんの纏う雰囲気が変わり……。

何故か身体の震えが止まらなかった。

その後に、買ったばかりの剣を壊したと報告した時の母さんのあの笑顔。

俺は絶対に忘れない。ひたすら頭を下げて謝り続けた父さん。そんな父さんの姿なんて、正直見たくは無かった。

「ラグナ、お土産買って来いよ！」

あれはイルマか。お土産買いに行ける雰囲気じゃないからな！

サイさんが馬達に声をかけると馬車は出発したのだった。

「二日半かぁ。長いなぁ」

「ラグナは馬車に乗ってるんだから、魔物や動物の警戒をしながら弓で狩りの練習だな」

「ラグナは弓の方はどうなのじゃ？」

ハルヒィさんが苦笑いしながら答える。

「この村出身。しかも優秀な狩人の息子だって思うと、今後大丈夫か不安になる腕前だな」

最近、ようやく動かない的に当たるようになってきたレベル。魔法剣の才能に続き、弓の才能も無かったらしい。

普通は異世界転生って強力なスキル貰って、最初からある程度強いんじゃないのか？　まぁ珍しいスキル？　を貰ってるから文句は言えないけど。

「村の子供の中じゃイルマが一番の腕前だな」

そう。まさかのイルマは子供達の中ではぶっちぎりの命中率。狩人チームに連れられて本来なら動物しかいないはずのあの森に行き、飛んでる鳥を矢で撃ち落としたらしい。俺よりも先に狩人デビューしていたのだ。

まぁ魔物狩りデビューは俺の方が先だけどな！

村長さんに教えてもらいながら、狙えそうな獲物は弓でチャレンジ。

「もう少し先を読んで狙わないと当たらんよ」

元現代日本人には狩猟なんて経験も無いし。転生して九年経過したとは言え、そう簡単に身に付くものじゃない。

「それじゃあラグナ、そこで見ておるのじゃぞ」

村長さんは獲物を見つけると座ったまま弓を構える。

「ふぅー」

村長さんは弓を構えたまま息を吐いた後、雰囲気が一変する。

「っ」

村長さんが矢を放つと、地面の虫をツツいていた鳥に命中。見事に小さい頭に矢が突き刺さっていた。

「これはホロホロ鳥だのぅ。今日の夜にでも使うとするか」

そう言いながら村長さんはあっという間に捌き内臓を取り出した。

「あとはゆっくり馬車に乗りながら羽根でも毟《むし》っておくか」

流れるような手捌きを忘れないように、よく観察しておく。

その後馬車が進むのは整備された街道だったので、特にめぼしい獲物に出会うことは無かった。

そして二日前に魔物に出会った近辺でも特に異常無し。

無事に一日目の野営ポイントに到着した。

「何事も無く無事に予定地点まで到着して良かったわぃ」

「そうですね。やはり私としては魔物に襲われた場所を通るときに思い出してしまい、落ち着きませんでしたけど」

「サイさんもですか。僕も思い出してしまい少し怖かったです」

あれがきっとフラッシュバックってやつなんだろうな。気がついたらあの女の子？　から貰った赤い宝石を握りしめていた。

今日の夕食は村長さんが仕留めたホロホロ鳥の焼き鳥。後は村で準備していた乾燥野菜と干し肉のスープとまだ柔らかめなパン。

野営中とはいえサイさんも共に旅をしているので、残念ながらアウトドアスパイスは使えない。

もちろん収納にしまってある温かい料理も。

焼き鳥とかにスパイスが使えれば最高のキャンプ飯になるんだけどな……。

流石に商人の方にバレる訳にはいかないし。

「今日は順調に進めたから後一日半。気を抜くでないぞ」

夕食も終わりあとは寝るだけ。

夜の火の番は村長さんとハルヒィさんと父さんが交代でやるらしい。俺も手伝うと言ってみたものの子供は寝てろと笑われてしまった。

仕方ない。

明日も朝は早いので諦めて素直に寝ることにした。

初日は無事に終わったと思っていた時もありました。

初日は特に問題も起きることなく、夕食を食べて寝ていたはずなんだけど……。

どうしてこうなった……。

ラグナ九歳。

只今両手を縛られてロープで繋がれて歩いて領主の町へ向かって《連行されて》おります。

あれは夜中にトイレに行きたくなり目が覚めた時の事だった。

俺とサイさんは馬車の中で寝ていた。サイさんを起こさないようにゆっくりと馬車から降りると、

ちょうどハルヒィさんが火の番をしているところだった。

「ラグナ、どうした？　こんな時間に」

「ちょっとトイレに行きたくなって起きちゃった。あとの二人は？」

父さん達の居場所を聞いたらハルヒィさんがハンドサインをするのでその方向を見ると、村長さんと父さんはそれぞれ木に寄りかかりながら座った状態で寝ていた。何かあった時にすぐに動けるようにってことか。

「ちょっとトイレ行ってくるよ」

「そこまで危ない動物は居ないと思うけど気を付けろ。遠くまでは行くなよ」

「わかってるよ。行ってきます」

野営場所から歩いて一分もしない森の中で用を足して戻ろうとした時。何故かだいぶ先の方で火が移動しているのが見えた。後ろを向くと俺達がいる焚き火の光がある。

「誰か近くにいるのかも」

なるべく音を立てないように気を付けながら急いで戻る。

「ハルヒィさん！　あっちの先の方で火が移動してるのが見えた」

父さんと村長さんも目を開けて立ち上がる。ハルヒィさんはハンドサインで父さん達とやり取り。

俺は馬車の中に入りサイさんを起こす。

「サイさん、起きてください」

サイさんを揺すって起こす。

「っん？　もう朝かぃ？」

「まだ夜です。遠くの方で火が移動してるのが見えたので父さん達が警戒してます」

「えっ？　こんなメインの街道から外れた場所で？」

サイさんと幌馬車の中から外を覗く。どうやらこっちの焚き火に気がついたみたいで、火が近付いて来ている。

父さんは借り物の剣を構えると、ハルヒィさんと村長さんと共に警戒態勢のまま待ちかまえている。

「夜盗なら火をつけながら移動なんてしてこねぇ。冒険者か何かか？」

「いや、冒険者にしては数が多すぎる。そもそも夜に移動なんて普通なら危なくてしないハズだ」

徐々に火が近付いてくる。

うっすらとシルエットが見えてきた。

みな同じような装備。

ガシャガシャと移動時に音がしている。

どこかの軍だろうか？

村長さんが声を掛けるみたいだ。

「お主達はこんな夜に大人数で何をしておるのじゃ？」

兵士？　の一人が近寄ってきた。

「とある人物を捜している。お前達こそこんな所で何をしているんだ？」

「見て分からないか？　普通に野営をしているだけだが」

「こんな人通りが少ないところで野営だと？　怪しい奴らめ。おいっ！　調べろ！」

兵士がそう言うと手分けして父さん達の身体チェックを始めていた。

「なっ！　いきなりなんだ！」

なんか兵士達の様子がおかしい。みんなイライラしてる。

周りを見渡すと二十人ほどの兵士に囲まれていた。するとその中から馬車の方に五人ほどの兵士が近寄ってきた。

「出ろ！」

俺はいきなり兵士に腕を掴まれると、そのまま馬車から無理矢理引きずり下ろされてしまう。

「いてて」

「おい！　俺の息子に何をするんだ！」

父さんが馬車から引きずり下ろされた俺の姿を見て声を荒らげた。

「グイド！」

村長さんが父さんに怒鳴り引き留めた。

「我々に刃向かう気か！」

オレを引きずり下ろした兵士が腕を足で踏みつけてきた。

「うぐっ」

引きずり下ろされた挙げ句腕まで踏まれるなんて……。

腕がめっちゃ痛いし、理不尽な対応すぎてイライラが爆発しそう。

「こんな子供に何をしてるんですか！」

サイさんが俺の腕を踏みつけている兵士に怒鳴った。

「我らに対してなんて口のきき方だ！」

ドゴッ。

サイさんが兵士に殴られた。倒れ込む寸前、口元がニヤリと笑ったように見えたのは気のせいだろうか。

俺とサイさんを取り押さえた兵士以外の三人が馬車の中を物色。

「何かあったか？」

偉そうな兵士が物色している兵士に声を掛ける。

「酒と食料がメインで、後は魔物の素材なども積み込まれてます！」

酒と聞いたら偉そうな兵士の機嫌が良くなった。

「ならばそこで取り押さえられてるヒョロイのは商人か。まぁいい。我らに刃向かった罰だ。馬車ごと我らが徴収する！」

「そんな!!　私はこれからどう商売していけばいいのですか！」

サイさんが迫真の演技？　のようなことをやり始めた。村長さん達もサイさんの狙いに気がついたみたいだ。

たぶんこいつらは領主の軍だ。

あの時に魔物に追いかけられていた奴らの一部がたぶん領主の身内だって話だったし。兵士達がイライラしてるのは無理矢理捜索任務をやらされてたからだろう。きっとこの後にあいつらの遺品が見つかる。

そして騒がれる。

俺達が仕留めたと犯人扱いされるんだろうな。

一応その場でいきなり斬られたりはしないだろうけど……斬られたりしないよね？

サイさんはきっとこの対応も込みで領主に突っかかるんだろう。斬られる可能性もゼロじゃないだろうに。自分の命を博打に勝負に出るのか。

「隊長！　ちょっと来てください！」

馬車の中を漁っていた兵士の一人が偉そうな兵士に声を掛ける。

「どうした？」

「これを見てください」

どうやら遺品を発見したらしい。

「これは……あの方の短剣だ」

遺品を手に持ちながら隊長と呼ばれた兵士がこっちに振り返る。

「おい!!　お前達がなんでこれを持っている！　正直に答えよ！」

村長さんとサイさんが隊長と呼ばれている兵士に事情を説明した。サイさんがうちの村から次の村まで積み荷を運んでいたところ魔物に襲われた。そんな時、たまたま近くで俺の狩りの練習に一緒に来ていた村長さん達に助けられた。魔物を仕留めている最中にさらに人の叫び声が聞こえたので向かうと、他の魔物に襲われたのか複数の遺体を発見。その場に残っている魔物を討伐した後遺体を確認したところ、領主の身内の方だとわかり遺品を回収して領主の町に届けに向かっている最中だと説明していた。

微妙に事実とはかけ離れてるけど事実なところは事実。ちょっと嘘くさいけど。

「話は良く出来てはいるが……それが真実だという証拠など無いだろう！　お前達を『ナルタ』まで連行する！」

そう言うと兵士達は馬車に積んでいたロープを持って俺達を拘束し始めた。

「ラグナ、大丈夫か？」

手を拘束されながら父さんは俺の心配をしていた。

「勝手に話をするな！　大人しくしておけ！」

手を結んでいる兵士に怒鳴られた。

すると、ゾクゾクとした殺気が一瞬後ろから感じられた。

兵士も殺気を感じたのか、一瞬身体がビクッと反応していた。

「ふぅ」

後ろで深呼吸が聞こえた。つまり殺気を出した犯人は村長さんか。

こんな感じで俺達は話を碌に聞いてもらえぬまま拘束されて、徒歩で領主の町まで連行されることとなった。

領主の私兵達に捕まってから三日。

ようやく『ナルタ』に到着した。

本来なら二日あれば到着する距離だったのだが……。

この兵士達はサイさんの馬車に積んでいた酒やら食料を夜になると勝手に取り出しては、食べて飲んで好き勝手に騒いでいた。お陰で見張り以外の兵士達は、朝になっても全く起きてこない。

昨日なんて街道沿いにある村で商いをしていた商人に対して、馬車に積んでいた魔物の素材などを勝手に売却しその利益を自分達の懐に入れていた。領主の私兵というよりも山賊と言った方が正しいんじゃないかな。

荷馬車の荷を好き放題やらかしている兵士を見るサイさんの表情は絶対に忘れない。

感情を押し殺した無の表情。サイさんの目を見てもなんの感情も感じられなかった。

しかも『ナルタ』に到着するまでに与えられた食料や水は本当に最低限。父さん達も相手が相手なので感情を押し殺し我慢していた。

そして三日目の午前。ようやく町に到着した。

目の前には一列にずらっと町に入るための手続き待ちの長蛇の列。辺りを見渡すと町をぐるっと囲んでいる石造りの壁。

「大きい……」

あまりの大きさに圧倒されていた。

「さっさと歩け！」

偉そうな兵士に後ろから軽く蹴られたので仕方なく歩き始める。どうやら町の中に手続き無しで連行されるみたいだ。

そしてふと視線を感じるので辺りを見渡す。

領主の私兵達にロープで繋がれたまま歩かされる俺達。

町の住人の見世物になっていた。

完全に冤罪なのにまるで見せしめだな。

大通りを繋がれたまま歩いていると大きな商店が見えた。店の前を通り過ぎようとした時にこっちを見ていた店員らしき人が、サイさんの方を見てギョッとした顔をしたあとに慌てて店の中に入って行った。

サイさんが俺を見ながらにっこり笑っていた。どうやらサイさんの知り合いらしい。

あえてサイさんは何も言わずに大人しくしているつもりなのか。

その後、城のような大きい建物の前まで連れてこられた。

どうやら今からこの城に入るみたいだ。

兵士達の一部が先に城の中へと入って行った。

改めて建物を見上げる。

「おっきな城？」

思わず声が出てしまった。

サイさんがちらっと教えてくれた。

「ここはナルタ辺境伯のお城だよ。万が一魔物が大群で押し寄せた場合の防衛拠点としても使用できるような造りになっているんだ」

「ん？　うちの村の領主様が辺境伯ってことは……王都はもっと遠いってこと？」

「何を喋ってるんだ！　大人しくしとけ！」

偉そうな私兵にまた軽くだけど蹴られた。

蹴られた拍子に転ぶ俺。

「子供に何してんだ！」

俺がさっきからこの兵士に何度も蹴られてる姿を見て父さんの我慢の限界がきたらしい。でも手はがっちり結ばれてるので父さんは反抗出来ない。

俺のことを蹴った兵士が目の前を通り過ぎて父さんの方に行こうと背を向けた。

このままだと次は父さんがやられる。

ならば今が復讐のチャンスだ。

起き上がるフリをしながら指を偉そうな兵士のおっさんの尻に向けてセット。

小さい声で。

「ガストーチソード」

針のような物凄い細長い炎を一瞬作り立ち上がるフリをしながら兵士の尻へ。

「いてぇー！！！」

針に刺されたような痛みに跳び上がる兵士。

細長い炎《ガストーチソード》はおっさんの尻に3㎝ほど刺さりすぐに消えた。

見事ヒットしたらしい。

下を向きながら立ち上がるフリをしていた俺のことを誰も怪しむことなく、あまりにも大きい叫び声に兵士達がわらわらと集まってきた。

「ケツが！　ケツがいてぇー！」

そう騒ぐ偉そうな兵士の尻を後ろから兵士が確認するが服を見る限り特に異常が見つからない。

「後ろから服を見る限り異常はありませんが……」

困惑する兵士にそんな訳があるか！　と怒鳴り散らす兵士。

他の兵士も特に何かに刺されたりしたような穴は無いと伝えているが当の本人は尻の痛みでもがき苦しむ。

「絶対に何かに刺されてる！　ケツがヒリヒリして痛い！」

騒ぐ兵士を後ろから見ていた部下達がスッと離れていく。

「はやく見てくれ！　痛いんだ！」

騒ぐ兵士の尻付近の服がどんどん濡れてきたので漏らしたと勘違いされたらしい。

「ぐふっ。隊長、異常は特に見つからないのでとりあえず医務室まで！」

部下の兵士達は笑いを堪えながら医務室まで運び込んで行った。

俺達と領主の城から出てきた兵士達だけがその場にポツンと取り残された。

領主との対面。

領主の城の前での一騒動の後、先に城の中に入っていた兵達が俺達の前に戻ってきた。

「決して騒ぐなよ。付いてこい」

ロープを引っ張られ、手を結ばれたまま城の中へと連行される。

そして広間のような所に連れてこられた。

「頭を下げ跪け。辺境伯様が来られる」

サイさんがいち早く跪き頭を下げたので残った俺達も仕方なく頭を下げる。

ガチャリ。

扉が開く音がした。

コツコツ。

重たい足音と軽めの足音。

領主とあと一人誰かが来たらしい。

軽い足音が俺の目の前で止まる。

「汚らわしい」

目の前にあった片足が急に消えたと思ったら頭に衝撃が来た。

「ぐふっ」

俺は急に頭を蹴られて倒れ込む。

突然の痛みに顔をあげると目の前には同じ歳くらいの太った子供が。

「誰の許可があって顔をあげていいと言った！　愚民め」

目の前にいた子供が今度は足を振り上げて頭を踏みつけてきた。

「頭が高いんだよ！　平民が！」

グリグリと頭を踏みつけてくる。

一応鍛えられてる身からしたらまだまだ我慢出来る痛み。

痛くはないけどこの扱いはなんなんだ。

転生してから九年。

前世から含めても此処までイライラさせられたのは初めてだった。

『コイツ調子に乗りやがって』

俺のイライラが爆発する寸前。

側に居た男が声を発した。

「止めよ、みっともない」

「わかりました、父上」

俺の頭を踏みつけていた子供は素直に従った。

俺はイライラしながらもチラッと横を見ると、父さんと村長さんとハルヒィさんが下を向きながら必死に我慢しているのが見えた。

「顔をあげよ」

指示に従い顔をあげると目の前にはでっぷりとした親子が偉そうに椅子に座っていた。父親の方が、噂のダメダメ領主らしい。見た目からしてろくでもなさそうだ。

「それで？　なんで我が子の防具と短剣をお主等が……!!」

偉そうな男が俺達の顔を見渡しながら話している最中に言葉が止まった。目線を辿るとサイさんの場所で止まっていた。

「な、何故御主が……」

サイさんが立ち上がり挨拶をする。

「ご領主様、お久しぶりです」

「お、おい！　ロープをすぐに解くのだ！　この御方に椅子を用意しないか！」

領主と呼ばれた男は、側で控えた男達に直ぐにサイさんの手を結んでいたロープを解き椅子を用意するように伝えた。

「出来れば全員のロープを解いて椅子を用意してもらいたいのですが？」

自分の領主に口答えする男に驚き固まる兵士。

「……よい、言われたようにせよ」

兵士は敬礼するとすぐさまロープを解き椅子の準備に取り掛かった。

すぐに椅子が運び込まれ全員が着席することに。

領主はゴホンと咳払いしたあと、話し始めた。

「それで……何故エチゴヤの御曹司が我が子の防具と短剣をお持ちに？」

領主がそうサイさんに聞き始めたところ、部屋の扉がトントンとノックされ、一人の兵士が部屋の中に入室してきた。

「なんじゃ」

領主が不機嫌な態度で兵士を部屋の中に入れた。

そして入室してきた兵士が耳打ちで何かを伝えたところ、領主の目がこれでもかと見開かれた。

「すぐにお通しせよ！」

領主が慌てている。

するとすぐに見知らぬダンディーなオジサマが部屋の中に入ってきた。

そしてサイさんを発見すると走ってきた。

「大丈夫だったかい！　愛しの我が息子！　怪我は？　どこか痛いところは？　何でロープの痕が？　ここ怪我してるじゃないか！」

領主の目の前に現れた謎の男。

サイさんのことを我が息子って言っていたってことはこの人はサイさんの父親？

「父様、落ち着いてください。死にかけはしましたがこの方達のお陰で命を失わずに済みました。私の命の恩人です」

父様と呼ばれた男はこっちに振り向くと頭を下げた。

「この度は息子の命を救っていただき感謝します。私はエチゴヤという商家の代表のブリットと申します」

ブリットさんは俺達全員と握手をしながら感謝を伝えて回った。

子供だからとバカにすることもなく俺にも感謝を伝えてくれた。

俺は特に何もしていないんだけど。

チラッと領主を見るとブリットさんに何も言えないのかムスッとした顔のまま我慢している様子だった。

領主と息子と商人と娘と魔物番と息子と。

サイさんの父親が領主を放置して息子の身体チェックをしているのを横目に領主を見ると、何も言い出せずにイライラしているのが見えた。

息子がそんな父親をチラチラ見た後に口を開いた。

「お主等、不敬であろう！　平民の分際で。領主の前であるぞ！」

ドヤ顔で事もあろうにエチゴヤ代表のブリットさんに平民の分際でと言い放ってしまった。

シーンとした空気が広がる。

「申し訳ありません、ご領主様。息子がロープで縛られて連行されていると連絡が来たもので。気が動転してしまいました」

「う、うむ。よい」

ブリットさんはすぐさま頭を下げて謝罪するも、領主は息子がやらかした事に冷や汗をかいている。

よりによってあのエチゴヤの代表に向かって平民の分際でと息子がドヤ顔で言い放ってしまった。

これが領主と商人の親子だけだったらすぐに頭を下げて息子の暴言に謝罪していただろう。

だけど俺たち見知らぬ平民が居る手前、見栄が邪魔をしてしまい謝罪することが出来なかったようだ。

「それでサイ殿、何故我が息子と我が配下の息子達の防具や短剣などを持っていたのだ？」

領主はやらかした事実から話を逸らすためにサイさんに尋ねた。

自分のもう一人の息子がやらかしていたことも知らずに。

「それを話す前にこちらの方々の話をお聞きください」

サイさんは村長さんに話をするように促した。

「お主等は何者だ？　サイ殿の護衛という訳じゃないのか」

村長さんは椅子から立ち上がり領主達の前に進んで、立て膝をつき挨拶をする。

「ご領主様、お初にお目にかかります。辺境の村アオバの村長のアンライドと申します」

「辺境の村アオバとな？」

領主はアオバという村の名前を聞いても思い出せないようだ。

兵士が見るに見かねてそっと耳打ちする。

「あぁ、魔物番共か。お主等がどうした？」

さっきから知らない言葉ばかり。

ずっと辺境の村としか教えてもらえなかった村の名前は『アオバ』。

村長の名前はアンライド。

そして魔物番。

村長が語り始める。

「きっかけはこの親子が狩りの練習にと守護の森にいた時のことです」

「守護の森と言えば魔の森との境、何故か魔物が出て来ないと言われている所か」

領主は一応自分の領土の森などに関しては把握しているらしい。

「そこで狩りの練習時に森の異変を感じ街道まで脱出。村に帰るために歩いていたところ、森の奥よりワイルドボアの集団に追いかけらながら逃げまどう若者達が街道に現れたそうです」

「バカな！　街道沿いに魔物を引き連れたまま現れるのは国によって重大禁止事項とされているはず！」

「えぇ。しかし若者達は街道沿いを歩くこの親子の方向に走って逃げてきたのでこの親子も巻き込まれることとなりました」

「まさか逃げてきたのがうちの子供というわけではないだろうな！　出任せにも程がある。不敬だぞ！」

自分の息子がやらかした罪を認めると自分にまでも被害があるかもしれない。領主は認めることなど出来ないので罪を平民である親子に擦り付けようと考えたようだ。

「ならば領主様、うちの者を呼びましょう。審問鑑定魔法持ちなので、その者の話が本当かどうか鑑定しようじゃありませんか。ちょうど城の前で待機しているところですから」

ブリットさんからの申し出に領主は嫌と言い出すことが出来ずに、うむと返事をすることしか出来なかった。

沈黙した室内にトントンと扉がノックされた音が響いた。

「入りたまえ」

扉がガチャリと開く。

「失礼します。ご領主様、お初にお目にかかります」

扉が開き現れたのはちょこんと可愛らしい挨拶をする俺と同じ歳くらいの女の子。

「おぉ、いつ見ても可愛いな！　うちのミレーヌちゃんは。よく来てくれたね！」

ブリットさんは自身の娘を溺愛しているらしく、後ろから抱きしめる。

領主の前だというのに娘をかわいがるブリットさんに文句を言いたいようだけど言えないでいる領主はふて腐れたように言い放った。

「そちらはブリット殿の娘か。それで審問鑑定魔法持ちはまだ来ぬのか？」

ブリットは娘を抱きしめていた腕を離すと領主の方を振り向く。

「うちの可愛いミレーヌが審問鑑定魔法持ちです。どうでしょう、可愛いですよね？」

ブリットさんがドヤ顔で領主に紹介する。

「かわいい……」

小さく呟いた声は全員に聞こえた。

バッと声の方を振り向くとそこにいるのは領主の息子。

「な、なんだ！　こっちを見るでない」

みんなに聞かれてしまったことがあまりにも恥ずかしかったのか、顔を真っ赤にしたまま領主の息子は俯いてしまった。


審問鑑定魔法。


領主はブリットさんの娘のミレーヌをチラッと見ると少し考え込む。

「その娘が審問鑑定魔法持ちであると？　歳は幾つになる？」

領主に質問されたミレーヌは軽く会釈すると語り始めた。

「審問鑑定魔法の審査については合格し免許を取得してあります。歳は九歳になりますわ」

後で知った話だけど、徒でさえ審問鑑定魔法審査の合格者は極少数だというのにそれを九歳で取得。

まさに天才の一言だろう。

審問鑑定魔法審査とは国がこの免許を持つ魔法師に対して審問鑑定魔法の精度を保証する意味合いで交付されている。審問鑑定魔法の結果次第で人の人生が変わってしまう恐れが有る為、モグリの魔法師による鑑定結果が使われないように免許制になっている。

免許持ちの審問鑑定魔法の結果は絶対。

嘘を交えた内容については直ぐに魔法で見抜かれてしまう。

なお審問鑑定魔法免許保有者が嘘の鑑定をした場合は、大なり小なりに拘らずいかなる理由があっても重罪。

自分の人生も懸かっている為免許保有者が嘘の鑑定をするなどほとんどあり得ないらしい。

「九歳で審問鑑定魔法免許保有者とは……ミレーヌ殿は天才だな」

自分の娘が天才と呼ばれて笑顔になるブリットさん。

「うちの娘は天才であり天使のように可愛いですから。それじゃあミレーヌちゃん、この方が述べたことが真実か調べてもらえるかな？」

「わかりました。とりあえず何を調べればいいかわからないので伺ってもよろしいですか？」

愛嬌のある笑顔で村長さんに質問すると村長さんは先程と同じ内容の話をした。

「今の話は女神に誓い真実ですか？」

「うむ、真実じゃ」

ミレーヌは膝をつき両手を組み、神に祈るようなポーズで呪文を唱え始めた。

「守護の女神様に願います」

その一言でミレーヌの魔力が高まりぽわっと身体が光り始めた。

「この者が述べたこと、真実に値することかお教えくださいませ。審問鑑定《ヒアリングアプレイザル》」

ぽわっとした光が村長さんの許へ。

そして白く光り輝き消えた。

「白く発光したのでその方が述べたことは真実のようです」

領主にとって、自分の息子がやらかしていた罪が確定した瞬間だった。

「もう良い。何が起きていたのか全て話すが良い」

領主は抗うことを諦めて深く椅子に腰掛けると、話を続けるように村長さんを促した。

「それでは先程の続きから。若者達はワイルドボアの群れを引き連れたまま逃げまどいこの親子に一部の魔物を押し付けてそのまま走り去っていきました。二人は二頭のワイルドボアに襲われはしたもののなんとか討伐。そのまま急いで村に戻りました」

二頭のワイルドボアに襲われた部分に案の定領主は引っかかったのか、父さんと俺に尋ねてきた。

「お主等は二頭のワイルドボアに襲われたというのに怪我の一つもしなかったのか？　魔物番とはいえ片方は子供ではないか。お主が二頭も討伐したと言うのか？」

痛いところを衝かれたと父さんは思ってるだろうけど、審問鑑定魔法を目の前で見たばかりだったので真実を話すほか無かった。

「こちらに向かってきた二頭のうち一頭は息子に気が付き息子の方に向かって行きました。魔物の討伐以前に狩りに初めて出掛けたばかりの息子が魔物を前にして討伐出来るとは思えませんでしたので、急いで一頭討伐しましたが自分が討伐し終わった頃には息子もワイルドボアを討伐し終えていました」

「大の大人ですら数人掛かりで挑まないと死ぬ可能性があるワイルドボアをこんな子供が？　そっちの子供よ。本当なのだろうな？」

俺も誤魔化すわけにはいかないので正直に話をした。

「本当にたまたまです。普通なら死んでます。ワイルドボアが走って向かってきたので頭を突き刺したら死んでくれました」

嘘は言ってない。何で突き刺したかは言いたくない。普通なら剣だと勘違いしてくれるはず。でも、こんな子供が魔物を討伐など領主には信じることが出来なかったようだ。まあ、当然だよね……。

「怪しいな、ミレーヌ殿。審問鑑定魔法をお願いしてもよろしいかな？」

俺はドキッとはしたものの、話をした内容は事実なので覚悟を決めた。

「今述べたことは真実ですか？」

「はい、述べたことは真実です」

ミレーヌは再び審問鑑定魔法を使い俺の発言を調べた。

魔法の光は俺の許へ。

そして白く発光し消えていった。

「この方が述べたことは真実です。君は凄いね！　私と同じくらいの子供なのに魔物を討伐するなんて。歳はいくつ？　名前は？」

ミレーヌは興味津々なのかぐいぐいと質問をしてきた。

「僕も同じく九歳になります。名前はラグナです」

この光景をみて面白くない顔をしていたのは領主の息子。

先程可愛いとつい口に出してしまったことからわかるようにミレーヌの姿を見て気に入ってしまっていたんだろう。

自分が気に入った娘が平民に話し掛けていることは気に入らないよね。

「おい。平民の癖によけいなことを話してるんじゃない！」

俺に向かってそう怒鳴ってきた。

「私が話し掛けてしまったので謝罪します。申し訳有りません」

領主の息子は俺に向かって怒鳴ったつもりがミレーヌに謝られてしまった。

違う君じゃないとは言い出せないようで、彼はぐっと堪えて黙り込むしか無かった。


慌てふためく領主と。


村長さんは話の続きを始めた。

「この親子がワイルドボアを討伐後に直ぐに村に伝えに戻ってきました。その後、村でどう対応するか話し合いを始めました。その時にサイ殿が村に来ていたのを思い出し、村からまだ出ないようにと伝えに行かせたのですが……既に出発した後でした。その為急いで救助部隊を結成し、サイ殿を追いかけました。暫くすると馬車が倒れているのを発見、中を覗くとサイ殿が馬車の中で怪我を負って意識を失っていました」

サイさんは改めて村の皆に感謝した。

「皆さんが迅速に動いてくださったおかげで私は命を失わずに生き延びることが出来ました」

村長さんと息子の話を聞いていたブリットさんは、後一歩救助が遅れていたら息子の命は無かったことに驚きを隠せなかった。

「息子の命はアオバ村の皆様のお陰で助かったのですな……私からも感謝を。息子の命を助けていただき本当にありがとうございます」

ブリットさんは村長さん達に頭を下げて感謝を伝えた。

その一方で領主は顔色がどんどん悪くなっていく。

自分の息子が街道に魔物を引き連れて行ってしまった。そのせいでエチゴヤの御曹司が魔物に襲われた。

エチゴヤの身内が怪我を負った時点で国に隠し通すなど不可能。何かしらのペナルティーは覚悟しなければならなくなった。

「それでは続きを。サイ殿を救助している間に偵察に出ていた狩人がワイルドボアの群れを発見。直ぐに討伐に向かいましたが……到着した頃には若者達と思われる遺体は荒らされ激しく損傷しておりました……その後戦闘になりワイルドボアを討伐。若者達の遺品を出来るだけ回収し、ご遺体はひとりひとり目印をつけて丁寧に埋葬しました」

息子はやはり魔物によって殺されたのか……。

領主は深い溜め息を吐く。

すると隣に座っていた息子がまたもや暴走する。

「何故はやく兄さん達を助けてくれなかったんだ！　早く行けば助けられたんじゃないのか！」

その言葉を聞かされた村長さんもおそらく心の中で溜め息を吐いている。

俺と同じ歳くらいの子供とは言え、先程から失言の連発。ここまで酷い出来だとは……。

「急いで駆けつけましたが居場所がわからないままではどうにもなりませんでした」

村長さんは領主の息子に対して頭を下げる。

その光景を見て領主は息子を止める。

「もう良い。お前は少し大人しくしておれ。話が進まぬ。アンライドとやら、後でうちの兵に埋葬した場所を伝えておいてもらえるか？　亡くなったことは親として悲しいが丁寧に埋葬していただき感謝する。亡くなった他家の息子達の遺体もそれぞれの家族に戻すことが出来そうだ」

領主は村長さんに対して感謝を伝える。

村長さん達に息子の遺体を埋葬されていなければ魔物や動物に荒らされてしまい、無惨なまま放置されているところだったのだ。さらにひとりひとり埋葬場所を替えてくれたおかげで、他家に対しても回収するように直ぐに手配することが出来る。

「それでは続きは私が話すことにしましょう」

サイさんは救助された後の話をし始めた。

「私は村の皆さんによって救助されたのち村へ引き返しました。そして疲れを数日癒した後に今ここにいる皆さんと共に遺品を運ぶためにこの町へと出発しました」

領主は何故サイさんが捕縛されていたのかまだ知らなかったようで、この後の話によりさらに顔色が悪くなる。

「夜になり野営をしていた時のことです。突如として領主様の私兵に囲まれました。そして馬車の中で私とラグナ君は休んでいたのですが、ラグナ君は馬車から地面に引きずり下ろされ私は突然兵士に顔を殴られました」

自分の息子が突然殴られたと聞いて雰囲気が変わるブリットさん。

「領主様、これは一体どういうことでしょうか？　私の息子が何かしたのでしょうか？」

「私はそんな連絡も命令も出してはいない……おい、どうなっているんだ！」

領主は慌てて捜索隊のメンバーを招集するように命令をする。

捜索隊のメンバーが続々と集まる中、隊長は来られないと連絡が来た。

俺がしかけた尻の怪我を現在治療中らしい。

「お前達、この方になんて対応をしたんだ！」

怒鳴り散らす領主の言っている意味が分からない捜索隊のメンバー。

「ご子息の持ち物を馬車に積み込んでいる怪しい人物だったので捕縛したまでですが……」

捜索隊メンバーの言葉に領主はさらに怒鳴り散らす。

「お前達が捕縛したこの方はな、エチゴヤ商会の御曹司なのだぞ！　それなのになんて事をしてくれたんだ！」

捕縛したメンバーの一人がエチゴヤ商会の御曹司だった。

捜索隊メンバーはその言葉を聞いた瞬間に背筋が凍る。

自分達がおこなってしまった非礼の数々……。

「まじかよ……」

「終わった……」

捜索隊のメンバーは小さい声でそう呟いたのであった。


反撃のターン。


「終わった……」

捜索隊メンバーがそう呟いたのをニコッと笑いながらサイさんは続きを話す。

「馬車の中を調べたこの方達は運んでいた遺品を発見しました。何故持っているのか聞かれたので丁寧に説明したのですが信じてもらうことが出来ませんでした。その後馬車は徴収され私達は捕縛されたのです」

領主はサイさんの話を聞けば聞くほど血の気が引くばかり。

捜索隊メンバーをジロリと睨むもののやってしまったのは事実。

もうどうにもならない。

「捕縛された後はこの町に到着するまで私達は水も食事も最低限の量しか与えてもらえませんでした。まるで犯罪者のような扱いでしたよ。私達は遺品を運んでいただけなのに。そして兵士達は私の馬車の積み荷の食料や酒を好きなように消費し、仕入れていた魔物の素材は勝手に他の商人に売却し自分達の懐に入れていましたね。その後、町に到着し捕縛されたままここまで連行されました。市民の方々の前を見せしめのように歩かされましたよ。きっと何人かは私の顔を知っていたでしょう。これからどうやって商いをしていけばいいのか……」

サイさんの話を聞いていたブリットさんは我慢の限界を迎える。

「領主様。どうやらあなた方は私達エチゴヤ商会に対して戦争を仕掛けたようですね。商人としては許せませんよ。商人の命たる商材を勝手に消費された挙げ句、勝手に売却までされて。さらに息子の面子まで潰してくれたのですから。いいでしょう。うちとしては我慢の限界です。お相手しますよ」

領主は慌てふためく。

「ブリット殿、落ち着いてくだされ。これは手違いなのです。私達はそのようなことをする気は御座いませんでした」

領主が謝るもののブリットさんには火に油を注ぐようなものだった。

「手違い？　手違いで我が息子は商人としての道を潰されたのですか？　捕縛され数多の人にその姿を見られた息子は今後も商売を続けられるとお思いでしょうか？」

「町には捕縛は誤りだったと発表する。積み荷については賠償する。後は今回重大な過ちを犯した人間に対しては全て奴隷落ち。其方で全て如何様《いかよう》にしてもらっても構わない」

捜索隊メンバーは自分達がやってしまったことを見るからに後悔しているようだ。

「そう言えば偉そうにしていた兵がいませんが？」

サイさんがそう呟くと領主はハッと気がつく。

そもそもこんな事態になったのは誰のせいなのか。

「アイツを呼んでこい！」

側で控えていた兵に怒鳴りつける。

「しかし治療中とのことですが……」

「いいから連れてこい！　治療などいらん！」

兵士は急いで呼びにいく。

「本当に私はエチゴヤ商会と事を構えるつもりなど一切無いのだ。兵士達が勝手にやったことなのだ」

領主がそう説明するも納得出来るはずも無い。

自分の手駒たる兵士のミスは上司のミス。

つまり上司とは領主。

関係ないなんて理由が通じる訳が無い。

ガチャリと扉が開き治療されていた兵士が連れてこられた。

「遅れて申し訳ありません。少々怪我をしてしまい魔法による治療を行っておりました」

まだ何も知らない兵士は片膝をつき領主の前に現れる。

「お前は……」

兵士が恐る恐る顔をあげると目の前には顔を真っ赤にしている領主。

「お前はなんて事をしてくれたのだ！」

なんて事をした？

兵士は未だ理解していないようだった。

「えっと私が何か……？」

「何かでは無いわ！　お主が捕縛したのはエチゴヤ商会の御曹司なのだぞ！」

「それの何が問題で……？　捜索しても見つけられなかったご子息様の品を運んでいた罪人ですが」

兵士は何故領主が顔を真っ赤にしているのか理解できていない。自分はご子息の手掛かりを持つ人間を捕縛したのに。

「そこに居るお前！　こいつに説明してやれ！」

先程、この兵士を呼びに向かった兵士がこれまでの話を説明する。最初は普通に聞いていた兵士も段々と顔が青ざめる。自分の過ちを知ってしまった。

直ぐに土下座のような体勢になる。

「本当に申し訳ありません」

兵士は領主に謝罪する。

「先ずは私にではないだろう！　後ろに居られる方々に謝罪が先であろう！」

「この度は本当に申し訳ありませんでした」

兵士は慌てて後ろを振り向き謝罪する。

この光景を大人しく見ていても納得出来ていない人間が一人だけいた。

「父様、何故謝る必要があるのでしょうか？　所詮コイツ等は平民なのでしょう？　高貴たる僕達貴族が謝罪する意味がわかりません」

領主の息子は自分達の置かれている状況を全く理解していなかった。

「大人しくしておれと言ったであろう！　もうよい！　この部屋から出ていけ！」

領主は何も理解していない息子にかっとなり顔を平手打ちすると部屋から息子を追い出した。

「本当に申し訳ない。見苦しいものをお見せした」

苦々しい顔をしながらも改めて領主は謝罪するのであった。

賠償金と報奨金。

ブリットさんは煮えたぎる怒りをなんとか静めて領主に対して自分の意思を述べる。

「エチゴヤ商会として今回の事件、王宮に直接報告させていただきます」

「それは……」

「何か？　ご子息が申しました通り私達は所詮平民なので。我が身を守るためにも必要なことだと思いますが」

「わかった。それでよい……」

領主は領主で沸々《ふつふつ》と怒りがわいてきていた。

ただ狩りに行くとしか言っていなかった息子が魔の森に侵入。

そしてワイルドボアと出会い討伐できずに引き連れたまま街道へ脱出。

これだけでも息子は罪に問われる。

そして自分の後継者として育ててきた息子は遺体となって発見される。

さらに息子が引き連れてきた魔物にエチゴヤ商会の御曹司が襲われ死にかける。

その後自分の部下の不手際の連続。

自分は何もしていないのに何故こんなことになってしまったのかって感じだろうな。

「とりあえず、馬車に積まれている遺品の品々をお受け取りください」

ピリピリとした空気の中サイさんは領主に話し始める。

「そこにいるやつ、聞いていたな？　サイ殿の馬車の積み荷の中に、我が息子と配下の息子達の遺品が積まれている。遺品の仕分けをするように伝えてこい」

領主は扉付近に控えていた兵士にそう命令するとこっちに振り向く。

「とりあえずサイ殿に関しては賠償金と領民への事実の公表にて謝罪とさせていただきたい。エチゴヤ商会には今回の不手際を起こした人間全てを奴隷落ちとして受け取ってもらいたい」

領主はこれで手打ちとするつもりだった。

しかしブリットさんは更に意見する。

「おかしいですなぁ。被害を受けたのはうちだけではないのでは？　アオバの村の方々も被害を受けたと思いますが。まさか何もないなんてことはありませんよね？」

領主は自分の領民なのだから賠償など必要ないとするつもりであったらしいが、ブリットさんに指摘されてそういう訳にはいかなくなった。

「アオバの村の領民達にも賠償金を渡す。これでよいか？」

領主の言葉に俺たちアオバの村のメンバーは頭を下げる。

しかしブリットさんはまだ意見を止めない。

「賠償金は良いでしょう。領主様、それで終わりでしょうか？　彼らは領主様のご子息達の遺体を埋葬し遺品を届けにこの街までわざわざやってきてくれたのですよ？」

ブリットさんの意見に領主はイライラが爆発しそうだ。しかし遺体を埋葬し遺品を届けてくれたのは事実。反論のしようが無かった。

「……アオバの村の領民達には報奨金も出す」

領主はブリットさんにそう伝える。

「寛大なる配慮をしていただき感謝します」

ブリットさんが領主に頭を下げるのを見て俺たち残りのメンバーも同じように頭を下げる。

その後は賠償金の支払い額の話し合い。

話し合いの結果決まったこと。

アオバの村の父さんと俺には賠償金として金貨三枚。

アオバの村には遺体の埋葬及び遺品の回収の報奨金として金貨八枚。
サイさんには賠償金として大金貨五枚。
ちなみにこの世界の貨幣価値を現代日本の貨幣価値に置き換えると以下の通り。

お金の価値
鉄貨一枚＝10円
銅貨一枚＝１００円
大銅貨一枚＝１０００円
銀貨一枚＝１万円
大銀貨一枚＝10万円
金貨一枚＝１００万円
大金貨一枚＝１０００万円
ミスリル銀貨一枚＝１億円
ミスリル大銀貨一枚＝10億円

貨幣に関しては世界共通。
勇者が音頭を取ってヒノハバラでの鋳造を開始。他国もそれに従ったらしい。
貨幣の鋳造量は年に一度各国がヒノハバラに集まり話し合い。

それぞれの貨幣に対して鉱物含有率は細かく取り決められている。

また、年に一度各国はヒノハバラにある貨幣鋳造所に査察に行く取り決めになっていた。

その際に貨幣鋳造所にて鉱物含有率のチェックを行って不正を防いでいる。

つまり俺たち親子は現代日本の貨幣価値換算で３００万円。

アオバ村には報奨金として８００万円。

サイさんには５０００万円の賠償金が支払われることになったというわけだ。

荒れる領主と笑顔の商人。

報奨金・賠償金の受け取りをした後は領主の城より退出。

領主の部屋を出て扉を閉めた途端に部屋の中から怒号と何かを破壊する音が響いた。

それを聞いたブリットさんはわざと領主がいる部屋に聞こえる声で大笑いをしていた。

笑い声が聞こえた領主はさらに暴れたみたいだ。

ガッチャン、ガッチャン壊れる音が響いていた。

「さてと。うちの息子の命を救っていただいた皆様に私からもお礼をしませんと」

ブリットさんがそう言うと村長さんが断りを入れる。

「すでに領主様より過大な金額の賠償金を頂いているのでお気になさらずに」

しかしブリットさんは首を振ると、

「私からも皆様に感謝を伝えたいのですよ。とりあえず今日はもうそろそろ暗くなるので私共が経営している宿にお泊まりください。明日の朝食後、宿に使いの者を送るので私共の店までお越しください」

確かにもう夕方。

今から宿屋を探すのは骨が折れるので俺たちは甘えることにしてサイさんやブリットさん達と別れた。

そしてエチゴヤ商会の店員に案内された宿屋がこちら。

「こ、これはまた……」

目の前に現れた宿は一日五組限定の超高級宿。

『エチゴヤの宿・ナルタ店』

宿の扉が開くと魔力灯で明るくなった室内。

そして左右にずらっと並んでいる店員達。

あまりにも場違いな光景に俺たちは思考が停止してしまい、そのまま固まってしまう。

流石の村長さんも超高級宿に宿泊するには自分たちの身分ではまずいと思ったのか、慌てた様子でここまで案内してくれていたエチゴヤ商会の店員に声を掛けようと後ろを振り向いたところ……。

「いないじゃと……」

目の前でずらっと並んでいた店員達が声を揃えて、

「アオバ村の皆様、エチゴヤの宿・ナルタ店へようこそお越しくださいました」

深々と頭を下げて挨拶してきた。

流石にこんな状況に慣れていない村長さんは慌ててパニックになってしまったので、見かねた父さんがかわりに挨拶する。

「こちらこそわざわざありがとう。すまないが支配人はいるかね？」

元とは言え一応貴族の端くれだった父さんは上手に対応する。すると、一番奥にいた人物が前に出て深々と頭を下げてきた。

「本日はようこそいらっしゃいました。支配人のフームと申します」

「フームさん、本当に俺達みたいな人間が泊まってもいいのか？」

父さんの質問はもっともだった。

普通はこのランクの高級宿に入る時点でドレスコードがあるはず。

「若様の命の恩人たるアオバ村の方々をもてなすようにと旦那様より言伝《ことづて》がありました。この度は若様を救っていただき本当にありがとうございました」

「「ありがとうございました」」

支配人と共に従業員も揃って感謝を伝えて頭を下げた。

硬直したまま皆が動かないので子供の俺がここは一芝居するしか無いよな。

「サイさんってみんなに慕われてるんだね！」

「ここにいる者達の何人かは訳あって若様に命を救われた者達なのです」

「本日は皆様の貸し切りとなっております。部屋割りなどはいかが致しましょうか？　各部屋お一人様に致しますか？」

村長さんは父さんとハルヒィさんと目を合わせると頷く。

「それではお言葉に甘えまして。三部屋でお願いするのじゃ」

部屋割りは以下の通りになった。

村長さんで一部屋。

ハルヒィさんで一部屋。

父さんと俺で一部屋。

「当商会では本当にありがたいことに初代勇者様とご縁がありまして勇者様の故郷について記してある書物が多数保管されております。当店は初代勇者様の故郷である『ヒノモト』と呼ばれている国の宿を模して造られております。お部屋の希望などはありますでしょうか？」

勇者様の故郷を模した宿と言われてもわからない大人組に対して俺はワクワクしていた。

それってつまり、和室とかあるってことかな？　温泉もあれば最高だよな～。前世だと高級旅館なんて泊まったことないし。キャンプのテントとは真逆だけど、それゆえの良さがあるよな。

とりあえず、俺達はソワソワしながら各部屋を見ていくことにした。

エチゴヤの宿・ナルタ店。


最初の部屋は洋室。

この世界の宿と大差ない部屋の造りに見える。

部屋の中にイスとテーブル。

調度品は一流と思われる高そうな品ばかり。

そして隣の部屋へ。

部屋に入るとダブルベッドが設置されているがそれよりも気になる物が。

ベッドが設置されている部屋の奥にあるガラス張りの壁とガラスの扉。この世界にきてここまで大きく綺麗なガラスは初めて見たかもしれない。うちで使っているのはそもそもスライムが原料の硝子モドキだし。

「ガラスが壊れそうで扉を開けるのが怖いな」

ハルヒィさんの心境はもっとも。

こんな大きなガラス、壊したら弁償で人生が終わるんじゃないか。

そう考えていると答えが。

「私共の宿で使用しているガラスは全て強化魔法の付与がされています。そのため多少の衝撃ならば破損することはありませんのでご安心ください」

それならば一安心。まぁその多少の衝撃ってのがどの程度なのかは気になるところだけど。

この部屋のお風呂は陶器？　のような湯船になっていて、浸かりながらガラス越しに外の景色を楽しめるようになっている。

「これは、これはなんとも……」

村長さんも驚いているみたい。

そして二つ目の部屋へ行ったけど、そこは一つ目と同じ間取りの部屋だったので三つ目の部屋へ。

そこからはまさに異世界の部屋。

もっとも、俺にとっては懐かしの光景。

まず部屋の入り口にて靴を脱ぐようになっている。

そして脱いだ先にある部屋は和室。

い草《ぐさ》？　のような草で編み込まれた畳敷き。い草なのかはわからないけどとてもいい匂い。

部屋には布団が準備されている。

隣の部屋に行くとローテーブルと部屋の奥には上半分が透明なガラス、下半分が曇りガラスになっている壁と同じ柄のガラス扉。

ゆっくりと扉をあけると目の前には露天の岩風呂。

「凄い……」

「これは……」

「素晴らしい……」
みんな思わず声が出てしまっていた。
しかし本当にこれは凄い。
前世の時に雑誌でしか見たことがない景色が目の前に広がっていた。
呆然としたまま四つ目の部屋へ。
コンセプトは三つ目と同じようだけどこっちはお風呂が木で組まれている。
「木のいい香りがするな」
ヒノキとは違うけどいい香りが広がっていた。
そして最後の部屋。
部屋の入り口で靴を脱ぐ。
そして目の前に広がる部屋は洋室。
部屋にはテーブルとイス。
そして隣の部屋へ繋がる扉が無い。
「隣の部屋はこちらになります」
隣の部屋との仕切は襖《ふすま》になっていた。
襖をあけると隣の部屋は和室。
そしてガラス越しには露天風呂。
この部屋のお風呂は木で出来ている湯船だった。

洋室+和室の部屋なので和洋室って感じだろう。

「本当に儂等が泊まってもよろしいので？」

村長さんの疑問は当然だと思う。

「はい、本日は当宿にてごゆっくりおくつろぎください」

「ならばお言葉に甘えるとしようかのぅ」

「それではお部屋の割り振りなどはお決まりでしょうか？」

村長さんは悩む素振りをする。

すると父さんから一言。

「老い先短いんだ。じいさんが好きな部屋から決めればいいんじゃないか？」

ハルヒィさんもそれに賛同。

「俺は一番最後で良いわ。どの部屋も最初で最後だろうからね」

「年寄り扱いしよって。まぁお前たちがそこまで言うのならばこちらの部屋にしようと思う」

そうして選んだのが和洋室の部屋。

「それじゃあ俺達はこの部屋でいいか？」

父さんが選んだ部屋は洋室。

「いやいや、どうせならこの部屋にしようよ」

俺の選んだ部屋は和室。

「父さんはこっちの部屋の方が落ち着くんだが」

「僕はこっちの方がなんだか落ち着くよ」

一進一退の攻防。

すると支配人から意外な一言が。

「では、もしよろしければこちらの部屋はグイド様、それでこちらの部屋はラグナ様で分かれてはいかがでしょうか？」

その提案に揺らぐ父さん。

「いや、しかしまだ子供一人は……」

「ご安心ください。ご不安でしたらラグナ様のお部屋に一人うちの店の者をお手伝いに派遣いたします」

流石に知らない人と二人っきりは勘弁してほしい俺は少し抵抗する事にした。

「僕は合格出来たら来年には学園に入学します。そうしたら必然的に寮で一人暮らしになるのでしょう？　今日はその為の練習の意味でも、一人で部屋に泊まるというのは駄目ですか？」

実際学園に入学した場合、俺は一人暮らしをする事になる。

どこかで事前に練習するタイミングなんてそうそう無いだろう。

しかも宿ならば安全。

「わかった。ラグナが大丈夫だと言うのならばそれでいい。ただし絶対に迷惑を掛けるなよ？」

「はい！」

俺は元気良く返事をする。

「それじゃあ俺はこの部屋で」

ハルヒィさんが選んだ部屋も父さんと同じく洋室の部屋。

どうやら和室は異世界過ぎて庶民には抵抗があるみたいだ。

のんびりと懐かしと。

「テーブルに設置されているスイッチを押していただければ私共がお部屋に駆けつけますので、何かありましたら遠慮なくお知らせくださいませ。お食事の時間は十八時からとなっております。時計はそちらの壁に設置されております。それではお食事の時間までごゆっくりおくつろぎください」

店員さんがお辞儀をして部屋を退出する。

時計をチラッと確認する。

「十六時かぁ。あと二時間もあるし……お風呂でも入るかぁ」

露天風呂に入るために隣の部屋へ。

「ガラス張りの壁は寝るときにちょっと落ち着かないなぁ」

露天風呂の入り口の扉付近に籠が設置されている。

さっき部屋を見て回った時には無かったのに。

籠を覗くと、とても懐かしく感じる服が準備されていた。

広げてみる。
「まさかこの世界に浴衣《ゆかた》があるなんて……」
これも初代勇者が伝えたのだろうか？
着ていた服を籠に畳んでいざ露天風呂へ。
扉を開くと木の湯船。
綺麗に植樹と囲いがされているので覗かれる心配はない。
洗い場にも魔力灯が設置されているので夜も楽しめるみたいだ。
洗い場には石鹸が設置されている。
手に取ると花の香りがする。
「そう言えば石鹸も初めてみたな。村には石鹸なんて入ってこないし」
泡立ててみる。
うーん。やはり日本で使っていた石鹸に比べたら泡立ちが悪いよなぁ。
スキルで出て来ないかなぁ。
ちょっと頑張ってはみたものの、流石に何も出て来なかった。
「仕方ない。これで身体を洗うしかないか」
洗うタオルもないので手で身体を擦り汚れを落としていく。
うーん。これで頭を洗ったら髪の毛がゴワゴワしちゃいそうだ。
シャワーのお湯だけで我慢する。

身体と頭を洗ったあとはいよいよ湯船へ。

片足を入れる。

「うーん、ちょっと温《ぬる》い。それにやっぱり温泉じゃないのかぁ」

温泉の匂いがしなかったので諦めていたけど、やっぱり温泉には入りたかった。最初で最後のソロキャンの時も、温泉がないキャンプ場だったから入れなかったし、本当に長いこと入れてないなあ。

「でもまぁ、湯船でゆっくりお風呂に入るなんて村だと出来ないからなぁ」

やっぱり一度これを経験すると元日本人としては村に帰った時に湯船でゆっくり浸かれないので辛くなりそうだ。

「どうにかして家の中に造れないかな」

いろいろ家の中の配置を考えてみる。

でもどう頑張っても湯船が入るスペースは用意できそうにない。

「諦めるしかないかぁ」

のんびりと湯船に浸かる。

ぼーっとしていると夕日が出ていた空は暗くなり始めていた。

「やっぱり風呂はいいね。でもそろそろ時間だろうしあがるかな」

本当に久々にゆっくりと湯船に浸かることが出来た。

身体を拭いて浴衣へ着替える。

若干曇りがあるものの鏡が設置されていたので浴衣姿を見てみる。

「うーん。俺の顔って前世の顔そのままって訳じゃ無いんだよなぁ。黒目、黒髪だけど肌の色はこの国の人と近いし。目とかは前世の雰囲気があるけど鼻と口は違う。日本人っぽい雰囲気は感じるけど、日本人かと言われたらなんか違う感じ」

誰がこの身体を作り出したんだろうか？　やっぱり創造神様なのかな？

考えてもどうにもならないので、とりあえず気にしないことにした。

そして時計を見ると十七時五十分。

「そろそろ行くか」

部屋を出て食堂に行くとすでに父さん達はイスに座っていた。

「ラグナ～、遅いぞ～」

すでに皆の顔が赤いな。

「皆してもうお酒飲んでるの？」

「する事も無いしのぅ」

「ラグナは風呂に入ってたのか」

「うん。皆は入ってないの？」

「シャワーなら浴びたぞ」

「あれ？　村長さんとハルヒィさんはその服のままなの？」

俺がそう話すと二人は苦笑いしていた。

「あの服はなんか落ち着かなくてのぅ」

「いろんなところがすうすうするからな。俺も落ち着かなくて」

確かに浴衣になれてないと違和感があるのかもしれない。

「僕はこっちの方が楽だよ。それにしても、父さんは普段から似たような服を着ているから似合ってるね！」

「そうか？　確かにこの服はうちの国の服に似てるな。それにしても……」

ふむ。と父さんが俺の浴衣姿を見て一言。

「なんかラグナもその服が似合ってるな。しっくりくるって感じだ」

皆がジロジロ見てくる。

「確かに似合っておるのぅ」

「だな」

「恥ずかしいからみんなして見ないでよ」

そして俺も席に着く。

「それでは皆様お揃いのようなので準備させていただきます」

いつの間にか支配人が控えていた。

そして目の前に現れる料理達。

「なんだこのスープは。変わった色をしているな」

「肉も変わった匂いだ」

「この二品だけですが、こちらの料理は勇者様の故郷の味を再現したものとなっております」

目の前に現れたのは味噌汁と醤油の香りがするお肉。

この匂いは懐かしい。

もう味わえないと思っていた味が目の前に。

俺は自然と涙が出てきていた。

悲しみの勘違いと高価なお詫び。

「どうしたんだ、ラグナ？　急に涙なんか出して」

俺は目の前に出された味噌汁と醤油の香りがするお肉を目にした時、諦めていた味との再会に涙が出ていた。

懐かしい。

「わかんない。なんか料理を見たら涙が出てきた」

皆がじーっと顔を見てくるけど涙が止まらない。

「まぁ確かに……九歳のお前にはいろいろと過酷だったよな……」

「そうじゃのう。訳も分からずにロープで結ばれて町まで歩かされたからな」

「特にラグナの事を虐めて楽しんでる奴もいたから」

どうやら皆は連行された日々が辛くて涙が出たと勘違いしているみたい。

違う方からも涙する声が聞こえるので振り向くと支配人さんまでもがまさかの涙を流していた。

「ブリット様よりお話は伺っておりましたが……九歳であのような仕打ちはさぞ辛かったことでしょう」

支配人さんが涙を流しながらパンパンと手を叩く。

すると中から店員さんがグラスを一つと何かの飲み物が入っているボトルを運んできた。

「ラグナ様には当宿からささやかなお詫びと致しまして旬の果実を厳選し作られた100パーセント果実ジュースを贈らせていただきたいと思います」

この世界で初めて見た。

100パーセント果実ジュース。

果実水なら見たことあったんだけど。

やはりこの世界は現代日本と違って果実はとても貴重。砂糖なども見たことが無いし。果物が唯一の甘味なんだと思う。

グラスに注がれるジュース。

そして食事の前にはいつもの。

「今日の食事に感謝を」

「「頂きます」」

まずは果実ジュースを一口。

「美味しい！」

トロッとしていて桃のような甘みにリンゴの香り。

ただ甘いってだけじゃなくてのどごしがすっきりしてる。

「これはなんという果実を使っているのですか？」

そう質問すると支配人さんが不思議な果実を持ってきた。

「こちらはリンモという名の果物になります。初代勇者様が守護の女神サイオン様に願い、作られた果実と言い伝えられています」

初代勇者って結構頻繁に女神様と会っていたんだろうか？

結構勇者の願いを叶えている気がするよ。

リンモという名前を聞いて、なぜか父さんが驚いている。

「リンモってあのリンモか⁉」

「なんじゃ、グイドは知っておるのか？」

村長さんも知らないみたいだ。

「俺がいた国では奇跡の果実と呼ばれていたさ。これを食べればどんな病も治る。この世のものとは思えない甘美な味だと。うちの国では輸入でしか手に入らなかったからそれ一個で大金貨一枚と言われていた幻の果実だ！」

果実一個に大金貨一枚……。

つまり1000万円⁉

「グイド様は知っておられましたか。確かに貴重で高価な物ではありますが、我が国ではその10分の1の金貨一枚で販売されております。まぁ買い占めなどが出来ぬように販売個数は限定されていますが転売などで儲ける人間が多々居るようで。それに非常に傷が付きやすく、傷みやすい果実なので輸送の面でもえらく手間がかかって他国では高額になるのでしょう」

だとしても果実一個で金貨一枚。

このジュースのボトル一本で幾らかかっているんだ？

「ちなみにこのボトル一本で果実は幾つほど……」

恐る恐る聞いてみる。

「だいたいこのボトル一本で五個ほど使用しております」

ボトル一本で金貨五枚分！

俺は値段を聞いたせいか手に持つグラスが微かに震えはじめた。

「ほ、本当に僕なんかが飲んでもいいのですか？」

駄目だ。

意識すればするほど手の震えが止まらない。

金貨五枚。

これ一本で500万円だぞ！

本当に飲んでいいのか⁉

「このような事態に巻き込まれてしまったラグナ様へのささやかなお詫びなのでどうぞお楽しみください」

どうぞお楽しみくださいと言われたって……。

金貨五枚か……。

「それじゃあ儂等はご飯でも頂くとするか」

そ、そうだった。

果実ジュースに気を取られていたけど味噌汁！

それに醤油の香りのお肉！

いったんグラスを置いて先ずはお肉。

「美味いけど、なんか変わった味付けだな」

「儂はこの味付けが好きだのぅ」

「このソースはなんだろう？」

醤油？　らしき味付けはみんな美味しく感じてるのか。

それじゃあ俺も一口。

「これは……」

あぁ、これは完全に醤油の味だ。

美味しい。

醤油だよ、醤油。

駄目だ、また涙が出てくる。

「また涙が出てるぞ。そんなに不安だったか？」

「違うよ！　違うんだけど……なんかこのお肉を食べたら涙が出てきて……」

支配人さんが料理の説明をしてくれる。

「こちらのお肉の味付けに使われている調味料は醤油といい、こちらのスープには味噌という調味料が使われております」

「醤油に味噌？　聞いたことがないな」

父さん達はみんな知らないみたいだ。

「こちらの調味料に関しましては、初代勇者様が魔王討伐の褒美にと女神様に願い製法を授けていただいたと言い伝えられております。何でも勇者様の故郷の味だということです」

魔王討伐の褒美に調味料か。

確かにこの世界って辺境の村だとそのまんまの味か塩と胡椒くらいしか無いもんな。

この世界の食事はさぞ辛かっただろうに……。

考えてみれば判らなくはないな。

俺も同じ立場だったら調味料はお願いしていたかもしれない。

九年間こっちの世界に居るけどスパイスのスキルに目覚めるまで本当に辛かった……。

それじゃあ次はカップに入った味噌汁。

カップを手に持ち味噌汁を一口。

「ふぅ」

心から安心できる味付け。

味噌汁って言ったらコレだよな。

一口飲んだらふぅって声が出ちゃう感じ。

あぁ、本当に味噌汁だ。

これは味噌の味だよ。

父さん達も俺に続いて一口。

「ふむ」

「うん？」

「不思議な味だな」

父さん達は味噌汁の味に戸惑っているみたいだ。

支配人さんが再び料理の説明。

「そちらは味噌汁というスープになります。こちらも勇者様の故郷で飲まれているスープだと伝えられております」

懐かしい。しかも再現度が凄い。

味噌だけじゃなくてきちんと出汁の味もする。

気がついたら味噌汁は全部飲み干していた。

「勇者様の故郷の料理に関しては好き嫌いがかなり分かれるのですが、皆様は如何でしたでしょうか？」

「味噌汁というスープがとても気に入ったのぅ。コレならばいろいろな具材によって味がかなり変わるんじゃないのか？」

「具材によって味はかなり変わりますね。勇者様は何でも特に豚汁と呼ばれている物が好きだったようです」

豚汁か。あれは本当に美味いよな。

特に寒い日に食べる豚汁は最高だよ。

やっぱり初代勇者は日本人で確定だな。

「俺はこの醤油という味付けが気に入ったな」

「それは俺もだ。普段の食事にも使いたいくらいだ」

確かに。この調味料は手に入れたい。

「味噌と醤油は販売とかされているのですか？」

我慢出来なくて質問してしまった。

「一応ですが我が商会にて販売されております」

「一応？」

「何故一応かと申しますと調味料の作製も商会の事業として行っているのですが……温度管理などがとても重要で製造が難しく、失敗してしまうことが多々あるようなのです。よって安定生産をすることが出来ないため、販売する量を増やすことが出来ていません」

確か以前ネットで見た造り方でも温度管理と湿度管理が重要って言ってたな。

大好きだった、アイドルグループが村をつくったり島を開拓したりする番組でも味噌を造ってたけど、寝ることも出来ずに火の管理をしたりして本当に大変そうだった。

完璧な温度計も湿度計もないこの世界では感覚の作業になるんだろうから厳しいだろうな……。

「ちなみにお値段ですが……醤油はこのグラス一杯分で金貨一枚。味噌は醤油と同じ分量で二枚となっております」

目の前にあるグラスはワイングラスと同じくらいの大きさだからたぶん250㎖くらいかな。

えっと……。

高過ぎだよ！

味噌汁作るだけで幾らかかるんだよ！

値段を聞いて固まる大人達。

「それじゃあこの料理の数々……」

「特に味噌汁なんてヤバいだろ」

とんでもない値段の料理を食べたことに気がついてしまった。

「私共と致しましてはいち早く安定生産を行って、勇者様から伝えられている料理の数々を気軽なお値段で提供出来るようにしたいところなのです」

確かに異世界の住人だった勇者と同じ食べ物を食べてみたいお金持ち連中の気持ちもわかるけど……。

恐ろしい値段を出して口に合わなかった場合は悲劇としか言いようがないな。

「それでは勇者様の世界のお料理を味わっていただきましたので残りは私達の世界のお料理を是非

堪能してくださいませ」
そう言うと数々の料理が再び運ばれてきた。
さっきは牛のステーキみたいな味のお肉だったけど今度は香草と一緒に焼かれた鶏肉。
物凄くいい香り。
次に運ばれてきたのは何かで包まれている塊。
形状からして魚だと思うんだけど……。
塩の香りがする。
この謎の塊は塩？
もしかしてこれって塩釜焼きってやつか??
塩釜をハンマーで叩くと中から巨大な魚が姿を現した。
従業員さんが綺麗に切り分けてそれぞれのお皿に盛りつけ。
後はサラダとパン。
パンはパンでも黒パンじゃない！
白パンだ！
「黒パン以外のパンは久々にみたな」
さすが元貴族の父さんだ。白パンを食べたことがあるのか。
じゃあとりあえずパンを一口。
カチカチの黒パンとは違ってふつうのパンだ。

でもなんだろう。

なんか違う。

ふわふわ感と風味が違う。

そうか。

酵母菌もまだ使われてないのか。

だから違和感があるのか。

それならば。

俺はパンを一つ手に取るとナイフで切り込みを入れて香草焼きの鶏肉をその中へ。そして食べる。

「こうするともっと美味しいな」

その食事風景に固まる支配人。

「なんと画期的な！　これはいける！」

支配人はそう言うと調理室へ姿を消した。

美味しそうに食べる俺を見て大人達も次々と真似をする。

「確かにこれなら具とパンを一緒に食べられて美味いな」

「黒パンでも焼き立てならこれでいけそうだよな」

調理室へ消えた支配人が戻ってきた。

「ラグナ様、この料理方法は画期的です。絶対に流行ります。この料理のレシピを我が商会で取り扱いさせていただけませんか？」

普通にパンに挟んでサンドしただけなのに……そこまで大事《おおごと》に⁉

「か、構いません。お好きに使ってください」

「ありがとうございます。おい、聞いていたな？　今すぐに登録に行ってくるんだ！」

支配人の側で控えていた従業員がどこかに向かっていった。

「登録というのは一体……？」

「新しい料理のレシピなどは商業ギルドで登録を申請し、商業の女神でもあるマリオン様にレシピを献上して認められると五年間はレシピに対して権利が認められます。登録後五年間は登録者又は登録者に認められた者以外が使用する場合には使用料を支払う義務があります。勝手にレシピを使用し使用料の支払いを怠った場合は商業ギルドの会員資格剥奪及び、余りにも悪質な場合には女神様より天罰が下ることも有るようです」

気軽に使えば？　と思って返事をしたつもりだったけど思っていたよりも大事だったことに焦る俺だった。

商業の女神様。

「そう言えば商業の女神はマリオン様なんですか？　海神国シーカリオンの主神、海の女神マリオン様じゃないんですか？」

素直な疑問。

確か海の女神って聞いたことが有るんだけど。

「海神国シーカリオンは魔道具の製作に優れていることは知っていますか？」

確か父さん達がそんなことを言っていた気がする。

「はい、聞いたことがあります」

「魔道具の製作には各工房が競争し切磋琢磨して取り組んでいます。しかし無断で他人の技術を模倣したり盗んだり、そういうことが一時期多発していました。開発者が報われない。このままではと不憫に思った海の女神マリオン様は、以前初代勇者様より特許という概念があることを聞いていたのでその制度を取り入れることにしました」

確かにせっかく作った物が無断で他者に模倣されたり盗まれたりするのは許せないよな。

「特許というのは新規に作られた新しい技術・新しい概念・新しい製品・新しい料理のレシピなどに対して五年間、権利が認められます。他人がその権利を使用して商売をしたり、開発をした場合は売り上げの二割を開発者に支払う義務があります。これにより開発者は無断で模倣され利益を失うことは無くなりました。ちなみにバレないだろうと無断で使用していると女神様からの御告げで直ぐにバレます」

海の女神様凄いな。

そう聞くとめちゃくちゃ忙しそう。

「このように商売に関することに積極的に取り組んでいた海の女神マリオン様は次第に商業の女神

マリオン様と呼ばれるようになりました」

「それじゃあレシピの申請というのは商業ギルドの職員がチェックしてその後に認められるのですか？」

「特許に関しては全て女神マリオン様のご意思の下行われています。申請用紙に記入し商業ギルドに提出。ギルドには女神マリオン様に申請用紙を奉納出来る場所があるらしく女神マリオン様に送ることが出来ます。申請の結果は大体一時間ほどで返ってきます。そして認められた権利については全て一ヶ月間商業ギルドにて掲示されます」

「一ヶ月も掲示されていると商業ギルドが埋まってしまうんじゃないですか？」

「それが、特許自体が本当に中々狭き門なのですよ。新しく作った物と思い申請したら以前すでに似たような物が作られており登録済みだったりするんです。なので開発者達は何かを閃き製作する前に商業ギルドの書物庫にて似たような製品の申請が行われていないか確認し、無い場合のみ開発を行っています」

まぁ確かに確認もしないでお金をかけて開発した結果、すでに開発済みだった場合は無駄になってしまうからね。

「でも女神マリオン様って凄いですね。全国の申請を確認しているんですから。絶対に忙しいですよ」

これには支配人さんも頷く。

「確かに我々人間には出来ない仕事量でしょうから。女神様だからこそ出来ることなのでしょう」

マリオン様は大変だなぁ。それとも女神様だから簡単にこなしているんだろうか？

「それでは引き続き御料理の方をお楽しみください」

そうだったと思い出して俺は食事を再開。

肉料理に魚料理、サラダを味わったあとはデザートに果物が出て来た。

やっぱり甘味ってのは基本的にフルーツになるんだろうな。

全てをペロリと平らげて、イスに座ったまま休んでいた。

大人達はお酒を飲みながら豆のようなものをツマミに語り合っている。

そうやってみんなで休んでいると再び食堂の扉が開き支配人さんが現れた。

「お食事の方はお口に合いましたでしょうか？」

「はい、とても美味しかったです！」

「うむ、本当に美味かった」

「喜んでいただいたようで私共としてもとても嬉しく思います。そしてラグナ様、おめでとうございます」

「ありがとうございます？」

何に対してのおめでとうなんだろう？

「先ほどのレシピが女神様によって認められました。よって開発者としてラグナ様のお名前が登録されております」

えっ？　パンを切って具材を入れただけだよ？

確かにサンドイッチとか焼きそばパンみたいな料理は見たこと無いけど辺境だからって訳じゃな

いの？

「ラグナ、凄いじゃないか！　おめでとう！」

父さん達も喜んでくれている。

「あ、ありがとう」

本当にあんなので良かったのだろうか？

前の世界の料理のレシピだよ？

「つきましてはラグナ様には明日以降でお時間がある時に商業ギルドにて正式登録を行っていただきたいのですが……」

父さん達の方を振り向くと頷いている。

「わかりました。明日はブリットさんに呼ばれているのでそれが終わり次第登録に行くことにします」

「それでは今回のレシピに関しては明日旦那様からお話があると思いますのでよろしくお願いします」

思っていたよりも大事になったな。

「このあとは如何なさいましょうか？」

父さん達はまだ飲みたいだろうな。

「僕はまたお部屋でゆっくり温泉に入っていようと思います」

「それでは大人の方々はこちらのお部屋へどうぞ。バーと呼ばれる酒場になっております」

「ラグナ、本当に一人で大丈夫か？」

「大丈夫だよ。だから父さん達もゆっくり楽しんで！」

俺は父さん達と別れて部屋に向かった。

悲しみの原因と。


ラグナと別れた大人達はバーと呼ばれる酒場に移動した。

「本当にラグナは大人びてるよなぁ」

「俺の子供だからしっかりしてるんだよ」

「確かにラグナだからこそ一人部屋でも反対は無いがのぅ」

「まぁラグナじゃなくて他の同世代の子供達だったら反対してたな」

「やっぱり他の子供とは出来が違うよな。流石、俺の子供だ。それに……今回のこの扱い、村の子供達じゃ耐えられないだろ。俺達ですら結構キツかったんだからな」

「ラグナの奴、本当によく我慢して耐えたよ」

その意見にみんなが頷く。

「やはり儂等はサイ殿のお陰で命拾いしたってことだろう……」

今回の件、エチゴヤからの助けがなければ本当に冤罪のまま罪をでっち上げられて処罰された可能性がある。

「それよりも、話に聞いていた通り相変わらず馬鹿領主っぷりだったな」

「それに領主の息子だ。あれがラグナと同じ歳ってことは……つまりそういうことだよな……」

グイドの目つきがキツくなる。

「あぁ、そうじゃろう」

グイドの一人目の息子が産まれる前に唯一村にいた産婆が領主の手によって連れ去られる事件があった。

産婆が居ないまま出産に臨むことになってしまったグイド夫婦にさらなる試練が訪れる。

逆子だった。

産婆が居ない状態で逆子。

その結果、一人目の子供は亡くなってしまった。

領主の兵隊が村に突然現れ産婆を連れ去る原因となった赤子……。

それがあの領主の息子だった。

「あの駄目っぷりに思わず殴りたくなったわ。あんな子供の為にうちの子供が亡くなったって思うとやりきれねぇよ」

ハルヒィはグイドの背中を優しく叩く。

「それに産婆様のことだけどよ。やはり処刑されたらしい。領主に意見した罪だとよ」

「やはりそうか……」

村長は深い溜め息を吐く。

産婆は村長の昔からの知り合いだった。

それこそ一時は恋仲になった時期もあった。

まだ若かりし頃に辺境の村の開拓のメンバーに選ばれてしまった為、そこには連れて行くことは出来ないと別れを告げた。

辺境に村を開拓するのだ、当然だろう。

生きて帰れる保証もない。

開拓とは失敗ありきで行うもの。

領主も上手くいくとは思っていない。

国からの命令には背くことが出来ないので一応はきちんとやっていますよ。という体裁の上で開拓をやらせている。

だが村長達はダメ元で行っていた開拓に成功した。

領主は成功に驚く。

そして欲が出てくる。この調子で開拓をあと数回成功させれば……。

不可能と思われていた魔の森の近くに村をつくることが出来る。そうすれば魔物の素材の安定供給の可能性も。

領主の欲にまみれた命令により村長は仲間と共に次々と開拓村をつくっていく。

転々と村の開拓をする日々。

開拓するにつれて魔の森に近くなり、魔物と出会う確率も増えた。犠牲もゼロではなかった。

しかし領主が思っていたよりも被害がだいぶ少ない。

村長達は魔物を討伐する場合、一人で立ち回らないように仲間たちと話し合いを徹底させていたのだ。

討伐よりもまずは生き残ることを優先で。

それが現在の魔物狩りの大本になっている。

試行錯誤を繰り返した結果、魔物の討伐を安定して出来るようになった。

冒険者ギルドに登録して開拓村で討伐した魔物の素材は次々とギルドに持ち込み換金。そうでもしないと領主の見回りがあった時に全て徴収されてしまうから。

そうして数カ所の村を開拓していき、最終目標としていた魔の森に接した村であるアオバ村の開拓に成功する事が出来た。

皆に慕われ実力を認められて村長に就任。

それから数年。

開拓村の産婆として移住してきたのが村長の元恋人だった。

誰が来るかも知らない村長は、産婆が挨拶に来るというので出迎えた。

そして顔を合わせ固まる二人。

お互いに再び出会うことは無いだろうと思っていた。

村長は必要に迫られて、その後他の人と結婚していた。

産婆は独身を貫き通していた。

運命とは時に残酷だった。

「ふぅ。あやつの冥福を祈るとしよう」

村長はグラスを上に掲げる。

グイドとハルヒィもそれを見て同じように。


大人達がしんみりとしている一方。ラグナは再びお風呂を満喫していた。

「まさかあんなのでレシピ登録されるなんてなぁ」

こんなのでも登録されるなら、前世の料理を再現できたらお金に困らなくなりそうだ。まぁ調理方法なんて分かんないけど。

「それに海の女神様かぁ。どんな御方なんだろう？」

女神という名前を聞くと、どうしてもあの子の事を思い出してしまう。

あの娘は元気かなぁ。

ワイルドボアに襲われた時に助けてもらったお礼をきちんと伝えられていないし。

またいつか会う機会があれば、きちんとお礼を伝えよう。

あの時助けてもらえなかったら本当に死んでたから。

懐かしの空間と契約と。

「うーん……」

なんか身体がフワフワと軽くなった感じがする。

ゆっくりと目を開けると、久々に真っ白な空間が広がっていた。

「風呂に入った後、ふとんにダイブしたまま寝ちゃったのか」

ふと何かの気配を感じる。

「突然誰か来たと思ったら……そんな所で寝ておって、何をしているのじゃ？」

声がした方に振り向くとあの時の女の子が。どうやらここはあの不思議な空間のようだ。

「久しぶり。なんでかわからないけどまた来ちゃったみたい」

「ここはそう簡単に人が来れる場所じゃないんじゃが」

確かに。なんで簡単に来れたんだろう。

「何を言っておるんじゃ。主がラグナ君にそれを渡したからじゃろう」

「「創造神様!?」」

突然声がしたので二人で振り向くと創造神様がいつの間にか側に来ていた。

「主がラグナ君に渡したソレはラグナ君と主を繋ぐ回路になっておるぞ。それにほら、見てみぃ」

この娘から貰ったと言えばネックレスに加工した綺麗な石のことかな。

女の子がこっちを見てくる。

「なっ⁉」

何かに気がついたみたいで驚いた顔をしている。

「どうかしたの？」

「い、いや……何でもないのじゃ……」

「何を照れているんじゃ、主は。ラグナ君はこの娘から加護を貰ったみたいじゃのぅ」

えっ？　加護？

「ど、どうして？」

創造神様がじっと俺を見てくる。

「なるほどのぅ。主も無意識だったという訳じゃな」

「無意識？」

「うむ、どうやら無意識に加護を与えたらしい。つい最近死にかけることは無かったかな？」

死にかける？

「もしかしてワイルドボアに襲われた時ですかね？」

「そうじゃ。その時にラグナ君を守ろうとこの娘が力を振るって無意識に加護を与えたみたいじゃ」

あの時かぁ。

そうだ、きちんとお礼をしないと。

「あの時は守ってくれて本当にありがとう。本気で死ぬって思ったんだ」

女の子は顔を真っ赤にしたまま気にするなと小さく呟くだけ。

うーん。なんかお礼にプレゼントでも渡したいんだけど……。

あれでも出してみるか。出来るかわからないけど。

「アウトドアスパイス召喚！」

すると手のひらからスパイスの粉がいつもなら出てくるハズが……。

手に何かを握っている感覚が。

恐る恐る目を向けると100均で売っているような透明な小さい容器を握り締めていて、中にはアウトドアスパイスがビッチリと入っていた。

「なっ⁉」

今までは粉が出てくるだけだったのに⁉

「ほぅ、スキルの熟練度が上がって進化したようじゃのぅ」

「スキルの熟練度ですか？」

「うむ、スキルには熟練度があるんじゃよ。使い込めば使い込むほどスキルの発動が速くなったり威力が増したり。まぁものによっては今のように進化する場合もあるんじゃ」

ってことは今握っている容器に入っている状態のスパイスはスキルが進化した結果ってこと？

「そうじゃよ。進化した結果がこれという訳じゃ」

声に出してないのに……。

「すまんのぅ、意識していないと勝手に心の声が聞こえてきてしまうんじゃよ」

「大丈夫です。気にしてません」

流石にこの小さいの一本だとあれだもんな。

トータル五本のスパイスを召喚した。

三本を女の子に。

「お礼って考えたけど手渡せるものがこれくらいしか無くて……受け取ってくれるかな？」

未だ顔を赤くしたまま女の子はコクリと頷くと手を伸ばして受け取ろうとした。

手渡したその時に一瞬だがお互いの手が触れた。

バチン。

触れた瞬間身体が痺れるくらいの電気が流れた感覚があった。

目の前をみると真っ赤だった顔が驚きに変わっていた。

「ほぅ。なるほどのぅ」

創造神様が訳知り顔で頷いている。

なるほど？　今のは一体……。

「まぁ説明するかしないかはこやつに任せることにしようか」

創造神様がそう言いながら女の子の頭をトントンとしている。

「今のは一体何だったの？　電気が流れたみたいだったけど」

女の子は真っ赤だった顔が驚きに変わり、また再び真っ赤にとコロコロ変わっていた。

「詳しくはまだ言えない。あと、これありがとう。何回か食べてるところを見たときに気になってたの」

「あれ？　話し方が……」

のじゃがついてない。

「もう君には偉ぶる必要がないからいいの」

のじゃって偉ぶってつけてたのか。

「そうよ。一応君よりは偉いもの」

もう一度試すかのように女の子が手を伸ばすので今度は握手してみた。

ビリビリ。

身体中に電気が走るような感覚がする。

「やっぱりね。創造神様、決めました」

決めました？

「いいんじゃな？」

「はい、構いません」

「ならば好きにせぃ。儂は特に何も言わんよ」

創造神様から許可を貰った女の子がこっちに振り向く。

「話が見えないんだけど……」

全くわからん。何を言っているのか。この娘は何を決めたんだ？

「まだ詳しくは言えない」

女の子が何かを決心したみたい。

「ラグナ、私と契約しましょ」

契約？

「契約って？」

契約ってなんの？

「今は一方的に私が君に加護を与えた状態になっているけど、契約をすれば双方が同意したことになり加護がより強化されるから」

加護の強化？

「もう私の加護がついちゃってるんだもの。構わないわよね？」

加護自体がよくわからないけど。

この娘に触れてから何故だかわからないけど守らなきゃって感覚が止まらない。

「よくわからないけど、君となら契約するよ」

「ありがとう。いつか必ず説明するから」

そう言うと女の子が手を組みよくわからない言語をつぶやき始めた。

徐々に女の子の体が光り輝いていく。

すると、突然頭の中に言葉が流れてきた。

「汝《なんじ》、我と契約する者。我が真名を唱えよ」

真名？

真の名前？

ふと言葉が浮かんだ。

「守護の女神の子、サリオラ」

自然とそう唱えていた。

すると彼女が纏っていた光が俺の周りにも纏わり付き始めた。

「ここに契約は結ばれた。汝命尽きるその時まで、我はラグナと共に」

うん？　共に？　命尽きるまで？

天界？　で出会った女の子と契約した。まだなにがなんだかよくわかってないけど。

「君は守護の女神様の娘だったんだね」

「まぁそうね、お母様は守護の女神様よ」

「それで契約って具体的にどうなるのかな？　加護が強化されるだけ？」

「加護の強化は勿論されるよ。でも気をつけて。その分色々な面で力が強くなるから」

「いろいろな面？」

「うん。いろいろと。例えば今回捕まった時も多少の動揺はあったみたいだけど、全然平気だったでしょ？」

「うん。思ってたよりも辛くはなかったかな。前世の記憶を引き継いでるからだと思ったんだけど」

「やっぱりね。普通なら大人でも動揺と恐怖があるわよ。あなたの村の人達は平気だったみたいだ

けど……あの商人さんは内心、常に怯えていたわよ。絶対に顔には出さなかったけどね。その状況下でも君にだけは安心させようといろいろ話しかけたりアクションしたりしたみたい。凄いわね、この人。きっと一流の商人になるわ。この縁は大切にして」

「サイさん凄いな。怯えてる素振りなんて全く分からなかったよ。つまり君からの加護のおかげでパニックにならないで済んだけど、今回の契約でメンタル面とかも更に強化されたってこと？」

「そういうこと。もうワイルドボア如きに襲われてもパニックになることなんて無いわ。でも気をつけてね？　万が一契約が途切れた場合、あなたは本来の自分に戻ってしまうの。慢心しないで心と身体を鍛えなさい」

心を鍛える、か……。

「契約が途切れることなんてあるの？」

「あるわよ。創造神様、あの事を伝えてもいいでしょうか？」

「ふむ……それくらいは伝えても構わぬよ」

サリオラから衝撃的な一言が発せられる。

「今から六年後、魔王が復活するわ」

えっ……。

「ま、魔王？」

「そう、魔王よ。だから鍛えなさい。じゃないと死ぬわよ？」

「えっ……勇者とかは……」

「残念じゃが……今回に限って、儂等は手を出すことが出来ぬのじゃ」

「君のお母様でもある守護の女神様は……？」

サリオラが苦々しい顔をする。

「今回、あの方は力を振るうことが出来ないの。今、詳しくは話すことが出来ない」

いろいろ訳ありってことか。

あと六年。

あぁ、そうか。

「これが契約で心が強化されてるってことか。普通なら魔王が復活するなんて言われたらパニックになりそうだもんな」

「だから気をつけて。魔王の力なら一時的に契約を封印することだって出来るの。だから絶対の力ではないのよ」

確かに魔王を目の前にして契約を封印なんてされたら……。

前世のメンタルだとショック死しそうだ。キャンプ中に熊が出て来たらどうしようとか考えて、ちょっとびくびくしていたくらいの小心者だったんだぞ？

「分かった。六年後だね？　それまで全力で取り組むよ。それで君と……」

「サリオラで良いわよ。私もラグナって呼ぶから」

「そっか。それじゃサリオラ、聞きたいことがある」

「何かしら？」

「君と連絡を取る手段ってないかな？」

「ばっ、バッカじゃないの!?　急に何を言うのよ！」

え？　そんな変なこと言った？　サリオラはやけに慌てているけど……。

「別に無理なら良いんだ。サリオラには迷惑かけたくないし」

「別に迷惑なんて無いわよ」

すると創造神様が笑いを堪えきれずに噴き出した。

「サリオラよ、恥ずかしがることなんて無いんじゃないか？」

顔が真っ赤になったサリオラ。

「べ、別に恥ずかしくなんて有りません！」

「なら何で伝えないのじゃ。月に一度だけ。ラグナ君の側にいることを条件に一日地上に降臨出来ることを」

「そ、それは……」

「それは月に一度ならサリオラと会えるってことですか!?」

「そうじゃよ。月に一度なら会うことが出来る」

「良かった……」

「な、何よ。私と会えるのが嬉しいとでも？」

「そりゃ嬉しいよ！　君に会えるんだから」

「なっ……」

顔を真っ赤にしたまま思考が停止するサリオラ。

その状態に全く気がつかないラグナ。

「それにしても創造神様、神様達も子供って産めるのですね」

神様が普通に子供を産んでいることに驚くばかりだよ。

「それは……」

サリオラは言いにくそうにだんまりになった。

「その娘は特別じゃよ。普通は神や女神は繁殖などせぬからのぅ」

えっ？

「ならば神様達はどうやって数を増やすのですか？」

創造神様が笑い出す。

「ラグナ君や。儂は誰かね？」

誰かね？

「創造神様ですよね？」

「つまり？」

あぁ、そういうことか。

「創造神様が他の神々の方や女神様を？」

「最初はな。いくら儂でも一人で世界を管理するなど無理じゃ。儂が基本となる神々や女神を創造し創り出した。まぁ今となっては他の神に任せている部分も多いがのぅ」

「他の神様にですか？」

「うむ、如何せん世界は一つではない。それぞれ責任者たる神を決めて見守らせておる。その責任者にある程度権限を与えて神を増やしたりしておるんじゃ」

そうだったのか……。

ん？　じゃあ元の世界で俺を殺した神は……？

「あれは本当にすまんのぅ。あの世界の神が新たな手法でと創り出した新神がヤラカした事件じゃ……人間と同じように自らが創り出した神々を学校のような所で学ばせ育てて、一人前の神々を創り出そうとした結果がアレじゃ。一部の新神は、自分達は選ばれた存在であるという思想に染まっており修正出来んかった。直ぐに処罰したがのぅ。あの世界の神も本当に申し訳ないことをしたと悔やんでおったわ」

キャンプとか、先輩とか、家族のこととか心残りが全く無いと言えば嘘になるけど。

「今ではもう気にしてませんよ。今の世界にも馴染んで来ましたし。全てが順風満帆とは言いませんが、楽しく過ごさせていただいてます」

「それならよいがのぅ。そう言えばスキルはどうじゃ？」

スキル……スキルかぁ。

「収納が初代勇者様しか使えなかったことに驚きました。異世界転生物の小説などでは割と収納ってスキルはスタンダードだと思っていたんですけどね」

「儂が転生間際に言うたであろう。スキルにおまけしといたと。それが収納のスキルじゃ」

収納のスキルがオマケだったことに驚く。

もっと単純なスキルかと思ったんだけど。

「他には気がついたことがあるかのぅ？」

「サリオラと契約してから気がついたんですけど。スキルの発動条件はあれかな？　って頭に浮かんでることはありますね」

「どれ、儂がラグナ君を見てみようじゃないか」

創造神様が俺の額を指さした。どうやら何かが見えているみたい。

「ふむふむ、スパイスに備長炭にガストーチか。それに剣術と魔法剣、魔法に生活魔法もか。頑張っておるのぅ」

ステータスのようなものが創造神様には見えているのか。

「戻ったら、更にいろいろ試してみます」

「せっかくの第二の人生じゃ。めいっぱい楽しむといいんじゃよ」

「はい！　ありがとうございます。サリオラも改めてありがとう」

「べ、別に気を使わなくて良いから。たまには現世に降臨してあげるから何かあれば呼びなさい」

「ありがとう。頼りにしてるよ」

「あ、後はそのネックレスの宝石を握りながら私を呼びなさい。時間があれば話し相手くらいにはなってあげる」

サリオラと自由に話が出来るのか。

「それは良かったよ！　本当に嬉しい」

また顔が真っ赤になるサリオラ。

「ふぉっふぉっふぉっ。それじゃあそろそろ君を元の場所に戻すとしよう」

もうそんなタイミングなのか。

「分かりました。よろしくお願いします。それじゃあサリオラ。またね？」

「う、うん。またね」

そうしてゆっくりと意識が朦朧としていくのであった。

出発前にノンビリと。

コンコン。

扉をノックする音で目が覚める。

「寝た気がしない……」

「ラグナ、起きてるかー？」

父さんが起こしに来たみたい。

「今起きたよ！　もう時間？」

「そろそろ朝ご飯の時間だから支度しろよー」

「分かったー」
とりあえず急いで支度。
部屋にある荷物で不要な物は収納スキルで収納。
ふと昨夜のことは夢じゃないよね？　って不安に駆られた。
おもむろにネックレスを握る。
『おはよう』
……あれ？
『おはよう。今起きたのかしら？　寝坊助さん』
『今起きたよ』
『それでどうかしたの？』
『昨夜のが夢じゃないか不安になって連絡してみた』
『何よそれ。それよりも急がないとご飯抜きになるわよ？』
『りょーかい。とりあえず答えてくれてありがとう』
『……ばか』
さて。急いでご飯食べに行くとしますか。
部屋から出て食堂へ。
「おぅ、おはよう」
もう既に三人とも椅子に座っていた。

「みんなお酒飲んでたんじゃないの？　よく朝起きられたね」

父さんが顔をぽりぽり掻きながら答えをくれた。

「いや、こんな体験したことなくてな。ちょっと落ち着かなくて朝早く目が覚めた」

残り二人も頷いている。

「逆にラグナがぐっすりと寝れたり、寛いだりしていることに俺達は驚くわ」

「そうじゃのぅ。普通なら気分が高まって寝れないじゃろ」

「そうかな？　普通にのんびりお風呂に入って湯船につかりながら冷たい飲み物を飲んで景色を楽しんでたよ」

「「おっさんか！」」

父さんとハルヒィさんに突っ込まれたが解せぬ。

「皆様、おはよう御座います。ゆっくりと休むことは出来ましたでしょうか？」

支配人さんが登場。

「素晴らしい体験じゃった。ありがとう」

村長さんの一言に大人達二人も頷く。

落ち着かなかった癖に。

「それならば安心しました。それでは今から朝食をスタートします」

そう言うと支配人さんがパンパンと手を軽く叩く。

すると次々と朝食が運ばれてくる。

ふわふわな白いパンに目玉焼き。薄切りのベーコンにサラダ。

そしてまさかの朝からのステーキ。

「今日の恵みに感謝を」

「「「頂きます」」」

チラッと横を見ると朝からステーキでも構わないみたい。

パンを手に取ると直ぐに気がつく。

「本日より我が宿ではパンに切れ込みを入れた状態で提供することになりました。皆様、どうぞお好きな具を挟んでお召しあがりください」

さっそく取り入れたのね。

ふわふわの白パンの切れ込みにサラダを入れてステーキをその上に。

そして一口。

噛んだ瞬間肉汁が口の中に広がる。

しかもほのかに醤油の味。

本当に美味しい。

この宿に来れて良かった。

ブリットさんのおかげだよ。

朝食をペロリと食べて休む。

「どうでしたでしょうか？」

「本当に美味しかったです！」

あっ。思わず村長さんよりも先に答えてしまった。

「確かにここの料理は本当に美味しかった。儂等のような人間に対してここまでの対応をしていただき本当に感謝する。ありがとう」

皆で支配人さんに頭を下げる。

「顔をお上げください。私共と致しましても、喜んでいただいたようでとても嬉しく思います」

そして支配人さんは時計をチラッと見ると今日の予定を教えてくれた。

「現在、午前七時三十分。旦那様の迎えは午前九時とのことなのでそれまではごゆっくりお休みください」

あと一時間はお風呂に入れそうだな。

それぞれ皆の部屋で別れる。

「まずは直ぐに出発出来るように準備だな」

着替えを取り出し、身に着ける物も準備。

朝起きた時に粗方終わらせたのでネックレスを手に持ったまま湯船の中へ。

『サリオラ、居る？』

『居るわよ、ってラグナのバカ！　エッチ！』

『へっ？』

『はやく下隠しなさいよ！』

み、見えてるのか？

慌ててタオルで下を隠す。

『ごめん、見えてるとは思ってもいなくて』

『全く！　そっちは声だけかもしれないけどこっちはそのネックレス越しの映像が見えてるんだからね！』

マジか。

『ごめん、知らなかった』

『まぁ私が説明忘れたのもいけないから今回は許すわよ』

『ごめんよ。それでサリオラに話があるんだ』

『何？』

『サリオラをこっちの世界に呼ぶときに皆に隠し通せる気がしないんだけど』

『確かにそうねぇ。きっと広まるとラグナにとっては大変なことになるかもしれないわね。ちょっと創造神様に聞いてみるわよ』

『それでサリオラは普段何をしてるの？』

『何をしてるか、か。とりあえず私の仕事は現世と天界を結ぶ狭間の世界を守ることね』

狭間の世界？

『それって俺が行った白い世界？』

『ラグナの存在ではそう感じるかもしれないわね。まぁ実際は違うんだけど詳しいことは言えないわ』

『そっか。それで俺以外にも迷い込んだりするの？』

『本当にたまに居るわね。迷い込んで来たり、攻めてきたり』

『攻めてきたり？』

『居るわよ、神の力を狙ったバカ共が』

そんなのが居るのか。

『じゃあこっちの世界に呼ばないほうがいいよね？　万が一があったら大変なことになるし』

『大丈夫。ここを守るのは私だけじゃないし。それに私はここでは下っ端も下っ端なのよ』

サリオラが下っ端？

『だって君は守護の女神様の娘でしょ？』

守護の女神様と言えばこの世界ではとても有名だし。

『いろいろあるのよ、いろいろとね』

あんまり触れてほしくはないのかな。

『それよりもそろそろ時間大丈夫？』

八時三十分過ぎか。

『それじゃあ、お風呂上がるよ。ありがとう』

『いろいろと本当に気をつけなさいよ』

『うん、わかった』

そしてお風呂から上がり急いで支度。

時刻は午前九時。

時間ピッタリに迎えの馬車がやってきた。

「貴重な体験をさせていただき感謝する。とてもゆっくりと休むことが出来たので本当に助かったのじゃ」

皆で宿の支配人さんに感謝を伝える。

「こちらこそ、若様を救っていただき本当にありがとうございました」

全員が綺麗に揃えてお辞儀をしている。

本当にサイさんが従業員の方々に愛されてるってことが伝わってくるよ。

俺が馬車に乗ろうとした時、エチゴヤの宿の支配人であるフームさんに呼び止められた。

「ラグナ様、新しいレシピと出会わせていただき本当にありがとうございます。よろしければ、こちらをお受け取りください」

そうして包みを渡された。

「い、いえ。こちらこそ素晴らしい体験をさせていただいたというのにプレゼントまで……本当にありがとうございます」

「お引き留めてしまい、申し訳ありません。それではまた機会がありましたら当宿のご利用お待ちしております」

フームさん達、エチゴヤの宿の皆に見送られながら、俺たちはブリットさん達に会いに馬車に乗り込むのであった。

「ラグナ、何をもらったんだ？」

俺がフームさんから受け取った品を興味津々で父さんが聞いてきたので、馬車の中で包みを開けてみる。

「これは……」

包みの中に入っていたのは……。

前世でも何度か見た事がある、普段使いでも十分着れそうなほどおしゃれな甚平が入っていたのだった。

書き下ろし番外編

戻れぬあの日々の思い出

the newbie camper's
reincarnation in
another world

敵情視察と二人仲良く100均キャンプ

「おぉ〜!!　この商品まで100均で販売しているのか!!」

今日は彩華先輩と二人で、敵情視察という名の100円均一のお店周りをしていた。

「本当に増えたねぇ……初心者が始めるには本当に手頃かも。悔しいけど100円ならキャンプやってみようかなぁって層にはピッタリだよね」

確かに100円である程度揃えられるならば、とりあえず体験してみようかな？　って層にはぴったりかも。

「……どうします？　とりあえず買ってみます？」

キャンプ用品販売店の店員としては、とても気になる。

「うーん……どうしよっか？　何か気になる商品を適当に買って使ってみよっか？」

という事で、二人で気になる商品を片っ端から購入して試してみる事に。

100円均一と言いながらも、今回は100円から1000円オーバーの商品までいろいろと買い込んでしまった。

「だいぶ買い込んじゃったね。どうしよっか？　会社で試すのは気が引けるし……」

「じゃあ次の休みにキャンプ場で試してみません？　そういえば、さっきソロキャンでも使えそうな椅子からサンシェードまで売ってましたよ？」

「あれかぁ。どうせなら100円均一の商品だけでどれだけ試せるかやってみる？」

「それ、楽しそうですね!!　やってみますか!!」

散々買い込んだにもかかわらず、更に商品を買い足していく二人。

「焚き火はどうします？　炭も売ってますよ？」

「流石に薪は売ってないからねぇ。焚き付け用の木なら売ってるけど……ここまで来たら全部100均で揃えたいよね～」

「おっ!!　先輩!!　ソロで使えそうな焚き火台売ってますよ!!」

「1100円かぁ。確かにこれなら焚き火デビューにでも良さそうだね。こっちにはミニBBQコンロもあるよ！」

100円の焚き火台も売ってはいたけど……。

ちょっとサイズ的に小さいので工夫しなきゃ大変そうだった。

「まじかぁ……これも100円で作れちゃうんですね」

翔弥が手に持つもの。

それはアルコールストーブなどで使うのにちょうどいいサイズの五徳。

隣には330円のポケットストーブまで。

「じっくり見るのはあとで！　とりあえず気になる商品はどんどんカゴに入れてって！　ここ以外にも100均はいっぱいあるんだからね！」

100円均一各社で取り扱っている商品も様々。

一店舗だけをゆっくりと見ているわけにはいかないのだ。

100円均一のショップを数店舗巡って粗方買い物は終了。

そして約束の休日。

二人で近場のキャンプ場にチェックインすると、100円均一のキャンプ用品の実力をチェックするために準備を始めた。

「まずはコレかな」

彩華先輩が手に持つのはポップアップテント。

「せーの、そりゃ!!」

彩華先輩が手に持つポップアップテントを放り投げる。

すると、バサッという音と共に……。

「ちょっ!? 待って~」

テントが勢い良く広がると、そのまま風で飛ばされていくのだった。

それを慌てて追い掛ける彩華先輩を眺める俺。

「ぜぇ……ぜぇ……まさか、急にそのまま飛ばされるとは……」

「まぁまぁ、落ち着いてください」

「落ち着いてください? その前に一緒に追い掛けてくれたっていいだろうがぁぁ!」

彩華先輩は息を整えながら怒っている様子。

「えっと……一緒に追いかけてほしかったんですか？」

「違うわ!!　ただ、もう少し優しくしてくれても良くない？」

「だって彩華先輩が自分で投げ飛ばしたんでしょう？　ちょっとでも風が吹いたら飛ばされるなんて考えたら判るじゃないですか～」

「うぐぅ……」

言葉に詰まる彩華先輩。

「ほらほら。とりあえずペグを打って固定しましょう」

翔弥はテントに付属していたペグを手に取ると地面へと打ち込む。

「よしっ。これでＯＫです」

地面に固定されたテント。

見た目はほぼサンシェードみたいな商品だった。

「ふむふむ。一人～二人用とな。んじゃ二人で入ってみるかね」

彩華先輩に誘われてポップアップテントの中へ。

「……」

お互いに無言になってしまう。

それも仕方ない事だと思う。

「ちょっと……近すぎないかしら？」

一人～二人用とは書いてあるものの……。

大の大人がのんびりと座るには少々厳しい。

「確かに狭いですね……」

彩華先輩との距離感を意識してしまう翔弥。

あまりにも密着してしまうので翔弥はテントから脱出。

「これだと二人でのんびりする感じじゃないですね」

「う、うん」

次、次だ。

次に取り出した椅子。

これは……。

「普通ね……」

「そうですね、普通です……」

今流行りのローチェアではなく至って普通の椅子。

ドリンクホルダー付き。

逆に100円均一のお店で1000円オーバーだとしても普通に使えることに驚くべきだな。

テント、椅子ときてお次は……。

と、突然ぐぅ～とお腹が鳴る音が聞こえる。

「お腹空いてきた～」

お腹が鳴ったのは彩華先輩。

「火も起こしてないのにご飯なんてすぐに出来ませんよ!!」

「そこを何とか!! なんか簡単にちょっと食べられる物無いの~?? お肉!! お肉ちょっと摘みたい!!」

うーん……。

簡単にちゃちゃと料理するには……。

１００円均一で買った商品をガサゴソと漁って次々と取り出していく。

アルミテーブル

ポケットストーブ

風防

固形燃料

ミニ鉄板（シーズニング済み）

まずはアルミテーブルを広げてポケットストーブを設置。

固形燃料をポケットストーブに載せて風防で風から火を守る。

固形燃料やアルコールストーブを使う際は風防があれば本当に便利。

ポケットストーブの固形燃料にライターでちゃちゃと着火。

事前にシーズニングを済ませてあるミニ鉄板を設置して……。

「肉～、肉じゃ～!!」

彩華先輩が目を輝かせている。

ミニトングを二つ取り出して片方は生肉をつかむ用に。

もう片方は焼けた肉を取るように用意。

食中毒を防ぐためにも使い分けるのは意外に大事。

ＢＢＱをやったらお腹を壊したって人がたまにいるけど、トングを使い分けるだけでその確率はだいぶ低くなるから試してほしい。

そして保冷ボックスからお肉《牛肉》を取り出す。

「事前に切ってあるお肉も用意しといて良かったぁ」

ミニ鉄板に油を敷いて準備完了。

「お肉♪　お肉♪」

彩華先輩は楽しそうだ。

「では、焼きますね」

「早く!!　早く焼くのだ!!　お肉様を私にはやく献上したまえ!!」

「はいはい」

彩華先輩はノリノリだ。

「味付けは簡単に塩胡椒でいいですよね？」

「任せる～」

程よく熱された鉄板の上に切ったお肉を二枚並べる。

ジュウーッといい音と匂いが辺りに漂う。

「あぁ……匂いと音が幸せ……」

「まだ、食べちゃダメですからね？」

「わかってるってば!!」

しばらく待つと……。

「そろそろいいかな？」

「いいと思う～」

「はい、どうぞ」

俺は彩華先輩の分をお皿に取り分けるが……。

「あ～ん!!」

口を開けて待ってる彩華先輩。

「小鳥のヒナかよ!?」

思わず突っ込んでしまったが……。

「は～や～く～、は～や～くぅ～」

駄々っ子モードに入ってる。

「わかりましたって」

仕方ないので一口サイズにカットしてあげてからお肉を口に運ぶ。

モグモグ……。

「うまぁ～!!」

満足そうな表情を浮かべる彩華先輩。

「さて、俺も食べるかな」

「まだ食べたい～!!」

「だから子供か!?」

「は～や～く～」

「わかりましたよ！」

彩華先輩の口にお肉を運んでいく。

先輩がモグモグしているうちに、自分の分のお肉をっと。

自分の分のお肉を口の中に放り込むと、さっきまでモグモグしていた彩華先輩がジーッと見てくる。

「どうかしました？」

ほんのりほっぺが赤くなってる気がするが……。

「……別に～」

ぷいっと顔を背ける彩華先輩。

何かあったのか??

「まだ食べます？　食べるなら焼きますけど」

「……食べる」

ん？　本当に急にどうしたんだろう。

次も牛肉を用意。

今回の味付けはこれだ!!

アウトドアスパイスの火付け役!!

その名も『ほり◯し』!!

ミニ鉄板で焼いたお肉に振り掛けてっと。

「はい、ど〜ぞ!!」

彩華先輩は先ほどとは違って、今度は中々口を開かない。

「あれ？　ほり◯しの味付けじゃダメでした？」

先ほどと同じように塩胡椒の方が良かったのか？

そんな事を考えていると……。

ようやくパクッと食べてくれた。

「……くそぅ。ほり◯しめ。ハーブの香りと塩と醤油感が美味すぎるんだよ」

一口食べてからは次々とパクパク食べてくれた。

んじゃ俺も。

モグモグ。

「本当に美味い!!　何て言えばいいのかわかんないけど……本当に美味いよなぁ」

パクパク食べていると再びジーッと見てくる彩華先輩。

「モグモグ、どうしました？　もしかして欲しいんですか？」

最後の一口は彩華先輩へプレゼント。

すると顔を真っ赤にしながら食いついて、そのままモグモグしている。

モグモグが終わったころに、彩華先輩が放った一言。

「間接!!　さっきから、ずーっと間接!!」

彩華先輩が顔を真っ赤にしながら言ってきた言葉を理解するのに時間がかかった。

かんせつ？

か　ん　せ　つ？

間接!?

「ご、ごめんなさい!!」

全く気が付いていなかった。

彩華先輩の口に放り込んでいたトングを使ったまま、自分でも食べていたことに……。

急に顔が熱くなる。

「もう～!!　私が変に意識しちゃったみたいじゃん!!　全く気が付いて無かったなんて!!　お互いに気にしない!!　いいね？」

「はっ、はい。本当にすみませんでした!!」

「謝らないの!!　それよりも次よ、次!!」

ちょうど固形燃料の火も消えたので焚き火の準備に取りかかる前に……。

ちょっとここで注意喚起を!!

固形燃料で料理をする際は、直接固形燃料の火でお肉を焼いたり野菜を焼いたりするのは良くないんだ!!

必ず鉄板などの調理器具を使うこと!!

初心者には特に気をつけてほしい。

固形燃料はメチルアルコールの塊。

直火で使用するとにおいや味が食材についてしまう恐れがあり、アレルギーや体質によっては体に害がある可能性があるらしい。

本当に微量だけどその可能性もあるので直火で使わないように気をつけてほしい。

気を取り直して、焚き火の準備。

すぐに消火出来るように前もって水を汲んでおく。

そして芝生を保護する為の焚き火シート。

焚き火の火から芝生を守るためにも焚き火台とセットで使っておきたい。

そして次に取り出した商品。

「この商品まで100円って驚くしかないですよね」

「本当だよ。普通に売っている商品に比べたらだいぶ小さいけど……それでも100円だからね。私達のお店にある商品は2000円前後だもん」

まさか100円で火起こし器を買える時代が来るなんて驚きしかない。

ミニBBQコンロを組み立ててその中に着火材をセット。

火起こし器の中に炭を入れて、着火材に火を付けたらその上に火起こし器を置いて放置。

放置してるだけで勝手に火起こしが完了する便利な商品。

「ソロでやる分にはこれでもいいけど……やっぱりちょっと小さいのは仕方ないよねぇ」

「そりゃ100円ですから。それじゃあソロ用の焚き火台は焚き付けの木を使って火起こししといてもらえます？」

「りょーかい。やってやらぁぁ!!」

火起こし器を使えば勝手に火がつくとはいえ、目を離すのは良くない。

俺がじっと炭に火がつくのを見守っている中、彩華先輩は焚き火台を組み立てると同様に焚き火シートをセット。更に金属トレーを置いてからその上にソロ用の焚き火台を載せる。

「焚き火台が小さいからねぇ。どうしても地面と近くなっちゃうから金属トレーで熱を防いであげないとね」

昔は直火オッケーのキャンプ場もあったらしいが……。

マナーの悪化や火事の危険性により、直火禁止!!　焚き火台使用する事！　って表示のキャンプ場が増えた。

更に悲しいことに焚き火自体禁止にされてしまったキャンプ場もあるらしい。

仕方ないとはいえ、本当に残念。

一部のマナーを守っていない人たちがいたせいでルールが厳しくなってしまった。

キャンプ場でのルールは最低限守ってほしいところだよ。

「いくら焚き付けの木を使ったところで火起こし器には勝てないよなぁ」

「そりゃそうですよ。こっちは煙突効果で簡単に火起こしが出来るんですから」

火起こし器を使えばいちいち風を送ったりする必要も特に無いし。

本当に放置してるだけで完了してしまう。

「よぉし、準備完了!!」

こっちは準備が完了したので彩華先輩が設置した焚き火台を見ると……。

「えっ!?　まさかのこれっすか!?」

焚き付けの木がどうのこうのって話をしていたのでこっちも炭火の準備をしていると思っていたら……。

焚き火台にはソロトーチがセットされており、火のついた焚き付け用の木がソロトーチに突き刺さっていた。

「これ使ってみたかったんだよね〜!!　スウェーデントーチって憧れるじゃん。小さいから体験するにはピッタリだよ」

「確かに。これはこれで魅力的ですよね。まさか100円でこんな物まで手に入る時代が来るなんてびっくりですよ」

スウェーデントーチの歴史はかなり古く、元々はフィンランドでかがり火として使用されていた焚き火方法。１６００年代にスウェーデンの兵士達の暖を取る為の焚き火として広まったと言われている。

ざっくり説明すると、まず、丸太にチェーンソーなどで幹を立てた状態で切り込みを入れ空気が流れる通り道を作る。

そして切り込みを入れた上部に着火剤などを置いて着火。その後、着火に成功すると火口から火が燃え上がることで丸太の内部からも火が燃え広がり美しい炎を見ることができるという焚き火方法だ。

まるで大きなロウソクのように見えるので本当に神秘的な焚き火を楽しめる。

最近ではホームセンターやキャンプ場でも売られているので、自分で作らなくても手に入るようになった。

「でもまぁ、１００円だからね。これじゃあ小さくて料理に使うには厳しいかな？　でもいいでしょ？」

「はい。最高です」

トーチから噴き上がる火に見とれてしまう。

「先輩、改めてですけど……デイキャンプくらいなら何とかなっちゃいそうですね」

「悔しいけど確かにそうかもねぇ。でもとりあえずやってみたいって層にはピッタリなんじゃやない？　体験した結果、がっつりやりたいって思ったお客様がうちの店に来てくれるようにアピール出来ればうまく共存出来るんじゃないかな？」

確かに……。

いきなり高い道具を買って、やっぱり合わないってなるとお金の無駄になっちゃうからね。とりあえず体験してみたいって層にはピッタリなのかもしれない。

「それじゃあ火起こしも終わったし、後はＢＢＱでもやって帰るとするか～」

「ですね。とりあえず何焼きましょう？」

「そりゃもう、肉だろ!!　肉!!」

「了解しました。んじゃまずは肉を焼いて……」

こうして二人っきりのＢＢＱが始まった。

彩華先輩と二人でのＢＢＱ。

肉を焼いたり、野菜を焼いたりと楽しい時間はあっという間に過ぎていくのだった。

火起こし初心者

これはまだ俺が転生する前のお話。

「あれ～？　全然火がつかないな……」

たまたま見ていたネットショップでオガ炭と呼ばれている炭がタイムセールで安くなっていた為、何事も経験だと考えて購入していた。

そして仕事が休みの日に一人でBBQを楽しむついでに、オガ炭とやらを自宅の庭で試してみることにしたのだが……。

「あれっ？　……着火剤の火が消えちゃった……」

オガ炭に火が着火する前に、着火剤の火が消えてしまったのだった。

「普通の炭だとこの着火剤使えば着火するんだけどなぁ……」

まさかの出来事に呆然とするほかない。

スマホでオガ炭について検索してみることに。


オガ炭とは製材時などで発生する大鋸屑《おがくず》を圧縮加熱成型し作られたオガライトを原料として炭化させた物。

オガ炭の特徴としては、通常の木炭などとは違い形状が均一に整っており、更に竹輪のように中が空洞になっている製品が多いことが挙げられる。

また、白炭に似た性質を持っている。

着火に関しても白炭と似たような性質を持っているため工夫が必要。

「うーん……適当に着火剤に火をつけても駄目なのかぁ……」

焚き火台の目の前でスマホ片手に検索していると、

「火ついたか～？」

という声が後ろから聞こえた。

そして、

「おいおい、オガ炭がそんな適当に置いて火がつく訳ねぇだろ」

と、俺が着火に失敗したことに一目見て気がついた父さん。

「帰ってきてたんだ。お帰り。それにしてもオガ炭ってやっぱり着火は難しいの？」

「ただいま。そりゃ、オガ炭は井の形に組んでも着火に失敗したりする時もあるくらいだ。それにオガ炭で着火に失敗なんてしてたら備長炭なんてもっと無理だぞ？」

確かに着火が難しいとは聞いていたけど……。

「ちなみに、父さんはオガ炭とか備長炭とか使った事ある？」

「そりゃあるさ。やっぱりそこらで売ってる黒炭より断然火持ちがいいからな。それに昔と違ってネットで簡単に買えるし、場所によってはホームセンターでも売ってるじゃねーか。それで思い出した。うちの近くのホームセンターに最近行ったか？」

「最近？　最近は全く行ってないかなぁ」

「時間ある時に行ってみ？　さっき寄ってきたんだけどよ。ホームセンターで薪が販売されてるなんてびっくりしたぞ！」

「まじで⁉　薪ってキャンプで使うような？」

「そう、それ！　ちょうどいいサイズの薪が何種類かだけじゃなくて、針葉樹と広葉樹ってちゃんと分けられてるからな！」

「嘘だろ⁉　いつの間にそんなにキャンプ用品が増えてたの⁉」

「だろ？　工具を買いにふらっとよった俺でさえ、びっくりしたわ。あんまりにも増えたからいろいろ見てたら工具買うの忘れて帰ってきたくらいだからな！」

「まじかよ。次の休みに絶対に見に行くわ。ちなみに……ホームセンターでなんか買ってきたの？」

「まぁ、買ってきたのは買ってきたんだけどよ……こっそり仕舞おうとしたら母ちゃんにバレて怒られたとこだ……」

　あぁ……。

　つまりは怒られるような物を買ったたってことか。

「ちなみに……買ったブツは？」

「スウェーデントーチ……」

「マジで⁉　あんな田舎のホームセンターに売ってたの⁉」

「売ってたんだよ‼　ビビるだろ？」

「めっちゃビビるよ‼　まじかぁ……休みの日に俺も絶対見に行こう‼」

「まぁ、母ちゃんからしたら小さい丸太にしか見えねぇからな……いくら説明しても母ちゃんが燃え上がるだけで、話になんなかったぞ……」

「……確かに。工具を買いに行くって出掛けて結局買ってきたのは、ぱっと見丸太だもんね……興味ない人からしたら説明しても理解してくれないか……」

話を戻して目の前にあるオガ炭に。

「オガ炭を着火させるなら一番簡単なのはこれを使うことだよ」

そう言いながら持ってきたのは火起こし器。

「こいつの中にオガ炭を立てるように並べて、下から着火剤で熱すれば簡単だ」

「ウチに火起こし器あったんだ」

普段は黒炭ばっかりだから火起こし器の必要性を感じなかったため、気にしたことが無かった。

「オガ炭とか備長炭の火付けくらいにしか使ってねぇけどな。ほら、使ってみ？」

父さんに言われた通り、オガ炭を立てるように火起こし器の中に並べた後、着火剤を焚き火台の網の上にセット。

そしてその上に火起こし器を置いて、着火剤に火をつける。

「後は煙突効果によって下部から新鮮な空気が引き入れられ続けるんだ。そのおかげで火がどんどん燃え続けてオガ炭が着火するって訳よ」

父さんに言われた通り、しばらく見守っていると火起こし器の中から炎が上がってくる。

「そろそろ火がついたかな？」

父さんが火起こし器の中を覗く。

「まだまだだよ。もっと全体的に白っぽくなるまで放置だ」

「りょーかい」

更に見守っているとオガ炭が全体的に白っぽく変化してきた。

「そろそろいいぞ～。一応耐熱手袋しとけよ～。火起こし器がめっちゃ熱くなってるからな！」

素手で触りそうになったところで、父さんからのありがたいアドバイス。

「……本気で火傷するから気をつけろよ？」

父さんの目がマジだ。

つまり、父さんはやらかした事があるみたいだ。

耐熱手袋をした後に火起こし器を手に持って、オガ炭を焚き火台の上に広げる。

「うわっ!!」

火起こし器から、少し勢い良く焚き火台の上にオガ炭を広げたところ、火の粉がかなりの範囲で舞った。

「もっと優しくやれよな～。気を付けないと火事になるぞ！　後、火起こし器はそんな近くに置いておくなよ。ふとした時に手とか足に触れたら火傷するからな！　冷めるまでは燃える物が近くに無い場所で視界に入る範囲の距離でゆっくり冷やしておけよ～」

「わかった～。マジで火起こし器を使ったらオガ炭なのに簡単に火がついたな……火起こし器すげぇ……」

「んじゃ俺は今から肉取ってくるわ。もちろん材料は買ってあるんだろ？」

「当然！　牛と豚と鳥の三種セットだけじゃなくて、ラム肉も買って冷蔵庫に入れてあるからついでによろしく～」

「おぉ！　まじか！」

「ラムも美味しいからね！」

こうして無事にＢＢＱが始まるのだった。

するとバタバタと家の中から足音が。

「また焚き火やってるの？　マシュマロはどこ～？」

愛しの妹が焼きマシュマロを求めて部屋から出て来たのだった。

あとがき

初めまして。奈輝と申します。

この度は「初心者キャンパーの異世界転生　スキル［キャンプ］でなんとか生きていきます。」を手に取っていただき、本当にありがとうございます。

まさか初めて執筆した作品が書籍化という形になるとは思ってもいなかったので……。

未だにどこか信じられない気持ちでいっぱいです。


本作の執筆のきっかけとしては、やはり某芸人様の動画を見たことが始まりです。

焚き火のあの雰囲気。

自由に過ごすあの感じ。

ひと目見た時から引き込まれてしまいました。

さらに、様々な方が紹介しているキャンプ飯の数々。

道具のレパートリーの凄さ。

そしてまさかの１００円ショップからのキャンプ道具の販売。

私自身、ＢＢＱなどは仲間たちと楽しんだりしていましたが……キャンプは未経験。

そこでテントやらなんやらの道具を一通り揃えて、いざキャンプデビューというところで……。

まさかのとある病になってしまいキャンプ計画が延期に……。

追い打ちを掛けるようにコロナ感染拡大による自粛ムード。

我が家の近くにあったキャンプ場は一時閉鎖となりました。

しかし、キャンプに行くという思いをどうしても忘れることが出来なく始めたのが執筆でした。

ですが、執筆をすればするほどキャンプ欲が増していくというジレンマ……。

とうとう我慢出来ずに焚き火を楽しんだり、ちょっとしたキャンプ飯を作って楽しんだりしながら気晴らしをするようになり現在に至ります。

焚き火をのんびりと眺めながらの執筆。

本当に最高です。

星空を見ながらのんびりと火を楽しむ。

小腹がすいたら焼きマシュマロ。

口の中でトロっと蕩けていくマシュマロは本当に最高です。

最後に皆様への感謝を。

WEB版から応援してくださっている皆様、書籍を手に取っていただいた皆様、本当にありがとうございます。

そして、声を掛けてくださった担当編集I様。TOブックス様。本当にありがとうございます。

この作品に、さらに命を吹き込んでくださったTAPI岡様。素晴らしいイラストをありがとうございます。

ここまで読んでくださりありがとうございました。それでは皆様、次巻でお会いしましょう。

初心者キャンパーの異世界転生
スキル［キャンプ］でなんとか生きていきます。

2024年5月1日　第1刷発行

著　者　奈輝

発行者　本田武市

発行所　TOブックス
〒150-0002
東京都渋谷区渋谷三丁目1番1号　PMO渋谷Ⅱ　11階
TEL 0120-933-772（営業フリーダイヤル）
FAX 050-3156-0508

印刷・製本　中央精版印刷株式会社

ISBN978-4-86794-163-8

Printed in Japan

the newbie camper's
reincarnation in
another world